家赏析历代短篇小说系列

智敏 主编

十大公案小说

中国和平出版社

图书编纂委员会

目录

前言

一

我国古代小说源远流长。自其作为一种独立的文学样式风行于世，至其作为一种古典美学艺术模式的终结，将近有两千年的历史。这期间，诞生了多少小说作品已经无从详细考证，即便是那些得以流传下来的，恐怕也难以计算出一个准确的数字来了。历代的藏书家、版本学家、小说史家告诉我们，中国古代小说是一座无比丰富、辉煌、瑰丽的艺术宝库，那是我们民族文化遗产中最优秀、最珍贵的部分之一。

面对这座宝库中的奇珍异宝，历数着《红楼梦》《三国演义》《水浒》《西游记》《儒林外史》这些传世家珍，每一个华夏子孙都会从内心深处升起一股民族自豪感。古典文学修养稍高一些的朋友，或许还会津津乐道于《封神演义》《金瓶梅》《镜花缘》《儿女英雄传》《官场现形记》等等名著，从中了解我们民族古代社会的历史风貌和祖先们的生活与悲欢，接受着民族传统文化与美学风范的濡染熏陶。

在这里我们注意到如下一个事实——在我国古代小说中，那些流传最广、影响最大的一般都是些长篇巨帙；而对于规模较小的短篇，除了"三言""二拍"和《聊斋志异》等少数集子和篇什外，能够为一般读者所熟知或广泛涉猎的则为数不多。这一方面是由于我国历史上皆以诗歌散文为文学正宗，认为小说只不过是"小道"，是"史之余"，而短篇则更被视为集"街谈巷语"之"短书"，故此在刊行传播上受到了影响。另一方面则由于古代小说卷帙浩繁，不但专门辑录短篇小说的集子浩如烟海，而且还有许多篇什散见于各种笔记、野史、杂事集之中，这就给一般读者的阅读带来了更大的困难。

其实，短篇小说在我国古代小说发展史中占有十分重要的地位，起过异常重要的作用。在先秦两汉时期，小说尚属"刍荛狂夫之议"而"君子弗为"①的民间文学。适合于记录"街谈巷语""道听途说"②的需要，其形式上自然只能是"短书"。至魏晋的志怪、唐代的传奇、宋元的话本，小说基本上是沿着孔子所谓的"小道"，即围绕着远离治国平天下大旨的"街谈巷语""道听途说""修身理家"等生活小事而进行创作的。即使是讲历史故事的小说，也只写那些传闻逸事，只能是"与正史参行"的"史之余"。故此，小说形式依然还是短篇。直至明代，随着小说反映社会生活面的不断扩展与小说自身在艺术上的愈益发展成熟，章回小说问世了。明代的有些章回小说，虽已开始分回，但就其篇幅而言，尚介于短篇与中篇之间，如《鸳鸯针》《鼓掌绝尘》等皆是，只有《三国志通俗演义》与《水浒传》才代表了我国古代长篇小说的正式诞生。而在长篇章回小说盛行发展直至其高峰时期，短篇小说依旧长盛不衰。可见，在古代小说发展的漫长历史中，短篇小说，无论是文言短篇小说还是白话短篇小说，都曾经为我国民族传统小说艺术积

---

① 班固《汉书·艺文志》
② 同①

累了丰富宝贵的经验。从上述情况出发，我们决定编写这套丛书，其目的即在于为一般读者提供一个古代短篇小说史上具有代表性的优秀作品选本。为了帮助读者阅读，我们还邀请一些专家学者对每篇作品作了注释与鉴赏评析，对文言作品还作了翻译。

二

我国古代小说起于周秦，汉魏六朝时期文人的参与创作使小说作为一种独立的文学体裁出现了第一次繁荣。然而，这一时期的小说尚处于童年时期，各方面还都很不成熟，虽有干宝《搜神记》和刘义庆《世说新语》等优秀的志怪、志人小说，但它们也都如鲁迅所说，是一些"粗陈梗概"之作。直至唐代，由于社会的安定、政治的昌明、经济的发展与文化的繁荣，整个社会生活发生了巨大的变化，小说的题材与内容也大大丰富和扩展了，六朝的志怪已与当时生气勃勃的现实生活产生了相当的距离。于是，以反映人世现实生活为主的传奇小说便应运而生了。唐传奇已经从粗陈梗概的魏晋小说雏形发展为成熟的短篇小说，它已经摆脱和超越了前代小说录闻纪实的史传手法，而充分发挥作者的想象力进行艺术虚构，这就是明代文论家胡应麟所说的"尽设幻语"①。虚构的介入给古代小说带来了新的艺术生命力。唐传奇脱出了平实简古的笔记体，转化为形象生动的故事体。它的情节曲折委婉，结构完整规饬，语言铺排华美，描写细腻传神；最主要的是，鲜明突出的人物形象已经成为小说创作的中心。基于上述特点，传奇小说的篇幅也大大加

---

① 胡应麟《少宝山房笔丛》

长，再不是"合丛残小语"的"短书"①了。至此，中国古代小说创作掀起了第一次高潮，达到了第一个顶峰。此后，作为与文言的传奇相并列的通俗小说又异军突起，发展成以"说话人"的"话本"为基本形式的短篇小说，在唐代主要是变文话本，也有说话话本，至宋代，话本小说就形成了它的鼎盛时期。由于说话艺术与话本小说是城市兴起与工商业繁荣的产物，故此，话本小说从性质上看当属市民文学，又被称作"市人小说"。话本小说的题材广泛，涉及到市民生活的各个方面。同时，为适应说唱艺术和市民接受的需要，它具有完整的故事情节和通俗的口语化的语言，结构形式上分为入话、头回、正话、煞尾等固定模式，这些特点对后世通俗小说都产生了极大的影响。明清两代，小说创作形成了新的高潮，一度衰落的文言小说至清代又出现了新的繁荣，以蒲松龄《聊斋志异》为代表的传奇体小说和以纪昀《阅微草堂笔记》为代表的笔记体小说都涌现出了一批优秀新作，而文人创作的拟话本小说则是自明代冯梦龙的《警世通言》《醒世恒言》《喻世明言》始就已如雨后春笋，繁盛之极，题材不断扩展，篇幅也不断增长，终于由短篇而发展成中篇、长篇，中国古代小说独特的艺术体系——文言、通俗两大体系，笔记、传奇、话本、章回四大体裁的建构已经彻底完成，古代小说的思想与艺术成就也已达到了最高的峰巅。

回顾古代小说发展的历史，目的是在说明我们这套丛书，其选目的时间上限为什么定在唐代而不定在小说源起之初，也就是说，入选作品的范围包括自唐代以来直至有清一代的文言、白话短篇小说，至于六朝及以前的粗陈梗概之作，因其只还初

---

① 桓谭《新论》

具小说雏形，就一概排除在该丛书遴选范围之外了。入选各代作品的比例，也基本依据小说发展史的自然流程及其流传情况，例如宋代传奇与唐代传奇比较，相对衰落，如鲁迅所说："多托往事而避近闻，拟古且远不逮，更无独创之可言矣。"故而所选宋代传奇数量就很少。又如，宋元两代话本小说繁荣，然而由于其形式只是说书人说话的底本，不能受到文人雅士的青睐，故散佚极为严重。后由明人洪楩汇辑成《雨窗集》等六个集子，每集各分上下卷，分别收话本小说五篇，合称"六十家小说"，不幸再次散佚。后来根据残本辑成的《清平山堂话本》，就只存有二十六篇话本小说了，而这些幸存之作又有不少被明代著名的小说家冯梦龙辑入"三言"，辑选时又都做了改写与加工，在艺术上较其原本粗糙朴拙的面目有了很大的提高。我们在辑选这套丛书时又采取了去粗取精的优选法，故此，入选的冯梦龙"三言"中的拟话本小说数量，就大大超过了宋元时期的作品。明清两代是我国古代小说创作的高峰期，入选该丛书的这两个朝代的作品也就多于唐、宋元诸代。这样的遴选原则应该算得上是符合我国古代小说发展史的实际情况的。

三

我国古代小说的分类方法颇多，按其语言形式，可分为文言小说与白话（通俗）小说；按其体裁，可分为笔记体小说、传奇体小说、话本体小说和章回体小说；按其题材内容，则分法更多，例如鲁迅在《中国小说史略》中就提到了志怪、传奇、讲史、神魔、人情、讽刺、狭邪、侠义、公案、谴责等类。后代一些学者对于题材类别的划分基本上是在鲁迅的基础上加以增删改动。例如有在此之外又增加世情小说、谐谑小说的；有将神魔、志怪混称为神怪小说的；有将人情、世情同视为专指爱情小说的；又有以言情小说称爱情小说而以人情、世情专指人情世态、伦理道德或家庭题材小说的；有以才子佳人小说专指明清两代爱情婚姻题材小说的；有将讲史小说称作历史小说或史传小说的；有将讽刺小说称为讽喻小说的；有将侠义小说称为武侠小说或与公案小说归于一类的。对于鲁迅所提出的狭邪小说，有称之为青楼小说的，也有直呼为娼妓小说的，等等。小说史研究界至今也没有提出一个公认的统一划分题材类别的标准。

中国古代短篇小说卷帙浩繁。要想编选出一套方便读者阅读鉴赏的丛书，自然应该分类立卷，而分类的最佳方法是按照题材划分。我们的原则是：博采众家之长，既参考文学史上一些分立类别的惯例，沿用一些习用的类别名称，又考虑到尽量适合当代读者的理解与接受习惯，例如，考虑到狭邪小说之称很难为今日的一般读者所理解，又兼以这类小说除了写娼妓生活，也常常夹以写优伶艺人生活的题材，所以就将这一类名之为倡优小说，且倡优一词也常在文化史和文学史上出现。又如，在当代读者心目中，世情一词的涵义已不仅限于专指爱情婚姻，而是涵盖了世风人情的各个方面，所以我们就专辟言情一类辑纳爱情题材作品，而在世情类中则辑纳那些反映世态民风、家庭人伦等题材的作品。再如，讲史小说、历史小说一般都用来指称那些讲说朝代史或大的历史事件以及演绎历史变迁的长篇作品，而古代短篇历史题材则往往是记述一些历史人物的生平或佚闻逸事。针对这种特点，该丛书将所选的十篇历史人物题材小说归于"史传小说"类。当然，史传小说在这里的意义，既与秦汉时期的史传文学有一定关联，又不能将其等同起来。它已经完全摆脱了历史散文的结构框架而具备了小说的所有特点。只是在题材上与史传文学相通罢了。这样，该丛书就依照下列十类分作了十卷：传奇小说、神魔小说、侠义小说、公案小说、世情小说、言情小说、史传小说、倡优小说、讽刺小说、幽默小说。特别需要说明的是，这样的分类只是为了适应将我国古代短篇小说按不同题材推荐介绍给一般读者的需要，而无意于在学术上提出古代短篇小说分类的一家之言。

四

中国古代短篇小说浩如烟海，即使按其题材分为十大类，各类中的篇目也是数不胜数，无法尽收，只能择优录取。在把握这"优"的标准时，丛书坚持了以下几条原则：思想内容总体倾向积极健康，艺术水准较高，具有一定的认识价值、审美价值与文化价值。具体地说，一是首先考虑传统名篇。对于那些文学史上素有定评、有重大影响、至今仍具有重要价值的不朽之作，优先辑选。"文库"中收入的这类优秀佳作不在少数，如唐传奇中的佼佼者《李娃传》《柳毅传》《莺莺传》《南柯太守传》《红线》；宋元话本中脍炙人口的《碾玉观音》《快嘴李翠莲》《错斩崔宁》；"三言""二拍"等明代拟话本中广为流传的优秀篇什《杜十娘怒沉百宝箱》《白娘子永镇雷峰塔》《金玉奴棒打薄情郎》《转运汉巧遇洞庭红　波斯胡指破鼍龙壳》等；还有清代优秀的文言短篇小说《聊斋志异》中的一些佳作，如《胭脂》《画皮》《席方平》等均属传统名篇，我们首先将它们推荐给广大读者。

除了传统名篇，丛书中还收入了一些历代广泛流传的作品。它们并不一定是传统名篇，有些或许还显得有些粗糙，存在某些缺陷，但由于其流传既广且久，对后世的小说创作和读者阅读产生过相当的影响。这一类作品中我们可举出《包龙图判百家公案》中的《五鼠闹东京》、辑入《清平山堂话本》的《董永遇仙记》以及收入《青琐高议》的秦醇所著《骊山记》。《五鼠闹东京》文意比较粗拙，然而这一包拯审判五鼠妖怪的故事流传之广几至家喻户晓。明人罗懋登的《三宝太监西洋记》，清人石玉昆的《三侠五义》，或摄入此故事，或对其进行改造，更扩大了这一故事的影响。《董永遇仙记》也属文字简古朴拙的一类，故事流传更广，曾被改编成戏曲、电影等多种艺术形式；《骊山记》写唐明皇、杨贵妃故事，其中特别细写杨贵妃与安禄山的微妙关系。作品在结构和表现上都有缺欠，然而它对后代白朴、洪升等同一题材的戏曲创作起着不可低估的作用，在宋代传奇中亦属传世之作。其他如宋代佚名的《王魁负心桂英死报》也有上述情况。辑选这些作品的目的，主要是为了充分肯定它们在古代小说史中的地位和作用，使读者对古代文学史上呈现出的某些题材系列作品现象能够有一个大概的认识。此外，不少在内容上或艺术上确有突出成就而由于某些原因在历史上未能引起特别重视的优秀之作，如唐代牛僧孺的《杜子春》、明代蔡明的《辽阳海神传》、清代浩歌子的《拾翠》、笔炼阁主人的《选琴瑟》、王韬的《玉儿小传》、毛祥鳞的《孀姝殊遇》、宣鼎的《燕尾儿》等，还有一些国内外新近发现或出版的古代小说作品，如过去仅存写刻本、近年才整理出版的明代讽刺小说集《鸳鸯针》中的作品；国内久佚、据日本佐伯文库藏本整理出版的清代拟话本《照世杯》中的篇什，以及近年于韩国发现的失传已久、堪称"三言""二拍"姊妹篇的《型世言》中的一些作品，我们都尽量选入丛书，以飨读者。

综上所述，着眼短篇，从唐代开选，按题材分类分册，从多方面、多角度择优辑选精品，这就是本丛书选目的基本原则。

至于丛书中各篇的注释，多寡不一，总的是以有助于读者阅读为准。文言文因附有译文，注释相对少些；古代白话中一些读者能意会的口语、俗语，有的也省略未注。翻译上采取直译还是意译，主要由执笔者定夺，未做统一规定。鉴赏文字的写法更无一定模式，一方面取决于作品本身的特点，一方面取决于执笔个人的鉴赏感受，有的从内容到艺术进行全面把握，有的着重于作者创作意图与客观价值之间关系的分析，有的着重抒写自己阅读的所感所获，或一目之得、一孔之见。具体写法、风格更不尽相同。然而，总的目的只有一个，那就是，启发引导读者自己去对作品进行鉴赏，给读者留下思考的余地。因为，不同的期待视野会使不同的读者对同一部作品产生不同的感受，而文学鉴赏本来就是一种读者个体的审美活动。

　　编选一套大规模的古代短篇小说鉴赏丛书，是一个极为艰难的工程。由于本人的才学和各种客观条件所限，在编撰中还存在许多缺陷与不足，特别是在选目方面定有不少疏漏和不当之处。诚恳地期望能够得到海内外专家们的赐正与教诲，也真心地期待着得到读者的批评指正。

　　　　　　　　　　　　　　　　　　　　吕智敏
　　　　　　　　　　　　　　　　　　　　2014 年 5 月

错斩崔宁

宋·佚 名

> 聪明伶俐自天生，懵懂痴呆未必真[1]。
> 嫉妒每因眉睫浅；戈矛时起笑谈深。
> 九曲黄河心较险，十重铁甲面堪憎。
> 时因酒色亡家国，几见诗书误好人。

这首诗单表为人难处。只因世路窄狭，人心叵测[2]；大道既远，人情万端。熙熙攘攘，都为利来；蚩蚩蠢蠢[3]，皆纳祸去。持身保家，万千反复。所以古人云："颦有为颦[4]，笑有为笑。颦笑之间，最宜谨慎。"

这回书单说一个官人，只因酒后一时戏笑之言，遂至杀身破家，陷了几条性命。且先引下一个故事来，权做个得胜头回[5]。

我朝元丰年间[6]，有一个少年举子，姓魏，名鹏举，字冲霄，年方一十八岁，娶得一个如花似玉的浑家。末及一月，只因春榜动，选场开，魏生别了妻子，收拾行囊，上京应取。临别时，浑家分付丈夫："得官不得官，早早回来，休抛闪了恩爱夫妻。"魏生答道："功名二字，是俺本领前程，不索贤卿忧虑。"别后登程到京，果然一举成名，榜上一甲第九名，除授京职[7]。到差甚是华艳动人，少不得修了一封家书，差人接取家眷入京。书上先叙了寒温及得官的事，后却写下一行道："是我在京中早晚无人照管，已讨了一个小老婆，专候夫人到京，同享荣华。"

家人收拾书程[8]，一径到家，见了夫人，称说贺喜，因取家书呈上。夫人拆开看了，见是如此如此，这般这般，便对家人道："官人直恁负恩！甫能得官[9]，便娶了二夫人。"家人便道："小人在京，并没见有此事，想是官人戏谑之言。夫人到京便知端的，休得忧虑。"夫人道："恁地说，我也罢了。"却因人舟未便，一面收拾起身，一面寻觅便人，先寄封平安家信到京中去。那寄书人到了京中，寻问新科魏进士寓所，下了家书，管待酒饭，自回不题。

却说魏生接书，拆开来看了，并无一句闲言闲语，只说道："你在京中娶了一个小老婆，我在家中也嫁了一个小老公[10]，早晚同赴京师也。"魏生见了，也只道是夫人取笑的说话，全不在意，未及收好，外面报说有个同年相访。京邸寓中，不比在家宽转，那人又是相厚的同年，又晓得魏生并无家眷在内，直至里面坐下。叙了些寒温，魏生起身去解手。那同年偶翻桌上书帖，看见这封家书写得好笑，故意朗诵起来。魏生措手不及，通红了脸，说道："这是没理的事。因是小弟戏谑了他，他便取笑写来的。"那同年呵呵大笑，道："这节事却是取笑不得的。"别了就去。

那人也是一个少年，喜谈乐道，把这封家书一节，顷刻间遍传京邸。也有一班妒忌魏生少年登高科的，将这桩事只当做风闻言事的一个小小新闻[11]，奏上一本，说这魏生年少不检，不宜居清要之职，降处外任。魏生懊恨无及。后来毕竟做官蹭蹬不起[12]，把锦片也似一段美前程等闲放过去了。这便是一句戏言，撒漫了一个美官[13]。

今日再说一个官人，也只为酒后一时戏言，断送了堂堂七尺之躯，连累二三个人枉屈害了性命。却是为着甚的？有诗为证：

> 世路崎岖实可哀，旁人笑口等闲开。
>
> 白云本是无心物，又被狂风引出来。

却说高宗时[14]，建都临安[15]，繁华富贵，不减那汴京故国[16]。去那城中箭桥左侧，有个官人，姓刘，名贵，字君荐。祖上原是有根基的人家，到得君荐手中，却是时乖运蹇[17]。先前读书，后来看看不济，却去改业做生意。便是半路上出家的一般，买卖行中一发不是本等伎俩[18]，又把本钱消了。渐渐大房改换小房，赁得两三间房子，与同浑家王氏年少齐眉。后因没有子嗣，娶下一个小娘子，姓陈，是陈卖糕的女儿，家中都呼为"二姐"。这也是先前不十分穷薄的时做下的勾当[19]，至亲三口，并无闲杂人在家。那刘君荐极是为人和气，乡里见爱，都称他："刘官人，你是一时运限不好[20]，如此落寞，再过几时，定时有个亨通的日子。"说便是这般说，那得有些些好处？只是在家纳闷，无可奈何。

却说一日闲坐家中，只见丈人家里的老王，年近七旬，走来对刘官人说道："家间老员外生日，特令老汉接取官人、娘子去走一遭。"刘官人便道："便是，我日逐愁闷过日子，连那泰山的寿诞也都忘了[21]。"便同浑家王氏收拾随身衣服，打叠个包儿，交与老王背了，分付二姐看守家中："今日晚了，不能转回，明晚须索来家[22]。"说了就去。

离城二十余里，到了丈人王员外家，叙了寒温。当日坐间客众，丈人、女婿不好十分叙述许多穷相，到得客散，留在客房里歇宿。直到天明，丈人却来与女婿攀话，说道："姐夫，你须不是这等算计。'坐吃山空，立吃地陷。''咽喉深似海，日月快如梭。'你须计较一个常便[23]，我女儿嫁了你一生，也指望丰衣足食，不成只是这等就罢了。"刘官人叹了一口气，道："是。泰山在上，道不得个'上山擒虎易，开口告人难。'如今的时势，再有谁似泰山这般怜念我的？只索守困[24]。若去求人，便是劳而无功。"丈人便道："这也难怪你说。老汉却是看你们不过，今日赍助你些少本钱[25]，胡乱去开个柴米店，赚得些利息来过日子，却不好么？"刘官人道："感蒙泰山恩顾，可知是好。"

当下吃了午饭，丈人取出十五贯钱来[26]，付与刘官人，道："姐夫，且将这些钱去收拾起店面，开张有日，我便再应付你十贯。你妻子且留在此过几日，待有了开店日子，老汉亲送女儿到你家，就来与你作贺。意下如何？"刘官人谢了又谢，驮了钱，一径出门。

到得城中，天色却早晚了，却撞着一个相识，顺路在他家门首经过。那人也要做经纪的人，就与他商量一会，可知是好。便去敲那人门时，里面有人应诺，出来相揖，便问："老兄下顾，有何见教？"刘官人一一说知就里[27]。那人便道："小弟闲在家中，老兄用得着时，便来相帮。"刘官人道："如此甚好。"当下说了些生意的勾当，那人便留刘官人在家，现成杯盘，吃了三杯两盏。刘官人酒量不济，便觉有些蒙眬起来，抽身作别，便道："今日相扰，明早就烦老兄过寒家计议生理。"那人又送刘官人至路口，作别回家，不在话下。若是说话的同年生[28]，并肩长，拦腰抱住，把臂拖回，也不见得受这般灾晦，却教刘官人死得不如：

《五代史》李存孝[29]，《汉书》中彭越[30]。

却说刘官人驮了钱，一步一步捱到家中敲门，已是点灯时分。小娘子二姐独自在家，没一些事做，守得天黑，闭了门，在灯下打瞌睡。刘官人打门，他那里便听见，敲了半响，方才知觉，答应一声"来了"，起身开了门。刘官人进去，到了房中。二姐替刘官人接了钱，放在桌上，便问："官人何处挪移这项钱来？却是甚用？"那刘官人一来有了几分酒，二来怪他开得门迟了，且戏言吓他一吓，便道："说出来，又恐你见怪；不说时，又须通你得知。只是我一时无奈，没计可施，只得把你典与一个客人，又因舍不得你，只典得十五贯钱。若是我有些好处，加利赎你回来；若是照前这般不顺溜，只索罢了。"那小娘子听了，欲待不信，又见十五贯钱堆在面前；欲待信来："他平白与我没半句言语，大娘子又过得好，怎么便下得这等狠心辣手？"狐疑不决，只得再问道："虽然如此，也须通知我爹娘一声。"刘官人道："若是通知你爹娘，此事断然不成。你明日且到了人家，我慢慢央人与你爹娘说通，他也须怪我不得。"小娘子又问："官人今日在何处吃酒来？"刘官人道："便是把你典与人，写了文书，吃他的酒才来的。"小娘子又问："大姐姐如何不来？"刘官人道："他因不忍见你分离，待得你明日出了门才来。这也是我没计奈何，一言为定。"说罢，暗地忍不住笑。不脱衣裳，睡在床上，不觉睡去了。

那小娘子好生摆脱不下："不知他卖我与甚色样人家？我须先去爹娘家里说知。就是他明日有人来要我，寻到我家，也须有个下落。"沉吟了一会，却把这十五贯钱，一垛儿堆在刘官人脚后边。趁他酒醉，轻轻的收拾了随身衣服，款款的开了门出去[31]，拽上了门，却去左边一个相熟的邻舍叫做朱三老儿家里，与朱三妈借宿了一夜，说道："丈夫今日无端卖我，我须先去与爹娘说知。烦你明日对他说一声，既有了主顾，可同我丈夫到爹娘家中来讨个分晓，也须有个下落。"那邻舍道："小娘子说得有理。你只顾自去，我便与刘官人说知就里。"过了一宵，小娘子作别去了，不题。正是：

> 鳌鱼脱却金钩去，摆尾摇头再不回。

放下一头。却说这里刘官人一觉直至三更方醒，见桌上灯犹未灭，小娘子不在身边，只道她还在厨下收拾家火，便唤二姐讨茶吃。叫了一回，没人答应，却待挣扎起来，酒尚未醒，不觉又睡了去。不想却有一个做不是的[32]，日间赌输了钱，没处出豁，夜间出来掏摸些东西。却好到刘官人门首，因是小娘子出去了，门儿拽上不关，那贼略推一推，豁地开了。捏手捏脚，直到房中，并无一人知觉。到得床前，灯火尚明，周围看时，并无一物可取。摸到床上，见一人朝着里床睡去，脚后却有一堆青钱，便去取了几贯。不想惊觉了刘官人，起来喝道："你须不尽道理[33]，我从丈人家借办得几贯钱来养身活命，不争你偷了我的去[34]，却是怎的计结？"

那人也不回话，照面一拳。刘官人侧身躲过，便起身与这人相持。那人见刘官人手脚活动，便拔步出房。刘官人不舍，抢出门来，一径赶到厨房里，恰待声张邻舍起来捉贼。那人急了，正好没出豁，却见明晃晃一把劈柴斧头正在手边。也是人急计生，被他绰起，一斧正中刘官人面门，扑地倒了；又复一斧，斫倒一边。眼见得刘官人不活了。呜呼哀哉，伏惟尚飨[35]！那人便道："一不做，二不休，却是你来赶我，不是我来寻你索命。"翻身入房，取了十五贯钱。扯条单被包裹得停当，拽扎得爽利，出门拽上了门就走，不题。

次早邻舍起来，见刘官人家门也不开，并无人声息，叫道："刘官人，失晓了[36]"里面没人答应。挨将进去，只见门也不关。直到里面，见刘官人劈死在地。他家大娘子两日前已自往娘家去了，小娘子如何不见？免不得声张起来。却有昨夜小娘子借宿的邻家朱三老儿说道："小娘子昨夜黄昏时到我家宿歇，说道刘官人无端卖了他，他一径先到爹娘家里去了；教我对刘官人说，既有了主顾，可同他到他爹娘家中，也讨得个分晓。今一面着人去追他转来，便有下落；一面着人去报他大娘子到来，再作区处。"众人都道："说得是。"

先着人去到王老员外家报了凶信。老员外与女儿大哭起来，对那人道："昨日好端端出门，老汉赠他十五贯钱，教他将来作本，如何便恁的被人杀了？"那去的人道："好教老员外大娘子得知，昨日刘官人归时，已自昏黑，吃得半酣，我们都不晓得他有钱没钱，归迟归早。只是今早刘官人家门儿半开，众人推将进去，只见刘官人杀死在地，十五贯钱一文也不见，小娘子也不见踪迹。声张起来，却有左邻朱三老儿出来，说道他家小娘子昨夜黄昏时分借宿他家。小娘子说道刘官人无端把他典与人了，小娘子要对爹娘说一声，住了一宵，今日径自去了。如今众人计议，一面来报大娘子与老员外，一面着人去追小娘子。若是半路里追不着的时节，直到他爹娘家中，好歹追他转来，问个明白。老员外与大娘子须索去走一遭，与刘官人执命。"老员外与大娘子急急收拾起身，管待来人酒饭，三步做一步，赶入城中不题。

却说那小娘子，清早出了邻舍人家，捱上路去，行不上一二里，早是脚疼走不动，坐在路旁。却见一个后生，头带万字头巾，身穿直缝宽衫，背上驮了一个搭膊[37]，里面却是铜钱，脚下丝鞋净袜，一直走上前来。到了小娘子面前，看了一看，虽然没有十二分颜色，却也明眉皓齿，莲脸生春，秋波送媚，好生动人。正是：

> 野花偏艳目，村酒醉人多。

那后生放下搭膊，向前深深作揖："小娘子独行无伴，却是往那里去的？"小娘子还了万福，道："是奴家要往爹娘家去，因走不上，权歇在此。"因问："哥哥是何处来?今要往何方去?"那后生叉手不离方寸[38]："小人是村里人。因往城中卖了丝帐，讨得些钱，要往褚家堂那边去的。"小娘子道："告哥哥则个，奴家爹娘也在褚家堂左侧，若得哥哥带挈奴家同走一程，可知是好?"那后生道："有何不可。既如此说，小人情愿伏侍小娘子前去。"

两个厮赶着，一路正行，行不到二三里田地，只见后面两个人脚不点地赶上前来。赶得汗流气喘，衣服拽开，连叫："前面小娘子慢走，我却有话说知!"小娘子与那后生看见赶得蹊跷，都立住了脚。后边两个赶到跟前，见了小娘子与那后生，不容分说，一家扯了一个，说道："你们干得好事! 却走往那里去?"小娘子吃了一惊，举眼看时，却是两家邻舍，一个就是小娘子昨夜借宿的主人。小娘子便道："昨夜也须告过公公得知，丈夫无端卖我，我自去对爹娘说知。今日赶来，却有何说?"朱三老道："我不管闲账。只是你家里有杀人公事，你须回去对理。"小娘子道："丈夫卖我，昨日钱已驮在家中。有甚杀人公事? 我只是不去。"朱三老道："好自在性儿! 你若真个不去，叫起地方，有杀人贼在此，烦为一捉。不然，须要连累我们，你这里地方也不得清净。"

那个后生见不是话头，便对小娘子道："既如此说，小娘子只索回去，小人自家去休。"那两个赶来的邻舍齐叫起来，说道："若是没有你在此便罢，既然你与小娘子同行同止，你须也去不得。"那后生道："却又古怪! 我自半路遇见小娘子，偶然伴他行一程，路途上有甚皂丝麻线[39]，要勒掯我同去[40]?"朱三老道："他家有了杀人公事，不争放你去了，却打没对头官司!"当下怎容小娘子和那后生做主。看的人渐渐立满，都道："后生，你去得，你日间不作亏心事，半夜敲门不吃惊，便去何妨？"那赶来的邻舍道："你若不去，便是心虚，我们却和你罢休不得。"四个人只得厮挽着一路转来。

到得刘官人门首，好一场热闹。小娘子入去看时，只见刘官人斧劈倒在地死了，床上十五贯钱，分文也不见。开了口，合不得；伸了舌，缩不上去。那后生也慌了，便道："我怎的晦气！没来由和小娘子同走一程，却做了干连人。"众人都和闹着。正在那里分豁不开，只见王老员外和女儿一步一**攧**走回家来，见了女婿尸身，哭了一场，便对小娘子道："你却如何杀了丈夫，劫了十五贯钱逃出去？今日天理昭然，有何理说？"小娘子道："十五贯钱委是有的。只是丈夫昨晚回来，说是无计奈何，将奴家典与他人，典得十五贯身价在此，说过今日便要奴家到他家去。奴家因不知他典与甚色样人家，先去与爹娘说知。故此趁夜深了，将这十五贯钱一垛儿堆在他脚后边，拽上门，到朱三老家住了一宵，今早自去爹娘家里说知。我去之时，也曾央朱三老对我丈夫说：既然有了主儿，便同到我爹娘家里来交割。却不知因甚杀死在此？"那大娘子道："可又来[41]！我的父亲昨日明明把十五贯钱与他驮来作本，养赡妻小，他岂有哄你说是典来身价之理？这是你两日因独自在家，勾搭上了人；又见家中好生不济，无心守耐；又见了十五贯钱，一时见财起意，杀死丈夫，劫了钱；又使见识，往邻舍家借宿一夜，却与汉子通同计较，一处逃走。现今你跟着一个男子同走，却有何理说，抵赖得过？"众人齐声道："大娘子之言真是有理。"又对那后生道："后生，你却如何与小娘子谋杀亲夫？却暗暗约定在僻静处等候，一同去逃奔他方，却是如何计结？"那人道："小人自姓崔，名宁，与那小娘子无半面之识。小人昨晚入城卖得几贯丝钱在这里，因路上遇见小娘子，小人偶然问起往那里去的，却独自一个行走。小娘子说起是与小人同路，以此作伴同行，却不知前后因依[42]"众人那里肯听他分说，搜索他搭膊中，恰好是十五贯钱，一文也不多，一文也不少。众人齐发起喊来："道是'天网恢恢，疏而不漏[43]'。你却与小娘子杀了人，拐了钱财，盗了妇女，同往他乡，却连累我地方邻里打没头官司。"

当下大娘子结扭了小娘子，王老员外结扭了崔宁，四邻舍都是证见，一哄都入临安府中来。那府尹听得有杀人公事，即便升堂，便叫一干人犯，逐一从头说来。先是王老员外上去告说："相公在上。小人是本府村庄人氏，年近六旬，只生一女，先年嫁与本府城中刘贵为妻。后因无子，娶了陈氏为妾，呼为二姐。一向三口在家过活，并无片言。只因前日是老汉生日，差人接取女儿、女婿到家住了一夜。次日因见女婿家中全无活计，养赡不起，把十五贯钱与女婿作本，开店养身。却有二姐在家看守，到得昨夜，女婿到家时分，不知因甚缘故，将女婿斧劈死了。二姐却与一个后生名唤崔宁一同逃走，被人追捉到来。望相公可怜见老汉的女婿身死不明，奸夫淫妇，赃证见在，伏乞相公明断！"

府尹听得如此如此，便叫："陈氏上来！你却如何通同奸夫杀死了亲夫，劫了钱与人一同逃走？是何理说？二姐告道："小妇人嫁与刘贵，虽是个小老婆，却也得他看承得好；大娘子又贤慧，却如何肯起这样歹心！只是昨晚丈夫回来，吃得半酣，驮了十五贯钱进门。小妇人问他来历，丈夫说道为因养赡不周，将小妇人典与他人，典得十五贯身价在此，又不通我爹娘得知，明日就要小妇人到他家去。小妇人慌了，连夜出门，走到邻舍家里借宿一宵，今早一径先往爹娘家去。教他对丈夫说：既然卖我有了主顾，可到我爹妈家里来交割。才走得到半路，却见昨夜借宿的邻家赶来，捉住小妇人回来，却不知丈夫杀死的根由。"那府尹喝道："胡说！这十五贯钱分明是他丈人与女婿的，你却说是典你的身价，眼见的没巴臂的说话了[44]。况且妇人家如何黑夜行走？定是脱身之计。这桩事须不是你一个妇人家做的，一定有奸夫帮你谋财害命，你却从实说来！"那小娘子正待分说，只见几家邻舍一齐跪上去，告道："相公的言语，委是青天！他家小娘子昨夜果然借宿在左邻第二家的，今早他自去了。小的们见他丈夫杀死，一面着人去赶，赶到半路，却见小娘子和那一个后生同走，苦死不肯回来。小的们勉强捉他转来；却又一面着人去接他大娘子与他丈人。到时，说昨日有十五贯钱付与女婿做生理的，今者女婿已死，这钱不知从何而去。再三问那小娘子时，说道他出门时，将这钱一垛儿堆在床上；却去搜那后生身边，十五贯钱分文不少，却不是小娘子与那后生通同谋杀！赃证分明，却如何赖得过！"府尹听他们言言有理，就唤那后生上来，道："帝辇之下[45]，怎容你这等胡行！你却如何谋了他小老婆？劫了十五贯钱？杀死他亲夫？今日同往何处？从实招来！"那后生道："小人姓崔，名宁，是乡村人氏。昨日往城中卖了丝，卖得这十五贯钱。今早偶然路上撞着这小娘子，并不知他姓甚名谁，那里晓得他家杀人公事！"府尹大怒，喝道："胡说！世间不信有这等巧事！他家失去了十五贯钱，你却卖的丝恰好也是十五贯钱，这分明是支吾的说话了。况且'他妻莫爱，他马莫骑'；你既与那妇人没甚首尾，却如何与他同行同宿？你这等顽皮赖骨，不打如何肯招！"当下众人将那崔宁与小娘子死去活来拷打一顿。那边王老员外与女儿并一干邻佑人等，口口声声咬他二人，府尹也巴不得了结这段公案。拷讯一回，可怜崔宁和小娘子受刑不过，只得屈招了，说是一时见财起意，杀死亲夫，劫了十五贯钱，同奸夫逃走是实。左邻右舍都指画了十字。将两人大枷枷了，送入死囚牢里。将这十五贯钱给还原主，也只好奉与衙门中人做使用，也还不够哩。

府尹叠成文案，奏过朝廷。部复申详[46]，倒下圣旨，说"崔宁不合奸骗人妻，谋财害命，依律处斩；陈氏不合通同奸夫杀死亲夫，大逆不道，凌迟示众[47]。"当下读了招状，大牢内取出二人来，当厅判一个"斩"字，一个"剐"字，押赴市曹，行刑示众。两人浑身是口也难分说。正是：

> 哑子谩尝黄蘗味[48]，难将苦口对人言。

看官听说：这段公事，果然是小娘子与那崔宁谋财害命的时节，他两人须连夜逃走他方，怎的又去邻舍人家借宿一宵？明早，又走到爹娘家去，却被人捉住了？这段冤枉，仔细可以推详出来；谁想问官糊涂，只图了事；不想捶楚之下，何求不得！冥冥之中，积了阴骘[49]，远在儿孙近在身，他两个冤魂也须放你不过。所以做官的切不可率意断狱，任情用刑，也要求个公平明允。道不得个"死者不可复生，断者不可复续"，可胜叹哉！

闲话休题。却说那刘大娘子到得家中，设个灵位守孝过日，父亲王老员外劝他转身[50]，大娘子说道："不要说起三年之久，也须到小祥之后[51]。"父亲应允自去。

光阴迅速，大娘子在家，巴巴结结，将近一年。父亲见他守不过，便叫家里老王去接他来，说："叫大娘子收拾回家，与刘官人做了周年，转了身去罢。"大娘子没计奈何，细思父言，亦是有理。收拾了包裹，与老王背了，与邻舍家作别，暂去再来。一路出城，正值秋天，一阵乌云猛雨，只得落路往一所林子去躲，不想走错了路。正是：

> 猪羊走屠宰之家，一脚脚来寻死路。

走入林子里去，只听他林子背后大喝一声："我乃静山大王在此。行人住脚，须把买路钱与我！"大娘子和那老王吃那一惊不小，只见跳出一个人来：

头带乾红凹面巾，身穿一领旧战袍，腰间红绢搭膊裹肚，脚下蹬一双乌皮皂靴，手执一把朴刀。

舞刀前来。那老王该死，便道："你这剪径的毛团[52]，我须是认得你！做这老性命着与你兑了罢[53]！"一头撞去，被他闪过空，老人家用力猛了，扑地便倒。那人大怒道："这牛子好生无礼！"连搠一两刀，血流在地，眼见得老王养不大了。那刘大娘子见他凶猛，料道脱身不得，心生一计，叫做"脱空计"，拍手叫道："杀得好！"那人便住了手，睁圆怪眼，喝道："这是你甚么人？"那大娘子虚心假气的答道："奴家不幸，丧了丈夫，却被媒人哄诱，嫁了这个老儿，只会吃饭。今日却得大王杀了，也替奴家除了一害。"那人见大娘子如此小心，又生得有几分颜色，便问道："你肯跟我做个压寨夫人么？"大娘子寻思，无计可施，便道："情愿伏侍大王。"那人回嗔作喜，收拾了刀杖，将老王尸首搠入涧中，领了刘大娘子到一所庄院前来，甚是委曲[54]。只见大王向那地上拾些土块，抛向屋上去，里面便有人出来开门。到得草堂之上，分付杀羊备酒，与刘大娘子成亲。两口儿且是说得着。正是：

　　　　　明知不是伴，事急且相随。

不想那大王自得了刘大娘子之后，不上半年，连起了几主大财，家间也丰富了。大娘子甚是有识见，早晚用好言语劝他："自古道：'瓦罐不离井上破，将军难免阵中亡。'你我两人下半世也够吃用了，只管做这没天理的勾当，终须不是个好结果。却不道是'梁园虽好，不是久恋之家[55]'。不若改行从善，做个小小经纪，也得过养身活命。"那大王早晚被他劝转，果然回心转意，把这门道路撇了。却去城市间赁下一处房屋，开了一个杂货店，遇闲暇的日子，也时常去寺院中念佛赴斋。忽一日，在家闲坐，对那大娘子道："我虽是个剪径的出身，却也晓得

'冤各有头，债各有主'。每日间只是吓骗人东西，将来过日子。后来得有了你，一向不大顺溜，今已改行从善。闲来追思既往，正会枉杀了两个人，又冤陷了两个人，时常挂念，思欲做些功德超度他们。一向不曾对你说知。"大娘子便道："如何是枉杀了两个人？"那大王道："一个是你的丈夫。前日在林子里的时节，他来撞我，我却杀了他。他须是个老人家，与我往日无仇；如今又谋了他老婆，他死也是不肯甘心的。"大娘子道："不恁的时，我却那得与你厮守！这也是往事，休题了。"又问："杀那一个又是甚人？"那大王道："说起杀这个人，一发天理上放不过去，且又带累了两个人无辜偿命。是一年前，也是赌输了，身边并无一文，夜间便去掏摸些东西。不想到一家门首，见他门也不闩，推进去时，里面并无一人。摸到门里，只见一人醉倒在床，脚后却有一堆铜钱，便去摸他几贯。正待要走，却惊醒了那人，起来说道：'这是我丈人家与我做本钱的，不争你偷去了，一家人口都是饿死！'起身抢出房门，正待声张起来。是我一时见他不是话头，却好一把劈柴斧头在我脚边，这叫做'人急计生'，绰起斧来，喝一声道：'不是我，便是你！'两斧劈倒，却去房中将十五贯钱尽数取了。后来打听得他却连累了他家小老婆，与那一个后生，唤作崔宁。冤枉了他谋财害命，双双受了国家刑法。我虽是做了一世强人，只有这两桩人命是天理人心打不过去的；早晚还要超度他，也是该的。"

那大娘子听说，暗暗地叫苦："原来我的丈夫也吃这厮杀了，又连累我家二姐与那个后生无辜受戮。思量起来，是我不合当初做弄他两人偿命；料他两人阴司中也须放我不过。"当下权且欢天喜地，并无他说。明日捉个空，便一径到临安府前，叫起屈来。那时换了一个新任府尹，才得半月，正值升厅，左右捉将那叫屈的妇人进来。刘大娘子到于阶下，放声大哭。哭罢，将大手前后所为，怎的"杀了我丈夫刘贵，问官不肯推详，含糊了事，却将二姐与那崔宁蒙胧偿命；后来又怎的杀了老王，奸骗了奴家，今日天理昭然，一一是他亲口招承。伏乞相公高抬明镜，昭雪前冤！"说罢又哭。府尹见他情词可悯，即着人去捉那静山大王到来。用刑拷讯，与大娘子口词一些不差。即时问成死罪，奏过官里[56]。

待六十日限满，倒下圣旨来："勘得静山大王谋财害命，连累无辜，准律杀一家非死罪三人者斩加等，决不待时[57]。原问官断狱失情，削职为民；崔宁与陈氏枉死可怜，有司访其家[58]，量行优恤；王氏既系强徒威逼成亲，又能伸雪夫冤，着将贼人家产一半没入官，一半给与王氏养赡终身。"刘大娘子当日往法场上看决了静山大王，又取其头，去祭献亡夫、并小娘子及崔宁，大哭一场。将这一半家私舍入尼姑庵中，自己朝夕看经念佛，追荐亡魂，尽老百年而终。有诗为证：

善恶无分总丧躯，只因戏语酿灾危。

劝君出语须诚实，口舌从来是祸基。

（选自《京本通俗小说》）

[注释]

[1] 懵（měng 猛）懂——糊涂。

[2] 叵测——不可测。

[3] 蚩蚩蠢蠢——愚昧无知的样子。

[4] 颦有为颦——皱眉是因为忧愁的事所致。颦（pín 频），皱眉，忧愁的样子。

[5] 得胜头回——又称笑耍头回。宋元小说话本的体制之一，在正话之前，是主要故事之前的一段小故事。

[6] 元丰——宋神宗年号之一（1078—1085）。

[7] 除授——任命。

[8] 书程——书信和路费。程，程仪，为出门人提供的川资。

［10］老公——丈夫。

［11］风闻言事——将传闻上奏给皇帝。风闻，不确实的传闻。言事，向皇帝奏事。

［12］蹭蹬不起——受挫不振。蹭蹬（cèng 层去声 dèng 邓），行路失势难进的样子。

［13］撒漫——糟踏。

［14］高宗——南宋第一个皇帝。

［15］临安——今浙江省杭州市。

［16］汴京故国——北宋都城汴京，今河南省开封市。

［17］时乖运蹇——时运不好。

［18］一发——越发。本等伎俩——属于本行的技能。本等，宋人习用语，本行的意思。

［19］勾当——事情。

［20］运限——时运。

［21］泰山——指岳父。

［22］须索——必定。

［23］常便——长远打算。

［24］只索——只好，只得。

［25］赍助——用财物帮助。赍（jī 机），将物送人。

［26］贯——古代铜钱的计算单位名称。一贯是用绳子穿成一串的一千个铜钱。

［27］就里——底细，内情。

［28］说话的——这里指讲故事的说话艺人。

［29］李存孝——五代时后唐人，李克用养子，官至汾州刺史，因受人陷害而被李克用用车裂的酷刑处死。

［30］彭越——汉初名将，因有人告发他谋反，而被刘邦处死，剁成肉酱。

［31］款款的——慢慢的。

［32］做不是的——行为不正的人，多指小偷。

［33］须——真是。

［34］不争——若是，假使。

［35］呜呼哀哉，伏惟尚飨——哀悼死者的套话，多用以祭文的结尾。尚，希望。飨，通"享"，享用。

［36］失晓——睡过了头，不知天已大亮了。

［37］搭膊——又名褡裢，古人外出时搭在肩上的装财物的袋子。

［38］方寸——这里指心胸。

［39］皂丝麻线——黑丝线、白麻线缠绕在一起，喻指牵连。

［40］勒掯——硬逼。

［41］可又来——宋元俗语，亏你说得出的意思。

［42］前后因依——前因后果，缘由经过。

［43］天网恢恢，疏而不漏——《老子》中的两句话，原文是"天网恢恢，疏而不失"，意思是天网广大，网眼虽稀，但不会漏掉一个犯法的人。

［44］没巴臂——没凭据的意思。

［45］帝辇——皇帝的车舆，这里指京城。辇（niǎn 碾），车舆。

［46］部复申详——刑部复审后申奏给皇帝。

［47］凌迟——古代极刑之一，始于五代，"凌迟者，先断其支体，乃抉其吭，当时之极法也。"（《宋史·刑法志》）

［48］黄蘗——一种草药，味苦。

［49］阴骘（zhì 至）——阴德。这里说的是反话。

［50］转身——改嫁。

［51］小详——人死后一周年的祭祀。

［52］剪径——劫路。毛团——畜生。

［53］兑——拼掉。

［54］委曲——这里指所经道路的迂回曲折。

［55］梁园虽好，不是久恋之家——宋人习用套话，借梁园不是久恋之家以喻指不可久留的地方。梁园，又名梁苑，是汉代梁孝王刘武建造的花园，时名兔园，故址在商丘（今属河南省）城东。

［56］官里——即官家。宋人称皇帝为官家。

［57］决不待时——执行死刑不等到例行的时间，立即执行死刑的意思。古代执行死刑多在秋天，而对案情重大的罪犯则要立即执行死刑。决，执行死刑。

［58］有司——主管的官员。

[鉴赏]

作为宋代小说话本，这篇小说有着小说话本所应有的完整体制，包括篇首、入话、头回、正话、篇尾。"错斩崔宁，"是正话叙写的故事。这篇小说编入《醒世恒言》后，标题改为《十五贯戏言成巧祸》。原标题突出了"错"，偏重在内容方面；而改后的标题抓住了"十五贯"这一情节发展线索和"巧"这一结构安排特点，着眼于形式方面。两个标题分别将这篇小说的思想价值和艺术价值作了准确而简练的概括。

"错斩崔宁"的故事，一开始就被划入了公案之列；而其所揭示出的那个时代之"错"，却超出了公案的范畴。

这篇小说是在南宋时期创作出来的，所叙写的故事发生在南宋高宗年间的京都临安。在宋代，随着手工业、商业的发达，市民阶层不断壮大。这一新兴的阶层，虽未形成阶级，但既有别于作为封建统治阶级的地主阶级，又有别于作为被统治阶级的农民阶级。市民阶层，同封建统治集团既有联系又有矛盾，形成的意识，既受封建思想影响，又有反封建因素。下层市民受着封建势力的压榨和迫害，是市民阶层与封建统治阶级之间一种不可解决的矛盾。这篇小说就写到了卖糕商贩的女儿、卖丝人这些下层市民在强大封建势力统治下的生活，腐败的官僚制度、司法制度不仅夺去他们生存的自由，而且最终夺去了他们年轻的生命。这篇小说的矛头所向，针对的就是当时封建官僚制度和司法制度。又因为对封建制度的揭露是在市民阶层不断壮大这一文化背景下进行的，那些受封建思想影响的市民扭曲心理便有所反映，并给予了批判。

南宋的京都临安，据《梦粱录》记载是"近百万余家"的大城市，手工业作坊、商行店铺、娱乐场所遍布。就是在这样的社会环境里，小说的主要人物相继登场了。出生于"有根基的人家"、原是读书人的刘贵，第一个同读者见面。从这一人物可看出，地主阶级的价值取向、生活方式已为市民意识所冲淡。刘贵不再把通过科举获取功名看作唯一出路，也"改业做生意"。由两汉以来的轻商到两宋的经商受重视这一观念上的转变，已是那个时代的时尚。刘贵的岳父，不像《莺莺传》中的老夫人要求未来的女婿非获取功名不可，而是对女婿"改业做生意"持认同态度，"取出十五贯钱"作为女婿开柴米店的本钱。新观念的萌生，从这一事例可见端倪。然而，身为市民的刘贵，其头脑却深受封建思想影响。"戏言陈二姐"这一关键性的情节，反映出封建夫权思想的毒害。刘贵还算不上封建夫权思想的顽固维护者，可在"戏言陈二姐"时却随口说出"把你典与一个客人""只典得十五贯钱"这样的话。丈夫典妻，将妻子当作货物一样进行交易，这在封建社会是受到法律保护的。正因为如此，作为刘贵小妾的陈二姐对"戏言"也不怀疑，面对"典妻"而认为理所当然。"戏言陈二姐"是"错斩崔宁"的导火线，这篇小说在重点揭露"错斩"之"错"的同时，也揭露了封建夫权思想对市民阶层的毒害。

"错斩"之前是"错判"，"错判"之前是"错抓"。表现"错抓"，则折射出市民的扭曲心理。在宋代小说话本中，不少作品表现了对封建礼教束缚妇女的批判；就是在这篇小说中，也可看出对封建贞节观念的蔑视。刘贵被杀后，刘的岳父劝刘大娘子"转身"，即改嫁，刘大娘子也说出"细思父言，亦是有理"的话。将改嫁认作"有理"并身体力行，是同封建礼教相对抗的言行。然而，在市民意识中还残存着封建的"男女授受不亲"观念。卖丝人崔宁和回娘家的陈二姐结伴同行，这本是平常事，正如崔宁自己说的"却又古怪！我自半路遇见小娘子，偶然伴他行一程，路途上有甚皂丝麻线"，而赶来抓人的刘家众邻居却叫起来："既然你与小娘子同行同止，你须也去不得！"并由此推论出："你却如何与小娘子谋杀亲夫？"崔宁由此而被"错抓"，经"错判"而被"错斩"。如果说作者对"错斩"是进行了控诉的话，那么，对刘家众邻居的"错抓"行为则是责怪的，深深痛惜市民意识中还残存着封建的"男女授受不亲"观念。

展示出"男女之大防"的客观存在，并给予批判，不仅在"错抓"情节中有所涉及，而且在这篇小说的头回中有更生动的表现。头回叙写了魏鹏举因与妻子"戏言"触犯了封建礼教，而失去了"锦片也似一段美前程"。魏的"娶了一个小老婆"的"戏言"，还不是问题的所在；问题在于，魏妻的"嫁了一个小老公"的取笑。正如头回中所写的"这节事却是取笑不得的"。为封建礼教所束缚的妇女，怎能有触犯封建礼教的言行？魏妻的话在那个时代是出了格的，也就遭到了封建礼教卫道士的惩罚。

"错抓"折射出的市民扭曲心理，除前述之外，还有一种避祸心态。刘家近邻朱三老追上陈二姐说："不然，须要连累我们"；赶来的众邻居甚至说："我们却和你罢休不得。"刘贵被杀，十五贯被盗，众邻居怕牵连进这命案之中，便死死抓住陈二姐和崔宁不放。避祸心态虽未被大加挞伐，但也被看作是一种"错"。然而，透过此"错"可看出更大的"错"。避祸心态是封建统治制度所造成的，残酷的封建统治带来的是人人自危。因而，这实际上是对封建统治之残酷的揭露。篇首的八句诗、入话的解释和篇尾的四句诗，同样有避祸心态的表露。此与正话中的这一叙写，情绪是一致的。

这篇小说重点写到的"错判""错斩"，是对封建司法制度的揭露。在封建社会，谈不上法治，人治又多是昏官酷吏之治，小说就毫不掩饰地指出"问官糊涂"，无情鞭挞了昏官之治。因而，这篇小说是将揭露封建官僚制度同揭露封建司法制度连在一起的。

对封建官僚制度和司法制度的揭露，是通过临安府尹对十五贯命案的错误处理展开的。临安府尹，是京都这一大城市的行政长官，是封建司法制度的执行者。他是一个蛮横而昏庸的封建官僚。陈二姐和崔宁被"错抓"押上公堂，他未做任何调查，而是先有结论，这结论虽是错的，却一意孤行。他审案的第一句话就是："陈氏上来！你却如何通同奸夫杀死了亲夫，劫了钱与人一同逃走。是何理说？"他还"巴不得了结这段公案"，逼、供、信，致使"崔宁和小娘子受刑不过，只得屈招了"。

接着便是："府尹叠成文案，奏过朝廷。部复申详，倒下圣旨，说'崔宁不合奸骗人妻，谋财害命，依律处斩；陈氏不合通同奸夫杀死亲夫，大逆不道，凌迟示众'。"这篇小说将临安府尹作为批判对象，矛盾指向封建统治集团的高层人物，可谓大胆；而"倒下圣旨"的字样，将皇帝这最高统治者也拉了出来，更显示了大胆的批判精神。

临安府尹被写成"昏官"，指出他"问官糊涂，只图了事"。他有昏的一面，但作为封建礼教的卫道士又是很清醒的。束缚妇女的封建礼教，处处严格限制着妇女的一言一行。他审案中说的"况且妇人家如何黑夜行走"，正是按封建礼教苛求陈二姐的。他对崔宁说的"你既与那妇人没甚首尾，却如何与他同行同宿"，反映出他头脑中的"男女授受不亲"的封建观念要比刘家众邻居严重得多。圣旨中的判词，无疑地是基于他的初拟，崔宁是被"依律处斩"，陈二姐是被"凌迟示众"。且不说这是"错斩"，"错斩"还要分出不同情况，妇女要比男子受到更残酷的迫害。这不正反映出封建礼教卫道士对妇女的迫害已达到无以复加的地步了吗？

临安府尹又有着一付蛮横的嘴脸。听了陈二姐的话后，"那府尹喝道：'胡说！'"听了崔宁的话后，"府尹大怒，喝道：'胡说！'"左一个"胡说"，右一个"胡说"。封建专制者把自己的"胡说"当成真理，把别人的符合客观实际的话骂成"胡说"。这也是小说的一个批判内容。小说中将临安府尹的"喝道""胡说"，同陈二姐的如实而又从容的解释，着意加以鲜明对比，增强了批判的力度。壮大起来的市民阶层，已萌生民主意识，因而极力反对封建专制者。这篇小说对临安府尹所进行的批判，还有张扬市民民主意识的一面。

一个"错"字，点到了这篇小说的要害。如前所述，原标题突出"错"是偏重在内容方面，而改后的标题是着眼于形式方面的，"十五贯""戏言"和"巧"也是很讲究的。

"十五贯"这一细节，是正话故事情节发展的线索。这篇小说中前后有三十余处写到"十五贯"或"钱"："丈人取出十五贯钱来，付与刘官人"；刘贵"驮了钱，一径出门"，"到得城中"；"刘官人驮了钱，一步一步捱到家中敲门"；"二姐替刘官人接了钱"；刘贵说"只得把你典与一个客人"，"只典得十五贯钱"；陈二姐"欲待不信，又见十五贯钱堆在面前"；陈二姐"却把这十五贯钱，一垛儿堆在刘官人脚后边"；贼见刘贵"脚后却有一堆青钱，便去取了几贯"；贼"翻身入房，取了十五贯钱"；崔宁"背上驮了一个搭膊，里面却是铜钱"；"小娘子入去看时"，"床上十五贯钱，分文也不见"；搜崔宁的"搭膊中，恰好是十五贯钱，一文也不多，一文也不少"。除以上所引的十二处外，在公堂上陈二姐、崔宁和临安府尹等人有十五处提到"十五贯"或"钱"，前后还有几处。"十五贯"或"钱"反复写来，如此一线贯穿，前后照应，使情节发展的脉络异常鲜明。又因前后用语变换多样，而未有重复杂沓之弊。将以上所引的十二处串起来，就是一个生动的故事提纲。"戏言"这一细节，有近十处写到。正话故事中第一次出现"戏言"，是刘贵取笑陈二姐说把她典了。这一"戏言"，是正话故事情节发展的启动。正是因这一细节的启动，陈二姐才在夜里离家，贼才得以进门，十五贯命案才发生了。"戏言"的反复写来，也成了正话故事情节发展的线索。还有"酒醉"这一细节，多处写到，前后照应。正因为多处写到刘贵酒醉，而增强了情节发展的合理性。

　　这篇小说结构安排的特点，最突出的是"巧"。驮钱回家的刘贵在街上"撞着一个相识"，是巧遇，巧遇之后二人吃了酒，这一情节的设置是必要的，因为吃酒才耽搁了时间，也是因为吃酒才有酒醉后的"戏言"。听了"戏言"的陈二姐夜里离家，"门儿拽上不关，那贼略推一推，豁地开了"，贼来偷而门未关，又是一巧，正是因为这一巧才有十五贯命案的发生。回娘家的陈二姐"行不上一二里"，"却见一个后生"，巧遇崔宁，这一巧遇导致了崔宁的被"错斩"。"巧"的安排，不止一处，巧合一个接一个，环环相扣。在以上巧合的铺垫下，又安排了一个更巧的巧合，即：刘贵被杀后贼盗走的是十五贯钱，而崔宁"搭膊中，恰好是十五贯钱"。巧合是偶然现象，如果建立在现实生活的必然这一基础上，那就是合理的，作为结构安排则是成功的。这篇小说中的几处巧合，都反映了现实生活的必然。南宋时期社会不安定，贼多是其一，贼多了，十五贯被盗的可能性就多。京都临安是商业发达的大城市，城乡间的交易也极为频繁，陈二姐在路上定会遇上跑买卖的，巧遇卖丝人崔宁也是合乎情理的。

但在结构安排上，这篇小说是有缺陷的。为了追求一个圆满的结局，在陈二姐和崔宁被"错斩"之后，又安排了刘大娘子和静山大王的故事，看似圆满，实则冲淡了"错斩崔宁"的悲剧意义，对封建官僚制度和司法制度的揭露也有所减弱。刘大娘子巧遇静山大王，静山大王又恰巧是杀刘贵的那个贼，此处巧合显然不如前述的几个巧合安排得合理。

这篇小说的成功，还体现在人物的刻画上，临安府尹的刻画，如前所述。陈二姐这一人物，作为下层市民的女性形象，是有别于《碾玉观音》中的璩秀秀的。她善良、软弱，这就更衬出封建司法制度的残酷。刻画陈二姐这一人物，是从肖像、心理、对话、行动几个方面着笔的。肖像描写，借助崔宁的视角，看她"虽然没有十二分颜色，却也明眉皓齿"，写她美，还有她的善良，是为了控诉毁了美和善的丑恶势力。心理描写，最为成功的是在她听了刘贵"戏言"之后的"欲待不信"和"欲待信来"的反复，从而突出了她的善良、软弱。对话描写，其成功之处在于：一是结合对话进行心理描写，二是为突出她的善良、软弱而选择对话的用语，三是对话用语的通俗贴合女性市民的口吻。她四次重复说出的有关"典妻"的话，是对话中的典型例句。第一次在朱三老家借宿时说"丈夫今日无端卖我"，第二次对追上来的朱三老说，第三次对刘贵岳父、刘大娘子说，第四次对临安府尹说，二、三、四次一次比一次说得详细，重复中有不同，就连第一人称的用语也因面对人的身分不同而变换着用"我""奴家""小妇人"。如此的反复解释，正是出于她的善良心理，认为自己是实话实说，别人会听信的，觉得自己诚实别人也会诚实的。那个时代人际关系的复杂，是她这个善良、软弱的女性不能识透的，也是无力应对的。

　　"错斩崔宁"的故事，对后世有着深远的影响。在清代，朱素臣据此改编为《双熊梦》传奇，兼叙明代熊友兰、熊友蕙二人事，还有鹅湖逸史的《十五贯》弹词。1956 年，浙江昆剧团又整理改编成昆曲《十五贯》，昆曲《十五贯》的上演，出现了"一个剧目救活了一个剧种"的奇迹。

（刘福元）

三现身包龙图断冤

明·冯梦龙

甘罗发早子牙迟[1]，彭祖颜回寿不齐[2]；

范丹贫穷石崇富[3]，算来都是只争时。

话说大宋元祐年间[4]，一个太常大卿[5]，姓陈名亚，因打章子厚不中[6]，除做江东留守安抚使，兼知建康府。一日与众官宴于临江亭上，忽听得亭外有人叫道："不用五行四柱[7]，能知祸福兴衰。"大卿问："甚人敢出此语？"众官有曾认的，说道："此乃金陵术士边瞽[8]。"大卿分付："与我叫来。"即时叫至门下，但见：

破帽无檐，蓝缕衣裙，霜鬓瞽目，伛偻形躯。

边瞽手携节杖入来，长揖一声，摸着阶沿便坐。大卿怒道："你既瞽目，不能观古圣之书，辄敢轻五行而自高！"边瞽道："某善能听简笏声知进退，闻鞋履响辨死生。"大卿道："你术果验否？……"说言未了，见大江中画船一只，橹声咿轧，自上流而下。大卿便问边瞽，主何灾福。答言："橹声带哀，舟中必载大官之丧。"大卿遣人讯问，果是知临江军李郎中[9]，在任身故，载灵柩归乡。大卿大惊道："使汉东方朔复生[10]，不能过汝。"赠酒十樽[11]，银十两，遣之。

那边瞽能听橹声知灾福。今日且说个卖卦先生，姓李名杰，是东京开封府人[12]。去兖州府奉符县前，开个卜肆[13]，用金纸糊着一把太阿宝剑，底下一个招儿，写道："斩天下无学同声[14]。"这个先生，果是阴阳有准。

> 精通周易[15]，善辨六壬[16]，瞻乾象遍识天文[17]，观
> 地理明知风水。五星深晓，决吉凶祸福如神；三命秘谈，
> 断成败兴衰似见。

当日挂了招儿，只见一个人走将进来，怎生打扮？但见：

> 裹背系带头巾[18]，着上两领皂衫，腰间系条丝绦，下
> 面着一双干鞋净袜，袖里袋着一轴文字。

那人和金剑先生相揖罢，说了年月日时，铺下卦子。只见先生道："这命算不得。"那个买卦的，却是奉符县里第一名押司[19]，姓孙名文，问道："如何不与我算这命？"先生道："上复尊官，这命难算。"押司道："怎地难算？"先生道："尊官有酒休买，护短休问。"押司道："我不曾吃酒，也不护短。"先生道："再请年月日时，恐有差误。"押司再说了八字。先生又把卦子布了道："尊官，且休算。"押司道："我不讳，但说不妨。"先生道："卦象不好。"写下四句来，道是：

> "白虎临身日[20]，临身必有灾。不过明旦丑[21]，亲族
> 尽悲哀。"

押司看了，问道："此卦主何灾福？"先生道："实不敢瞒，主尊官当死。"又问："却是我几年上当死？"先生道："今年死。"又问："却是今年几月死？"先生道："今年今月死。"又问："却是今年今月几日死？"先生道："今年今月今日死。"再问："早晚时辰？"先生道："今年今月今日三更三点子时当死[22]。"押司道："若今夜真个死，万事全休；若不死，明日和你县里理会。"先生道："今夜不死，尊官明日来取下这斩无学同声的剑，

斩了小子的头。"押司听说，不觉怒从心上起，恶向胆边生，把那先生捽出卦铺去[23]。怎地计结[24]？那先生：

> 只因会尽人间事，惹得闲愁满肚皮。

只见县里走出数个司事人来拦住孙押司[25]，问做甚闹。押司道："甚么道理！我闲买个卦，却说我今夜三更三点当死。我本身又无疾病，怎地三更三点便死。待捽他去县中，官司究问明白。"众人道："若信卜，卖了屋；卖卦口，没量斗[26]。"众人和烘孙押司去了[27]；转来埋怨那先生道："李先生，你触了这个有名的押司，想也在此卖卦不成了。从来贫好断，贱好断，只有寿数难断。你又不是阎王的老子，判官的哥哥，那里便断生断死，刻时刻日，这般有准。说话也该放宽缓些。"先生道："若要奉承人，卦就不准了；若说实话，又惹人怪。'此处不留人，自有留人处！'"叹口气，收了卦铺，搬在别处去了。

却说孙押司虽则被众人劝了，只是不好意思。当日县里押了文字归去[28]，心中好闷。归到家中，押司娘见他眉头不展，面带忧容，便问丈夫："有甚事烦恼？想是县里有甚文字不了。"押司道："不是，你休问。"再问道："多是今日被知县责罚来？"又道："不是。"再问道："莫是与人争闹来？"押司道："也不是。我今日去县前买个卦，那先生道，我主在今年今月今日三更三点子时当死。"押司娘听得说，柳眉剔竖[29]，星眼圆睁，问道："怎地平白一个人，今夜便教死！如何不捽他去县里官司？"押司道："便捽他去，众人劝了。"浑家道："丈夫，你且只在家里少待。我寻常有事，兀自去知县面前替你出头[30]。如今替你去寻那个先生问他。我丈夫又不少官钱私债，又无甚官事临逼，做甚今夜三更便死！"押司道："你且休去。待我今夜不死，明日我自与他理会，却强如你妇人家。"当日天色已晚。押司道："且安排几杯酒来吃着。我今夜不睡，消遣这一夜。"三杯两盏，不觉吃得烂醉。只见孙押司在校椅上，朦胧着醉眼，打瞌睡。浑家道："丈夫，甚地便睡着？"叫迎儿[31]："你且摇觉爹爹来。"迎儿到身边摇着不醒，叫一会不应。押司娘道："迎儿，我和你扶押司入房里去睡。"若还是说话的同年生，并肩长，拦腰抱住，把臂拖回。孙押司只吃着酒消遣一夜，千不合万不合上床去睡，却教孙押司只就当年当月当日当夜，死得不如五代史李存孝，汉书里彭越。正是：

> 金风吹树蝉先觉，暗送无常死不知。

浑家见丈夫先去睡，分付迎儿厨下打灭了火烛，说与迎儿道："你曾听你爹爹说，日间卖卦的算你爹爹今夜三更当死？"迎儿道："告妈妈，迎儿也听得说来。那里讨这话！"押司娘道："迎儿，我和你做些针线，且看今夜死也不死？若还今夜不死，明日却与他理会。"教迎儿："你且莫睡！"迎儿道："那里敢睡！……"道犹未了，迎儿打瞌睡。押司娘道："迎儿，我教你莫睡，如何便睡着！"迎儿道："我不睡。"才说罢，迎儿又睡着。押司娘叫得应，问他如今甚时候了？迎儿听县衙更鼓，正打三更三点。押司娘道："迎儿，且莫睡则个！这时辰正尴尬那！"迎儿又睡着，叫不应。只听得押司从床上跳将下来，兀底中门响[32]。押司娘急忙叫醒迎儿，点灯看时，只听得大门响。迎儿和押司娘点灯去赶，只见一个着白的人，一只手掩着面，走出去，扑通地跳入奉符县河里去了。正是：

> 情到不堪回首处，一齐分付与东风。

那条河直通着黄河水，滴溜也似紧，那里打捞尸首！押司娘和迎儿就河边号天大哭道："押司，你却怎地投河，教我两个靠兀谁！"即时叫起四家邻舍来，上手住的刁嫂，下手住的毛嫂，对门住的高嫂鲍嫂，一发都来[33]。押司娘把上件事对他们说了一遍。刁嫂道："真有这般作怪的事！"毛嫂道："我日里兀自见押司着了皂衫，袖着文字归来，老媳妇和押司相叫来[34]。"高嫂道："便是，我也和押司厮叫来。"鲍嫂道："我家里的早间去县前有事[35]，见押司揣着卖卦的先生，兀自归来说；怎知道如今真个死了！"刁嫂道："押司，你怎地不分付我们邻舍则个，如何便死！"籁地两行泪下。毛嫂道："思量起押司许多好处来，如何不烦恼！"也眼泪出。鲍嫂道："押司，几时再得见你！"即时地方申呈官司，押司娘少不得做些功果追荐亡灵[36]。

拈指间过了三个月[37]。当日押司娘和迎儿在家坐地，只见两个妇女，吃得面红颊赤。上手的提着一瓶酒，下手的把着两朵通草花，掀开布帘入来道："这里便是。"押司娘打一看时，却是两个媒人，无非是姓张姓李。押司娘道："婆婆多时不见。"媒婆道："押司娘烦恼！外日不知[38]，不曾送得香纸来，莫怪则个！押司如今也死得几时？"答道："前日已做过百日了。"两个道："好快！早是百日了。押司在日，直恁地好人[39]，有时老媳妇和他厮叫，还嗟不迭[40]。时今死了许多时，宅中冷静。也好说头亲事，是得。"押司娘道："何年月日再生得一个一似我那丈夫孙押司这般人？"媒婆道："恁地也不难。老媳妇却有一头好亲。"押司娘道："且住，如何得似我先头丈夫？"两个吃了茶，归去。过了数日，又来说亲。押司娘道："婆婆休只管来说亲。你若依得我三件事，便来说；若依不得我，一世不说这亲，宁可守孤孀度日。"当时押司娘启齿张舌，说出这三件事来。有分撞着五百年前夙世的冤家[41]，双双受国家刑法。正是：

鹿迷秦相应难辨[42]，蝶梦庄周未可知[43]。

媒婆道："却是那三件事？"押司娘道："第一件，我死的丈夫姓孙，如今也要嫁个姓孙的；第二件，我先丈夫是奉符县里第一名押司，如今也只要恁般职役的人；第三件，不嫁出去，则要他入舍[44]。"两个听得说，道："好也！你说要嫁个姓孙的，也要一似先押司职役的，教他入舍的；若是说别件事，还费些计较，偏是这三件事，老媳妇都依得。好教押司娘得知，先押司是奉符县里第一名押司，唤做大孙押司；如今来说亲的，元是奉符县第二名押司。如今死了大孙押司，钻上差役，做第一名押司，唤做小孙押司。他也肯来入舍。我教押司娘嫁这小孙押司，是肯也不？"押司娘道："不信有许多凑巧！"张媒道："老媳妇今年七十二岁了。若胡说时，变做七十二只雌狗，在押司娘家吃屎。"押司娘道："果然如此，烦婆婆且去说看。不知缘分如何？"张媒道："就今日好日，讨一个利市团圆吉帖[45]。"押司娘道："却不曾买在家里。"李媒道："老媳妇这里有。"便从抹胸内取出一幅五男二女花笺纸来[46]正是：

> 雪隐鹭鸶飞始见，柳藏鹦鹉语方知。

当日押司娘教迎儿取将笔砚来，写了帖子。两个媒婆接去。免不得下财纳礼，往来传话。不上两月，入舍小孙押司在家。夫妻两个，好一对儿. 果是说得着。不则一日，两口儿吃得酒醉，教迎儿做些个醒酒汤来吃。迎儿去厨下一头烧火，口里埋怨道："先的押司在时，恁早晚，我自睡了。如今却教我做醒酒汤！"只见火筒塞住了孔，烧不着。迎儿低着头，把火筒去灶床脚上敲，敲未得几声，则见灶床脚渐渐起来，离地一尺已上，见一个人顶着灶床，脓项上套着井栏[47]，披着一带头发，长伸着舌头，眼里滴出血来，叫道："迎儿，与爹爹做主则个！"唬得迎儿大叫一声，匹然倒地，面皮黄，眼无光，唇口紫，指甲青，未知五脏如何，先见四肢不举。正是：

> 身如五鼓衔山月，命似三更油尽灯。

夫妻两人急来救得迎儿苏醒，讨些安魂定魄汤与他吃了。问道："你适来见了甚么，便倒了？"迎儿告妈妈："却才在灶前烧火，只见灶床渐渐起来，见先押司爹爹，脓项上套着井栏，眼中滴出血来，披着头发，叫声迎儿，便吃惊倒了。"押司娘见说，倒把迎儿打个漏风掌[48]："你这丫头，教你做醒酒汤，则说道懒做便了，直装出许多死模活样！莫做莫做。打灭了火去睡。"迎儿自去睡了。且说夫妻两个归房，押司娘低低叫道："二哥，这丫头见这般事，不中用。教他离了我家罢。"小孙押司道："却教他那里去？"押司娘道："我自有个道理。"到天明，做饭吃了，押司自去官府承应。押司娘叫过迎儿来道："迎儿，你在我家里也有七八年，我也看你在眼里。如今比不得先押司在日做事。我看你肚里莫是要嫁个老公。如今我与你说头亲。"迎儿道："那里敢指望。却教迎儿嫁兀谁？"押司娘只因教迎儿嫁这个人，与大孙押司索了命。正是：

> 风定始知蝉在树，灯残方见月临窗。

当时不由迎儿做主，把来嫁了一个人。那厮姓王名兴，浑名唤做王酒酒，又吃酒，又要赌。迎儿嫁将去，那得三个月，把房卧都费尽了[49]。那厮吃得醉，走来家把迎儿骂道："打脊贱人[50]！见我恁般苦，不去问你使头借三五百钱来做盘缠[51]？"迎儿吃不得这厮骂，把裙儿系了腰，一程走来小孙押司家中。押司娘见了道："迎儿，你自嫁了人，又来说甚么？"迎儿告妈妈："实不相瞒，迎儿嫁那斯不着，又吃酒，又要赌；如今未得三个月，有些房卧，都使尽了。没计奈何，告妈妈借换得三五百钱，把来做盘缠。"押司娘道："迎儿，你嫁人不着，是你的事。我今与你一两银子，后番却休要来。"迎儿接了银子，谢了妈妈归家。那得四五日，又使尽了。当日天色晚，王兴那厮吃得酒醉，走来看着迎儿道："打脊贱人！你见恁般苦，不去再告使头则个？"迎儿道："我前番去，借得一两银子，吃尽千言万语。如今却教我又怎地去？"王兴骂道："打脊贱人！你若不去时，打折你一只脚！"迎儿吃骂不过，只得连夜走来孙押司门首看时，门却关了。迎儿欲待敲门，又恐怕他埋怨，进退两难。只得再走回来。过了两三家人家，只见一个人道："迎儿，我与你一件物事。"只因这个人身上，我只替押司娘和小孙押司烦恼！正是：

　　龟游水面分开绿，鹤立松梢点破青。

　　迎儿回过头来看那叫的人，只见人家屋檐头，一个人，舒角幞头[52]，绯袍角带，抱着一骨碌文字，低声叫道："迎儿，我是你先的押司。如今见在一个去处，未敢说与你知道。你把手来，我与你一件物事。"迎儿打一接，接了这件物事，随手不见了那个绯袍角带的人。迎儿看那物事时，却是一包碎银子。迎儿归到家中敲门。只听得里面道："姐姐，你去使头家里，如何恁早晚才回？"迎儿道："好教你知：我去妈妈家借米，他家关了门。我又不敢敲，怕吃他埋怨。再走回来，只见人家屋檐头立着先的押司，舒角幞头，绯袍角带，与我一包银子在这里。"王兴听说道："打脊贱人！你却来我面前说鬼话！你这一包银子，来得不明，你且进来。"迎儿入去，王兴道："姐姐，你寻常说那灶前看见先押司的话，我也都记得。这事一定有些蹊跷。我却怕邻舍听得，故恁地如此说。你把银子收好，待天明去县里首告他。"正是：

　　着意种花花不活，等闲插柳柳成阴。

　　王兴到天明时，思量道："且住，有两件事告首不得。第一件，他是县里头名押司，我怎敢恶了他！第二件，却无实迹；连这些银子也待入官，却打没头脑官司。不如赎几件衣裳，买两个盒子送去孙押司家里[53]，到去谒索他则个[54]。"计较已定，便去买下两个盒子送去。两人打扮身上干净，走来孙押司家。押司娘看见他夫妻二人，身上干净，又送盒子来，便道："你那得钱钞？"王兴道"昨日得押司一件文字，撰得有二两银子，送些盒子来。如今也不吃酒，也不赌钱了。"押司娘道："王兴，你自归去，且教你老婆在此住两日。"王兴去了。押司娘对着迎儿道："我有一炷东峰岱岳愿香要还[55]。我明日同你去则个。"当晚无话。明早起来，梳洗罢，押司自去县里去。押司娘锁了门，和迎儿同行。到东岳庙殿上烧了香，下殿来去那廊下烧香。行到速报司前[56]，迎儿裙带系得松，脱了裙带。押司娘先行过去。迎儿正在后面系裙带，只见速报司里，有个舒角幞头，绯袍角带的判官，叫："迎儿，我便是你先的押司。你与我申冤则个！我与你这件物事。"迎儿接得物事在手，看了一看，道："却不作怪！泥神也会说起话来！如何与我这物事？"正是：

> 开天辟地罕曾闻，从古至今希得见。

迎儿接得来，慌忙揣在怀里，也不敢说与押司娘知道。当日烧了香，各自归家。把上项事对王兴说了。王兴讨那物事看时，却是一幅纸。上写道：

> "大女子，小女子，前人耕来后人饵。要知三更事，拨开火下水。来年二三月，'句已'当解此。"

王兴看了解说不出。分付迎儿不要说与别人知道。看来年二三月间有甚么事。

拈指间，到来年二月间，换个知县，是庐州金斗城人，姓包名拯，就是今人传说有名的包龙图相公。——他后来官至龙图阁学士，所以叫做包龙图。——此时做知县还是初任。那包爷自小聪明正直，做知县时，便能剖人间暧昧之情，断天下狐疑之狱。到任三日，未曾理事。夜间得其一梦，梦见自己坐堂，堂上贴一联对子：

> 要知三更事，拨开火下水。

包爷次日早堂，唤合当吏书[57]，将这两句教他解说，无人能识。包公讨白牌一面，将这一联楷书在上。却就是小孙押司动笔。写毕，包公将朱笔判在后面[58]："如有能解此语者，赏银十两。"将牌挂于县门，烘动县前县后官身私身[59]，捱肩擦背，只为贪那赏物，都来睹先争看。却说王兴正在县前买枣糕吃，听见人说知县相公挂一面白牌出来，牌上有二句言语，无人解得。王兴走来看时，正是速报司判官一幅纸上写的话。暗地吃了一惊："欲要出首，那新知县相公，是个古怪的人，怕去惹他；欲待不说，除了我再无第二个人晓得这二句话的来历。"买了枣糕回去，与浑家说知此事。迎儿道："先押司三遍出现，教我与他申冤，又白白里得了他一包银子。若不去出首，只怕鬼神见责。"王兴意犹不决。再到县前，正遇了邻人裴孔目[60]。王兴平昔晓得裴孔目是知事的，一手扯到僻静巷里，将此事与他商议："该出首也不该？"裴孔目道："那速报司这一幅纸在那里？"王兴道："见藏在我浑家衣服箱里。"裴孔目道："我先去与你禀官。你回去取了这幅纸，带到县里去。待知县相公唤你时，你却拿将出来，做个证见。"当下王兴去了。裴孔目候包爷退堂，见小孙押司不在左右，就跪将过去，禀道："老爷白牌上写这二句，只有邻舍王兴晓得来历。他说是岳庙速报司与他一幅纸，纸上还写许多言语，内中却有这二句。"包公问道："王兴如今在那里？"裴孔目道："已回家取那一幅纸去了。"包爷差人速拿王兴回话。却说王兴回家，开了浑家的衣箱，检那幅纸出来看时，只叫得苦，原来是一张素纸，字迹全无。不敢到县里去，怀着鬼胎，躲在家里。知县相公的差人到了。新官新府，如火之急，怎好推辞。只得带了这张素纸，随着公差进县，直至后堂。包爷屏去左右，只留裴孔目在傍。包爷问王兴道："裴某说你在岳庙中收得一幅纸，可取上来看？"王兴连连叩头禀道："小人的妻子，去年在岳庙烧香，走到速报司前，那神道出现，与他一幅纸。纸上写着一篇说话，中间其实有老爷白牌上写的两句。小的把来藏在衣箱里。方才去检看，变了一张素纸。如今这素纸见在，小人不敢说谎。"包爷取纸上来看了，问道："这一篇言语，你可记得？"王兴道："小人还记得。"即时念与包爷听。包爷将纸写出，仔细推详了一会，叫："王兴，我且问你，那神道把这一幅纸与你的老婆，可再有甚么言语分付？"王兴道："那神道只叫与他申冤。"包爷大怒，喝道："胡说，做了神道，有甚冤没处申得！偏你的婆娘会替他申冤？他到来央你！这等无稽之言，却哄谁来！"王兴慌忙叩头道："老爷，是有个缘故。"包爷道："你细细讲，讲得有理，有赏；如无理时，今日就是你开棒了。"王兴禀道："小人的妻子，原是伏侍本县大孙押司的，叫做迎儿。因算命的算那大孙押司其年其月其日三更点命里该死。何期果然死了。主母随了如今的小孙押司。却把这迎儿嫁出与小人为妻。小人的妻子，初次在孙家灶下，看见先押司现身，项上套着井栏，披发吐舌，眼中流血，叫道：'迎儿，可与你爹爹做主。'第二次夜间到孙家门首，又遇见先押司，舒角幞头，绯袍角带，把一包碎银，与小人的妻子。第三遍岳庙里速报司判官出现，将这一幅纸与小人的妻子，又嘱咐与他申冤。那判官爷模样，就是大孙押司，原是小人妻子旧日的家长。"包爷闻言，呵呵大笑。"原来如此！"喝教左右去拿那小孙押司夫妇二人到来："你两个做得好事！"小孙押司道："小人不曾做甚么事。"包爷将速报司一篇言语解说出来："'大女子，小女子'，女之子，乃外孙，是说外郎姓孙[61]，分明是大孙押司，小孙押司；'前人耕来后人饵'，饵者食也，是说你白得他的老婆，享用他的家业；'要知三更事，掇开火下水'，大孙押司，死于三更时分，要知死的根由，'掇开火下之水'，那迎儿见家长在灶下，披发吐舌，眼中流血，此乃勒死之状。头上套着井栏，井者水也，灶者火也，水在火下，你家灶必砌在井上，死者之尸，必在井中；'来年二三月'，正是今日；'句已当解此'，'句已'两字，合来乃是个包字，是说我包某今日到此为官，解其语意，与他雪冤。"喝教左右同王兴押着小孙押司，到他家灶下，不拘好歹，要勒死的尸首回话。众人似疑不信。到孙家发开灶床脚，地下是一块石板。揭起石板，是一口井。唤集土工，将井水吊干，络了竹篮，放入下去打捞，捞起一个尸首来。众人齐来认看，面色不改，还有人认得是大孙押司。项上果有勒帛。小孙押司唬得面如土色，不敢开口。众人俱各骇然。元来这小孙押司当初是大雪里冻倒的人。当时大孙押司见他冻倒，好个后生，救他活了，教他识字，写文书。不想浑家与他有事[62]。当日大孙押司算命回来时，恰好小孙押司正闪在他家。见说三更前后当死，趁这个机会，把酒灌醉了，就当夜勒死了大孙押司，撺在井里[63]，小孙押司却掩着面走去，把一块大石头漾在奉符县河里[64]，扑通地一声响。当时只道大孙押司投河死了。后来却把灶来压在井上。次后说成亲事。当下众人回复了包爷。押司和押司娘不打自招，双双的问成死罪，偿了大孙押司之命。包爷不失信于小民，将十两银子赏与王兴。王兴把三两谢了裴孔目，不在话下。包爷初任，因断了这件公事，名闻天下，至今人说包龙图，日间断人，夜间断鬼。有诗为证：

> 诗句藏谜谁解明，包公一断鬼神惊。
> 寄声暗室亏心者，莫道天公鉴不清。

（选自《警世通言》）

[注释]

[1] 甘罗——战国时人。十二岁事秦相吕不韦。秦始皇欲扩大河间郡，命他出使赵国，说服赵王割五城给秦，因功封上卿，故说他发迹做官很早。子牙——吕尚，姓姜，名子牙。八十岁才遇见周文王，故说"晚"。

[2] 彭祖——传说颛顼帝玄孙陆终氏的第三子，姓钱，名铿。在商为守藏史，在周为柱下史，相传活了八百岁。颜回——孔子的得意门生，青年早逝。

[3] 范丹——汉代人，字史云，曾拜马融为师。仕途不如意，遭党锢之祸，逃于梁沛间，以卖卜为生，经常断炊。民间有歌谣称："甑中生尘范史云，釜中生鱼范莱芜。"石崇——西晋时人，字季伦。曾出任荆州刺史，以劫掠客商致富，与贵戚王恺斗富，争胜侈靡。八王之乱时，被赵王伦所杀。

[4] 元祐——北宋哲宗赵煦年号（1086—1093）。

[5] 太常大卿——即太常寺卿，专司祭祀礼乐之官。大，此处用为尊词。

[6] 打——指弹劾。章子厚——即章惇，字子厚，宋哲宗时曾任宰相，主张推行王安石新法，力排元祐党人。徽宗时被罢官。

[7] 五行四柱——即算命排八字。八字是把生辰年月日时，按天、干、地、支分列为四行的格式，叫四柱。再按五行生克进行推算，故称五行四柱。

[8] 金陵——即今南京。瞽（gǔ 鼓）——瞎子。

[9] 临江军——在今江西清江。郎中——是朝廷六部的属官。

[10] 东方朔——西汉文学家。武帝时，为太中大夫，是皇帝近臣，性诙谐滑稽。关于他的传说很多。如传说他是术士，颇有道术。

[11] 樽（zūn 尊）——酒杯。

[12] 东京——北宋京城汴京，今开封市。

[13] 卜肆——算命的卦铺。

[14] 同声——同行。

[15]《周易》——亦称《易经》，简称《易》。儒家重要经典之一。旧说孔子作。近人研究认为，非出一时一人之手，大约是战国或秦汉时儒家之作品。主要通过八卦形式，推测自然或社会的变化。

[16] 六壬——术数的一种，与遁甲、太乙合称三式，是古代用阴阳五行占卜吉凶的方法。

[17] 乾象——《易经》中两个卦名，一个为乾，一个为坤。是阴阳两种对立的势力，阳性的势力叫乾，乾之象为天，故乾象就是指天而言。

[18] 系带头巾——普通百姓的头巾，即用两条带子系在脑后样式的头巾。

[19] 押司——衙门里对书吏的通称，掌管刑狱事务。

[20] 白虎——星命里的凶神。

［21］明旦——天亮。丑——丑时，指一点至三点。

［22］三点——指梆子敲击三下。子时——是二十三点至一点。

［23］捽（zuó 昨）——揪。

［24］计结——计较，办，解决。

［25］司事——衙门里管杂务的人。

［26］没量斗——即没有准的斗，不足为凭的意思。

［27］和烘——劝说，排解。

［28］押了文字——签押、处理的文书。

［29］剔竖——惊讶地竖起。

［30］兀自——尚，还。

［31］迎儿——孙家的丫鬟，并非女儿或养女。称主人做"爹爹""妈妈"，犹如称"爷""娘"一样。

［32］兀底——亦作"兀的"。这，这里。

［33］一发——一齐，一同。

［34］老媳妇——古代老妇人的自谦称谓，犹言老身。

［35］家里的——此指丈夫。

［36］功果——功德，指佛事斋醮之类。

［37］拈（miān 粘）——用手指拿物。拈指间，犹言"弹指间"，形容时间过得非常快。

［38］外日——那一日，前一次。

［39］直——真是，原本是。恁（rèn 认）地——亦作"恁的"，如此，这样。

［40］喏（rě 惹）——即"唱喏"，旧时男人所行的一种礼节，给人作揖同时出声致敬。

［41］凤世——同"宿世"，佛教所谓前生、前世。

［42］鹿迷秦相——秦二世时，宰相赵高曾指鹿为马，以试验君臣是不是归附自己。后来把此事作为混淆真相的典故。

［43］庄周——即庄子，战国时哲学家，姓庄，名周。传说他梦见自己变成一只大蝴蝶，腾空飞起。

［44］入舍——即"入赘"，招女婿入门。俗称"倒插门"。

［45］利市团圆吉帖——即"红帖""喜帖"。就是下文说的"五男二女花笺纸"。

［46］抹胸——胸间小衣，俗称兜肚。

［47］胈（bá 拔）——白肉。井栏——井口的围栏。

［48］漏风掌——五指分开的一巴掌。

［49］房卧——泛指嫁妆。

［50］打脊——宋代刑法，杖刑中，有打脊背，有打臀部。而前者比后者要重一些。

［51］使头——即使长。宋元时女婢称呼家主为使长。此指押司娘。

［52］幞（fú 扶）头——一种头巾，起于五代后周，至宋代成为贵贱通服。由于两角形状的不同，其名亦不同。如卷脚幞头、弓脚幞头，展脚幞头、交脚幞头等。其中展脚幞头，即似舒脚幞头，因两角横着向两边展开，故名。

［53］盒子——指装着食物的盒子。

［54］谒索——拜访，探望。

［55］东峰岱岳——即今泰山。

［56］速报司——传说东岳大帝是执掌人间生死的神，属下有七十二司，其中速报司是专管善恶报应因果的一个司。

［57］合当——即"合衙当值"的省文，就是指衙门里值日当差使的。

［58］判——批写的意思。

［59］官身私身——宋代对那些应征在衙门里听役使的百姓，称官身；对那些尚未应征无役的百姓，称私身。

［60］孔目——执掌文书事务的小官吏。

［61］外郎——宋元时，对衙门里书吏的称呼。

［62］有事——指有不正当的男女关系。

［63］撺——掷，扔。

［64］漾（yáng 扬）——丢的意思。

［鉴赏］

这篇话本小说，收在《警世通言》第十三卷，属于"公案类小说"。所谓公案类小说，是宋代"说话"艺人对话本小说的归类，可以说，它就是后世侦探小说、推理小说的前身。当时负责侦探或破案的人，多数是官吏，有些捕快也参预其中。中国古代最著名的破案巨擘，应首推龙图阁大学士包拯。他初任知县，所断的第一件冤案，就是本文所写的孙押司之死谜案。

包拯，字希仁，北宋庐州合肥（今属安徽省）人。《宋史》三百一十六卷有传。以他的生平事迹为题材，写成话本、戏剧、长篇小说者，有数十种，如著名的《龙图公案》《三侠五义》等。这些作品是文艺创作，其中虚构夸张的成份很多，把他颂扬成"立朝刚毅"，廉洁，不畏权贵，执法峻严，"能剖人间暧昧之情，断天下狐疑之狱"，是个无所不能，无所不知的"神探"。但是，本篇小说在他身上，所用的笔墨并不多。小说的重点不在颂扬包拯"神探"业绩，而是通过揭开孙押司之死谜案，抨击封建社会中为非作歹、偷人妻、霸人家产、丧尽天良的"第三者"，说明正义必将战胜邪恶，冤狱终会大白于天下，表达了普通百姓希望社会安定、政治清明的美好愿望。

孙押司之死谜案，是小说描写的重点。作者紧扣"谜"字，巧设"悬念"，是本篇小说最为突出的特点，也是话本小说的一大特点。"说话"艺人，在讲说故事时，为了吸引听众，把故事讲得生动有趣，设置"悬念"是他们拿手的本领。如果按照一般凶杀案的顺序来写，小说应先写被害人孙押司之死，接着写包拯破冤案，最后以捉拿凶手归案而结束。但是，小说没有这样流水账似地写下去，而是先竭力渲染卜卦。这看似闲笔，实则不然。

卖卦先生听孙押司"说了生辰八字，铺下卦子"，马上回道："这命算不得。"怪哉！卖卦是为赚钱，买卦是为算命，为什么"算不得"？"扣子"（"悬念"又称"扣子""关子"等）立刻结住。买卦人奇怪，自然要打破砂锅问到底。卖卦先生"恐有差误"，重新又问了八字，"又把卦子布了"，结果仍然劝道："尊官，且休算。"卖卦人再次推辞不算，买卦人则非算不可；卖卦人越小心谨慎，顾虑重重，买卦人的疑团越重。这也是人们的一般心理效应。作者就抓住这种心理，大卖"关子"，使读者不能释卷，使听者不忍离去。

卖卦先生被逼不过，只得说出"卦象"，"白虎临身日，临身必有灾。不过明旦丑，亲族尽悲哀"。并一口咬定，买卦人"今年今月今日三更三点子时当死"。凭空当面咒人死，且是"今日今夜"即死，谁能不"怒从心上起，恶向胆边生"，况且买卦人是县里小有名气的第一押司。矛盾当即激化，一点即燃。而卖卦先生也不是省油的灯，咬准便不放，还发誓起愿道："今夜不死，尊官明日来取下这斩无学同声的剑，斩了小子的头。"以"小子的头"作保证，谁能不相信呢？然而，卜卦算合，"贫好断，贱好断，只有寿数难断"，且"断生断死，刻时刻日，这般有准"？又令人不能不生疑。在"信"与"疑"之间徘徊，寻根问底的好奇之心必生，这就是巧设"悬念"的奥妙所在，为谜案的发展涂上了神秘的色彩。这是小说的第一个"悬念"。

当晚"三更三点子时"，果然孙押司从床上跳将下来，一身白，手掩着面，奔出门，"扑通地跳入奉符县河里去了"。至此，读者的紧张心绪变成了惊讶，对卖卦先生的"神算"生出无限崇敬。但是，孙押司为什么要投河？为什么会自杀？为什么……这些疑团，也会令人百思不得其解，成为一个谜。这是小说设置的第二个"悬念"，比起第一个关于卦准不准，孙押司能否死的"悬念"，进了一层，以此谜案才得以确立。

押司娘（孙押司之妻）再嫁小孙押司，表面上好像与孙押司是自杀还是他杀，没有关系，其实是一个伏笔，恰似"雪隐鹭鸶飞始见，柳藏鹦鹉语方知"两句诗所讲。"不是不报，时候未到"。孙押司的鬼魂"三现身"，请求侍女迎儿为自己申冤报仇，是小说设置的第三个"悬念"。既然是他自己黑夜"跳入奉符县河里"的，为什么要报仇申冤？仇人是谁？冤在哪里？令人莫明其糊涂。鬼魂在"一幅纸"上，开列一条谜语道：

> 大女子，小女子，前人耕来后人饵。
> 要知三更事，掇开火下水。
> 来年二三月，"句已"当解此。

如能解开这条谜语，便可揭开谜案，揪出元凶，为孙押司报仇。于是，引出新官包拯"夜间得其一梦"，破解了冤案。

小说设置的三个"悬念"，首先是卖卦先生的"神算"神乎其神，能否这等灵验，至今无法考究出真相，姑且勿论。第三个"悬念"，鬼魂"三现身"，无论如何不会是真的。有人说它"带有迷信色彩"，此说不过份。但是，如果以小说表达主题的需要来考察，就会发现，用这"子虚乌有"的鬼魂"三现身"，来表明"寄声暗室亏心者，莫道天公鉴不清"，天网恢恢，疏而不漏，为非作歹的"亏心"者，尽管干坏事于"暗室"里，最终依然要大白于天下，是逃脱不掉的！似乎为小说染上了一层浪漫主义色彩，使人读后"见怪不怪"，且有一种心神舒、扬眉吐气之感，对作品主题的表达，大有补益。

包拯，是小说着力塑造的、比较成功的形象，尽管笔墨不多，但他性格中那睿智、明察的特点，还是异常突出的。夜间梦见自己的坐堂上，贴了一联对子，次日早堂，便请"吏书"们破解，"无人能识"，则用"白牌"将对联写出，悬挂于县门，广招贤人破解，并"赏银十两"。包拯的这些做法，用今天的话说，是集思广益，调查研究，"走群众路线"办案，显示出他智高一筹，非同一般。当包拯得知王兴知道"白牌"上对联的来历，虽然自己已经退堂，却依然"如火之急"，立即"差人速拿王兴回话"，可见其雷厉风行之作风。听了王兴关于鬼魂"三现身"，要求报仇的一席话后，包拯"呵呵大笑"，破案谜底已经成竹在胸！他明察秋毫，所谓"日间断人，夜间断鬼"之誉，名不虚传，力透纸表。包拯当众解谜，又差人到孙家灶下井中，把孙押司尸体打捞出来，"颈上果然有勒帛"，"众人俱各骇然"。

包拯是一个具有悠久传统的文学形象。时至今日，他仍活在戏剧舞台、电影、电视屏幕上，受到历代人民群众的喜爱，人人都希望现实生活中，也能出现一个像他那样刚直不阿，明察"人间暧昧之情，断天下狐疑之狱"，执法如山，给天下人间一个"公道"的明公。当然，历代统治者也很宠爱他。因为他能严格奉行封建法律、封建道德，为了维护封建统治，可以不要乌纱帽，可以肝脑涂地。包拯是一个比较复杂的文学形象。对他夸张神化，固然不可取，但贬低或者否定，也不是实事求是的态度。

按照公案小说的惯例，案情发展的最后，必须有一个水落石出的结局。这是"说话"艺人为迎合市民听众习惯而留下的影响。市民听众不希望听一个有头无尾，或者有尾无头的残缺不全的故事。于是，这个"惯例"，就逐渐形成公案小说情节结构的模式。以本篇小说为例，它采用了公案小说常用的倒叙手法，来结构情节。也就是说，它把案情的因果自然顺序颠倒了，先写案情的结果，巧设"悬念"，引人入胜，最后补充交代原委，创造出"众人俱各骇然"的效应。本篇小说情节线索比较单纯，没有多少藻饰，极为清晰。先写卜卦，是情节的开端；孙押司死后，鬼魂"三现身"是情节的发展；包拯解谜，是小说高潮；孙押司尸体从井中被打捞出来，是结尾。小说到此，被害人尸体找到，凶手已被抓住，看起来应当结束，可是，小孙押司为什么作案？如何作案？以及对奸夫淫妇如何处置，听众或者读者都盼望有一个"水落而石出"。于是，作者在小说最后一段，用倒叙，对小孙押司谋杀大孙押司的原委和整个作案过程，作了简单扼要地交待，使故事更加完整。小说在"倒叙"里，点出大孙押司曾是小孙押司的救命恩人，还"教他识字，写文书"。作者没有过多渲染，但是以把小孙押司以怨报德，恩将仇报的小人嘴脸暴露无遗。这是点睛之笔，深化了作品的主题。

小说语言流畅，干净利落。尤其人物对话，如开头卜卦一段，极为精彩、生动，引人入胜。

（李庆皋）

勘皮靴单证二郎神

明·冯梦龙

柳色初浓，余寒似水，纤雨如尘。一阵东风，縠纹微皱[1]，碧波粼粼。仙娥花月精神，奏凤管鸾箫门新。万岁声中，九霞杯内，长醉芳春。

这首词调寄《柳梢青》，乃故宋时一个学士所作。单表北宋太祖开基[2]，传至第八代天子，庙号徽宗，便是神宵玉府虚净宣和羽士道君皇帝。这朝天子，乃是江南李氏后主转生[3]。父皇神宗天子，一日在内殿看玩历代帝王图像，见李后主风神体态，有蝉脱秽浊，神游八极之表，再三赏叹。后来便梦见李后主投身入宫，遂诞生道君皇帝。少时封为端王。从小风流俊雅，无所不能。后因哥哥哲宗天子上仙[4]，群臣扶立端王为天子。即位之后，海内又安，朝廷无事。道君皇帝颇留意苑囿。宣和元年，遂即京城东北隅，大兴工役，凿池筑圃，号寿山银岳。命宦官梁师成董其事。又命朱勔取三吴二浙三川两广珍异花木，瑰奇竹石以进，号曰："花石纲[5]"。竭府库之积聚，萃天下之伎巧，凡数载而始成。又号为万岁山。奇花美木，珍禽异兽，充满其中。飞楼杰阁，雄伟环丽，不可胜言。内有玉华殿、保和殿、瑶林殿、大宁阁、天真阁、妙有阁、层峦阁、琳霄亭、骞凤垂云亭，说不尽许多景致。时许侍臣蔡京、王黼、高俅、童贯、杨戬、梁师成纵步游赏。时号"宣和六贼"。有诗为证：

> 琼瑶错落密成林，竹桧交加尔有阴。
>
> 恩许尘凡时纵步，不知身在五云深。

单说保和殿西南，有一座玉真轩，乃是官家第一个宠幸安妃娘娘妆阁，极是造得华丽。金铺屈曲[6]，玉槛玲珑，映彻辉煌，心目俱夺。时侍臣蔡京等，赐宴至此，留题殿壁。有诗为证：

> 保和新殿丽秋辉，诏许尘凡到绮闱。
>
> 雅宴酒酣添逸兴，玉真轩内看安妃。

不说安妃娘娘宠冠六宫。单说内中有一位夫人，姓韩名玉翘。妙选入宫，年方及笄。玉佩敲磬，罗裙曳云；体欺皓雪之容光，脸夺芙蓉之娇艳。只因安妃娘娘三千宠爱偏在一身，韩夫人不沾雨露之恩。时值春光明媚，景色撩人，未免恨起红茵，寒生翠被。月到瑶阶，愁莫听其凤管；虫吟粉壁，怨不寐于鸳衾。既厌晓妆，渐融春思，长吁短叹，看看惹下一场病来。有词为证；

> 任东风老去，吹不断泪盈盈。记春浅春深，春寒春暖，春雨春晴，都来助诗人兴。落花无定挽春心。芳草犹迷舞蝶，绿杨空语流莺。玄霜着意捣初成，回首失云英[7]。但如醉如痴，如狂如舞，如梦如惊，香魂至今迷恋，问真仙消息最分明。几夜相逢何处，清风明月蓬瀛。

渐渐香消玉减，柳颦花困，太医院诊脉，吃下药去，如水浇石一般。忽一日，道君皇帝在于便殿，敕唤殿前太尉杨戬前来，天语传宣道；"此位内家[8]，原是卿所进奉。今着卿领去，到府中将息病体。待得痊安，再许进宫未迟。仍着光禄寺每日送膳[9]，太医院伺候用药。略有起色，即便奏来。"当下杨戬叩头领命，即着官身私身搬运韩夫人宫中箱笼装奁[10]，一应动用什物器皿。用暖舆抬了韩夫人[11]，随身带得养娘二人，侍儿二人。一行人簇拥着，都到杨太尉府中。太尉先去对自己夫人说知，出厅迎接。便将一宅分为两院，收拾西园与韩夫人居住，门上用锁封着，只许太医及内家人役往来。太尉夫妻二人，日往候安一次。闲时就封闭了门。门傍留一转桶，传递饮食、消息。正是：

> 映阶碧草自春色，隔叶黄鹂空好音。

将及两月，渐觉容颜如旧，饮食稍加。太尉夫妻好生欢喜。办下酒席，一当起病，一当送行。当日酒至五巡，食供两套，太尉夫妇开言道："且喜得夫人贵体无事，万千之喜。且晚奏过官里[12]，选日入宫，未知夫人意下如何？"韩夫人叉手告太尉、夫人道："氏儿不幸，惹下一天愁绪，卧病两月，才得小可。再要于此宽住几时。伏乞太尉、夫人方便，且未要奏知官里。只是在此打搅，深为不便。氏儿别有重报，不敢有忘。"太尉、夫人只得应允。过了两月，却是韩夫人设酒还席。叫下一名说评话的先生，说了几回书。节次说及唐朝宣宗宫内[13]，也是一个韩夫人。为因不沾雨露之恩，思量无计奈何。偶向红叶上题诗一首，流出御沟。诗曰：

> 流水何太急，深宫尽日闲。
>
> 殷勤谢红叶，好去到人间。

却得外面一个应试的人，名唤于佑，拾了红叶，就和诗一首，也从御沟中流将进去。后来那官人一举成名。天子体知此事，却把韩夫人嫁与于佑，夫妻百年偕老而终。这里韩夫人听到此处，蓦上心来，忽地叹了一口气。口中不语，心下寻思："若得奴家如此侥幸，也不枉了为人一世！"当下席散，收拾回房。睡至半夜，便觉头痛眼热，四肢无力，遍身不疼不痒，无明顿发熬煎[14]，依然病倒。这一场病，比前更加沉重。正是：

> 屋漏更遭连夜雨，舡迟偏遇打头风。

太尉夫人早来候安，对韩夫人说道："早是不曾奏过官里宣取入宫[15]，夫人既到此地，且是放开怀抱，安心调理。且未要把入宫一节，记挂在心。"韩夫人谢道："感承夫人好意，只是氏儿病入膏肓，眼见得上天远，入地便近，不能报答夫人厚恩。来生当效犬马之报。"说罢，一丝两气，好伤感人。太尉夫人甚不过意，便道："夫人休如此说。自古吉人天相，眼下凶星退度，自然贵体无事。但说起来，吃药既不见效，枉淘坏了身子。不知夫人平日在宫，可有甚愿心未经答谢？或者神明见责，也不可知。"韩夫人说道："氏儿入宫以来，每日愁绪萦丝，有甚心情许下愿心。但今日病势如此，既然吃药无功，不知此处有何神圣，祈祷极灵，氏儿便对天许下愿心。若得平安无事，自当拜还。"太尉夫人说道："告夫人得知。此间北极佑圣真君[16]，与那清源妙道二郎神[17]，极是灵应。夫人何不设了香案，亲口许下保安愿心。待得平安，奴家情愿陪夫人去赛神答礼。未知夫人意下何如？"韩夫人点头应允。侍儿们即取香案过来。只是不能起身，就在枕上，以手加额，祷告道："氏儿韩氏，早年入宫，未蒙圣眷，惹下业缘病症，寄居杨府。若得神灵庇护，保佑氏儿身体康健，情愿绣下长幡二首，外加礼物，亲诣庙廷顶礼酬谢。"当下太尉夫人，也拈香在手，替韩夫人祷告一回，作别，不提。可霎作怪，自从许下愿心，韩夫人渐渐平安无事。将息至一月之后，端然好了。太尉夫人不胜之喜。又设酒起病，太尉夫人对韩夫人说道："果然是神道有灵，胜如服药万倍。却是不可昧心，负了所许之物。"韩夫人道："氏儿怎敢负心！目下绣了长幡，还要屈夫人同去了还愿心。未知夫人意下何如？"太尉夫人答道："当得奉陪。"当日席散，韩夫人取出若干物事，制办赛神礼物，绣下四首长幡。自古道好：

　　　　　　火到猪头烂，钱到公事办。

　　凭你世间稀奇作怪的东西，有了钱，那一件做不出来。不消几日，绣就长幡，用根竹竿又起，果然是光彩夺目。选了吉日良时，打点信香礼物，官身私身，簇拥着两个夫人，先到北极佑圣真君庙中。庙官知是杨府钧眷[18]，慌忙迎接至殿上，宣读疏文，挂起长幡。韩夫人叩齿礼拜[19]，拜毕，左右两廊游遍。庙官献茶。夫人分付当道的赏了些银两，上了轿簇拥回来。一宿晚景不提。明早又起身，到二郎神庙中。却惹出一段蹊跷作怪的事来。正是：

　　　　　　情知语是钩和线，从前钓出是非来。

　　话休烦絮。当下一行人到得庙中。庙官接见，宣疏拈香礼毕。却好太尉夫人走过一壁厢。韩夫人向前轻轻将指头挑起销金黄罗帐幔来。定睛一看，不看时万事全休，看了时，吃那一惊不小！但见：

　　　　　　头裹金花幞头，身穿赭衣绣袍。腰系蓝田玉带，足登飞凤乌靴。虽然土木形骸，却也丰神俊雅，明眸皓齿。但少一口气儿，说出话来。

当下韩夫人一见，目眩心摇，不觉口里悠悠扬扬，漏出一句俏话低声的话来："若是氏儿前程远大，只愿将来嫁得一个丈夫，恰似尊神模样一般，也足称生平之愿。"说犹未了，恰好太尉夫人走过来，说道："夫人，你却在此祷告甚么？"韩夫人慌忙转口道："氏儿并不曾说甚么？"太尉夫人再也不来盘问。游玩至晚，归家，各自安歇不题。正是：

　　　　　　要知心腹事，但听口中言。

　　却说韩夫人到了房中，卸去冠服，挽就乌云，穿上便服，手托香腮，默默无言。心心念念，只是想着二郎神模样。蓦然计上心来，分付侍儿们端正香案，到花园中人静处，对天祷告：
"若是氏儿前程远大，将来嫁得一个丈夫，好像二郎尊神模样，
煞强似入宫之时，受千般凄苦，万种愁恩。"说罢，不觉纷纷珠
泪滚下腮边。拜了又祝，祝了又拜。分明是痴想妄想。不道有
这般巧事！韩夫人再三祷告已毕，正待收拾回房，只听得万花
深处，一声响亮，见一尊神道，立在夫人面前。但见：

> 龙眉凤目，皓齿鲜唇，飘飘有出尘之姿，冉冉有惊人
> 之貌。若非阆苑瀛洲客，便是餐霞吸露人。

仔细看时，正比庙中所塑二郎神模样，不差分毫来去。手执一
张弹弓，又像张仙送子一般[20]。韩夫人吃惊且喜。惊的是天神
降临。未知是祸是福；喜的是神道欢容笑口，又见他说出话来。
便向前端端正正道个万福，启朱唇，露玉齿，告道："既蒙尊神
下降，请到房中，容氏儿展敬。"当时二郎神笑吟吟同夫人入
房，安然坐下。夫人起居已毕，侍立在前。二郎神道："早蒙夫
人厚礼。今者小神偶然闲步碧落之间[21]，听得夫人礼告至诚。
小神知得夫人仙风道骨，原是瑶池一会中人。只因夫人凡心未
静，玉帝暂谪下尘寰，又向皇宫内苑，享尽人间富贵荣华。谪
限满时，还归紫府[22]，证果非凡。"韩夫人见说，欢喜无任。又
拜祷道："尊神在上：氏儿不愿入宫。若是氏儿前程远大，将来
嫁得一个良人，一似尊神模样，偕老百年，也不辜负了春花秋
月，说甚么富贵荣华！"二郎神微微笑道："此亦何难。只恐夫
人立志不坚。姻缘分定，自然千里相逢。"说毕起身，跨上槛
窗，一声响亮，神道去了。韩夫人不见便罢，既然见了这般模
样，真是如醉如痴，和衣上床睡了。正是：

> 欢娱嫌夜短，寂寞恨更长。

番来覆去，一片春心，按纳不住。自言自语，想一回，定一回：
"适间尊神降临，四目相视，好不情长！怎地又蓦然而去。想是

聪明正直为神，不比尘凡心性，是我错用心机了！"又想一回道："是适间尊神丰姿态度，语笑雍容，宛然是生人一般。难说见了氏儿这般容貌，全不动情？还是我一时见不到处，放了他去？算来还该着意温存。便是铁石人儿，也告得转。今番错过，未知何日重逢！"好生摆脱不下。眼巴巴盼到天明，再做理会。及至天明，又睡着去了。直到傍午，方才起来。当日无情无绪，巴不到晚。又去设了香案，到花园中祷告如前："若得再见尊神一面，便是三生有幸。"说话之间，忽然一声响亮，夜来二郎神又立在面前。韩夫人喜不自胜，将一天愁闷，已冰消瓦解了。即便向前施礼，对景忘怀："烦请尊神入房，氏儿别有衷情告诉。"二郎神喜孜孜堆下笑来，便携夫人手，共入兰房。夫人起居已毕。二郎神正中坐下，夫人侍立在前。二郎神道："夫人分有仙骨，便坐不妨。"夫人便斜身对二郎神坐下。即命侍儿安排酒果，在房中一杯两盏，看看说出衷肠话来。道不得个：

春为茶博士，酒是色媒人。

当下韩夫人解佩出湘妃之玉[23]，开唇露汉署之香[24]："若是尊神不嫌秽亵，暂息天上征轮，少叙人间恩爱。"二郎神欣然应允，携手上床，云雨绸缪。夫人倾身陪奉，忘其所以。盘桓至五更。二郎神起身，嘱咐夫人保重，再来相看。起身穿了衣服，执了弹弓，跨上槛窗，一声响亮，便无踪影。韩夫人死心塌地，道是神仙下临，心中甚喜。只恐太尉夫人催他入宫，只有五分病，装做七分病，间常不甚十分欢笑。每到晚来，精神炫耀，喜气生春。神道来时，三杯已过，上床云雨，至晓便去，非止一日。忽一日，天气稍凉，道君皇帝分散合宫秋衣。偶思韩夫人，就差内侍捧了旨意，敕赐罗衣一袭，玉带一围，到于杨太尉府中。韩夫人排了香案，谢恩礼毕，内侍便道："且喜娘娘贵体无事。圣上思忆娘娘，故遣赐罗衣玉带，就问娘娘病势已痊，须早早进宫。"韩夫人管待使臣，便道："相烦内侍则个。氏儿病体只去得五分。全赖内侍转奏，宽限进宫，实为恩便。"内侍应道："这个有何妨碍。圣上那里也不少娘娘一个人。入宫时，只说娘娘尚未全好，还须耐心保重便了。"韩夫人谢了，内侍作别不题。到得晚间，二郎神到来，对韩夫人说道："且喜圣上宠眷未衰，所赐罗衣玉带，便可借观。"夫人道："尊神何以知之？"二郎神道："小神坐观天下，立见四方。谅此区区小事，岂有不知之理？"夫人听说，便一发将出来看。二郎神道："大凡世间宝物，不可独享。小神缺少围腰玉带。若是夫人肯舍施时，便完成善果。"夫人便道："氏儿一身已属尊神，缘分非浅。若要玉带，但凭尊神拿去。"二郎神谢了。上床欢会。未至五更起身，手执弹弓，拿了玉带，跨上槛窗，一声响亮，依然去了。却不道是。

莫要人不知，除非己莫为。

韩夫人与太尉居止，虽是一宅分为两院，却因是内家内人，早晚愈加提防。府堂深稳，料然无闲杂人辄敢擅入。但近日来常见西园彻夜有火，唧唧哝哝，似有人声息。又见韩夫人精神旺相，喜容可掬。太尉再三踌躇，便对自己夫人说道："你见韩夫人有些破绽出来么？"太尉夫人说道："我也有些疑影。只是府中门禁甚严，决无此事，所以坦然不疑。今者太尉既如此说，有何难哉。且到晚间，着精细家人，从屋上扒去，打探消息，便有分晓，也不要错怪了人。"太尉便道："言之有理。"当下便唤两个精细家人，分付他如此如此，教他："不要从门内进去，只把摘花梯子，倚在墙外，待人静时，直扒去韩夫人卧房，看他动静，即来报知。此事非同小可的勾当，须要小心在意。"二人领命去了。太尉立等他回报。不消两个时辰，二人打看得韩夫人房内这般这般，便教太尉屏去左右，方才将所见韩夫人房内坐着一人说话饮酒，"夫人房内声声称是尊神，小人也仔细想来，府中墙垣又高，防闲又密，就有歹人，插翅也飞不进。或者真个是神道也未见得。"太尉听说，吃那一惊不小。叫道："怪哉！果然有这等事！你二人休得说谎。此事非同小可。"二人答道："小人并无半句虚谬。"太尉便道："此事只许你知我知，不可泄漏了消息。"二人领命去了。太尉转身对夫人一一说知："虽然如此，只是我眼见为真。我明晚须亲自去打探一番，便看神道怎生模样。"捱至次日晚间，太尉徐唤过昨夜打探二人来，分付道："你两人着一个同我过去，着一人在此伺候。休教一人知道。"分付已毕，太尉便同一人过去，捏脚捏手，轻轻走到韩夫人窗前，向窗眼内把眼一张，果然是房中坐着一尊神道，与二人说不差。便待声张起来，又恐难得脱身。只得忍气吞声，依旧过来，分付二人休要与人胡说。转入房中，对夫人说个就里："此乃必是韩夫人少年情性，把不住心猿意马，便遇着邪神魍魉，在此污淫天眷，决不是凡人的勾当。便须请法官调治[25]。你须先去对韩夫人说出缘由，待我自去请法官便了。"夫人领命。明早起身，到西园来，韩夫人接见。坐定，茶汤已过，太尉夫人屏去左右，对面论心，便道："有一句话要对夫人说知。夫人每夜房中，却是与何人说话，唧唧哝哝，有些风声，吹到我耳朵里。只是此事非同小可，夫人须一一说，只不要隐瞒则个。"韩夫人听说，满面通红，便道："氏儿夜间房中并没有人说话。只氏儿与养娘们闲消遣，却有甚人到来这里！"太尉夫人听说，便把太尉夜来所见模样，一一说过。韩夫人吓得目睁口呆，罔知所措。太尉夫人再三安慰道："夫人休要吃惊。太尉已去请法官到来作用，便见他是人是鬼。只是夫人到晚间，务要陪个小心，休要害怕。"说罢，太尉夫人自去。韩夫人到捏着两把汗。看看至晚，二郎神却早来了。但是他来时，那弹弓紧紧不离左右。却说这里太尉请下灵济宫林真人手下的徒弟，有名的王法官，已在前厅作法。比至黄昏，有人来报："神道来了。"法官披衣仗剑，昂然而入，直至韩夫人房前，大踏步进去，大喝一声："你是何妖邪！却敢淫污天眷！不要走，吃吾一剑！"二郎神不慌不忙，便道："不得无礼！"但见：

左手如托泰山，右手如抱婴孩，弓开如满月，弹发似流星。

当下一弹弓，中王法官额角上，流出鲜血来，霍地望后便倒，宝剑丢在一边。众人慌忙向前扶起，往前厅去了。那神道也跨上槛窗，一声响亮，早已不见。当时却怎地结果？正是：

说开天地怕，道破鬼神惊。

却说韩夫人见二郎神打退了法官，一发道是真仙下降，愈加放心，再也不慌。且说太尉已知法官不济。只得到赔些将息钱，送他出门。又去请得五岳观潘道士来。那潘道士专一行持五雷天心正法[26]，再不苟且，又且足智多谋。一闻太尉呼唤，便来相见。太尉免不得将前事一一说知。潘道士便道："先着人引领小道到西园看他出没去处，但知是人是鬼。"太尉道："说得有理。"当时，潘道士别了太尉，先到西园韩夫人卧房，上上下下，看了一会。又请出韩夫人来拜见，看他的气色。转身对太尉说："太尉在上，小道看起来，韩夫人面上，部位气色，并无鬼祟相侵。只是一个会妖法的人做作。小道自有处置。也不用书符咒水打鼓摇铃，待他来时，小道瓮中捉鳖，手到拿来。只怕他识破局面，再也不来，却是无可奈何。"太尉道："若得他再也不来，便是干净了。我师且留在此，闲话片时则个。"说话的，若是这厮识局知趣，见机而作，恰是断线鹞子，一般再也不来，落得先前受用了一番，且又完名全节，再去别处利市，有何不美，却不道是：

"得意之事，不可再作；得便宜处，不可再往。"

却说那二郎神毕竟不知是人是鬼。却只是他尝了甜头，不达时务，到那日晚间，依然又来。韩夫人说道："夜来氏儿一些不知，冒犯尊神。且喜尊神无事，切休见责。"二郎神道。"我是上界真仙，只为与夫人仙缘有分，早晚要度夫人脱胎换骨，白日飞升。叵耐这蠢物！便有千军万马，怎地近得我！"韩夫人愈加钦敬，欢好倍常。却说早有人报知太尉。太尉便对潘道士说知。潘道士禀知太尉，低低分付一个养娘，教他只以服事为名，先去偷了弹弓，教他无计可施。养娘去了。潘道士结束得身上紧簇，也不披法衣，也不仗宝剑，讨了一根齐眉短棍，只教两个从人，远远把火照着，分付道："若是你们怕他弹子来时，预先躲过，让我自去，看他弹子近得我么？"二人都暗笑道："看他说嘴！少不得也中他一弹。"却说养娘先去，以服事为名，挨挨擦擦，渐近神道身边。正与韩夫人交杯换盏，不提防他偷了弹弓，藏过一壁厢。这里从人引领潘道士到得门前，便道："此间便是。"丢下法官，三步做两步，躲开去了。却说潘道士掀开帘子，纵目一观，见那神道安坐在上。大喝一声，舞起棍来，匹头匹脑，一径打去。二郎神急急取那弹弓时，再也不见。只叫得一声"中计！"连忙退去，跨上槛窗。说时迟，那时快，潘道士一棍打着二郎神后腿，却打落一件物事来。那二郎神一声响亮，依然向万花深处去了。潘道士便拾起这物事来，向灯光下一看，却是一只四缝乌皮皂靴。且将去禀复太尉道："小道看来，定然是个妖人做作，不干二郎神之事。却是怎地拿他便好？"太尉道："有劳吾师，且自请回。我这里别有措置，自行体访。"当下酬谢了潘道士去了。结过一边。

太尉自打轿到蔡太师府中，直至书院里，告诉道：如此如此，这般这般。"终不成恁地便罢了！也须吃那厮耻笑，不成模样！"太师道："有何难哉！即今着落开封府滕大尹领这靴去作眼，差眼明手快的公人，务要体访下落，正法施行。"太尉道："谢太师指教。"太师道："你且坐下。"即命府中张干办火速去请开封府腾大尹到来。起居拜毕，屏去人从，太师与太尉齐声说道："帝辇之下[27]，怎容得这等人在此做作！大尹须小心在意，不可怠慢。此是非同小可的勾当。且休要打草惊蛇，吃他走了。"大尹听说，吓得面色如土，连忙答道："这事都在下官身上。"领了皮靴，作别回衙，即便升厅，叫那当日缉捕使臣王观察过来，喝退左右，将上项事细说了一遍。"与你三日限，要捉这个杨府中做不是的人来见我。休要大惊小怪，仔细体察，重重有赏。不然，罪责不小。"说罢，退厅。王观察领了这靴，将至使臣房里，唤集许多做公人，叹了一口气，只见：

> 眉头塔上双簧锁，腹内新添万斛愁。

却有一个三都捉事使臣姓冉名贵，唤做冉大，极有机变。不知替王观察捉了几多疑难公事。王观察极是爱他。当日冉贵见观察眉头不展，面带忧容，再也不来答扰，只管南天北地，七十三八十四说开了去。王观察见他们全不在意，便向怀中取出那皮靴向桌上一丢，便道："我们苦杀是做公人！世上有这等糊涂官府。这皮靴又不会说话，却限我三日之内，要捉这个穿皮靴在杨府中做不是的人来。你们众人道是好笑么？"众人轮流将皮靴看了一会。到冉贵面前，冉贵也不采，只说："难、难、难！官府真个糊涂。观察，怪不得你烦恼。"那王观察不听便罢，听了之时，说道："冉大，你也只管说道难，这桩事便怎地干休罢了？却不难为了区区小子，如何回得大尹的说话？你们众人都在这房里撰过钱来使的，却说是难、难、难！"众人也都道："贼情公事还有些捉摸。既然晓得他是妖人，怎地近得他。若是近得他，前日潘道士也捉勾多时了。他也无计奈何，只打得他一只靴下来。不想我们晦气，撞着这没头绪的官司，却是真个没捉处。"当下王观察先前只有五分烦恼，听得这篇言语，句句说得有道理，更添十分烦恼。只见那冉贵不慌不忙，对观察道："观察且休要输了锐气。料他也只是一个人，没有三头六臂，只要寻他些破绽出来，便有分晓。"即将这皮靴番来覆去，不落手看了一回。众人都笑起来，说道："冉大，又来了！这只靴又不是一件稀奇作怪，眼中少见的东西，止无过皮儿染皂的，线儿扣缝的，蓝布吊裹的，加上楦头，喷口水儿，弄得紧棚棚好看的。"冉贵却也不来兜揽[28]，向灯下细细看那靴时，却是四条缝，缝得甚是紧密。看至靴尖，那一条缝略有些走线。冉贵偶然将小指头拨一拨，拨断了两股线，那皮就有些撬起来。向灯下照照里面时，却是蓝布托里。仔细一看，只见蓝布上有一条白纸条儿，便伸两个指头进去一扯，扯出纸条。仔细看时，不看时万事全休，看了时，却如半夜里拾金宝的一般。那王观察一见也便喜从天降，笑逐颜开。众人争上前看时，那纸条上面却写着："宣和三年三月五日铺户任一郎造。"观察对冉大道："今岁是宣和四年。眼见得做这靴时，不上二年光景。只捉了任一郎，这事便有七分。"冉贵道："如今且不要惊了他。待到天明，着两个人去，只说大尹叫他做生活，将来一索捆番，不怕他不招。"观察道："道你终是有些见识！"当下众人吃了一夜酒，一个也不敢散。看看天晓，飞也似差两个人捉任一郎。不消两个时辰，将任一郎赚到使臣房里，番转了面皮，一索捆番。"这厮大胆，做得好事！"把那任一郎吓了一跳，告道："有事便好好说。却是我得何罪，便来捆我？"王观察道："还有甚说！这靴儿可不是你店中出来的？"任一郎接着靴，仔细看了一看，告观察："这靴儿委是男女做的。却有一个缘故：我家开下铺时，或是官员府中定制的，或是使客往来带出去的，家里都有一本坐簿[29]，上面明写着某年某月某府中差某干办来定制做造。

就是皮靴里面，也有一条纸条儿，字号与坐簿上一般的。观察不信，只消割开这靴，取出纸条儿来看，便知端的。"王观察见他说着海底眼[30]，便道："这厮老实，放了他好好与他讲。"当下放了任一郎，便道："一郎休怪，这是上的差遣，不得不如此。"就将纸条儿与他看。任一郎看了道："观察，不打紧。休说是一两年间做的，就是四五年前做的，坐簿还在家中。却着人同去取来对看，便有分晓。"当时又差两个人，跟了任一郎，脚不点地，到家中取了簿子，到得使臣房里。王观察亲自从头检看。看至三年三月五日，与纸条儿上字号对照相同。看时，吃了一惊，做声不得。却是蔡太师府中张干办来定制的。王观察便带了任一郎，取了皂靴，执了坐簿，火速到府厅回话。此是大尹立等的勾当，即便出至公堂。王观察将上项事说了一遍，又将簿子呈上。将这纸条儿亲自与大尹对照相同，大尹吃了一惊："原来如此。"当下半疑不信，沉吟了一会，开口道："恁地时，不干任一郎事，且放他去。"任一郎磕头谢了，自去。大尹又唤转来分付道："放便放你，却不许说向外人知道。有人问你时，只把闲话支吾开去。你可小心记着。"任一郎答应道："小人理会得。"欢天喜地的去了。

大尹带了王观察、冉贵二人，藏了靴儿簿子，一径打轿到杨太尉府中来。正直太尉朝罢回来。门吏报复，出厅相见。大尹便道："此间不是说话处。"太尉便引至西偏小书院里，屏去人从，止留王观察、冉贵二人，到书房中伺候。大尹便将从前事历历说了一遍，如此如此，"却是如何处置？下官未敢擅便。"太尉看了，呆了半晌，想道："太师国家大臣，富贵极矣，必无此事。但这只靴是他府中出来的，一定是太师亲近之人，做下此等不良之事。"商量一会，欲待将这靴到太师府中面质一番，诚恐干碍体面，取怪不便。欲待阁起不题，奈事非同小可，曾经过两次法官，又着落缉捕使臣，拿下任一郎问过，事已张扬。一时糊涂过去，他日事发，难推不知。倘圣上发怒，罪责非小。左思右想，只得分付王观察、冉贵自去。也叫人看轿，着人将靴儿簿子，藏在身边，同大尹径奔一处来。正是：

　　　　　踏破铁鞋无觅处，得来全不费工夫。

　　当下太尉大尹，径往蔡太师府中。门首伺候报复多时，太师叫唤入来书院中相见。起居茶汤已毕，太师曰："这公事有些下落么？"太尉道："这贼已有主名了。却是干碍太师面皮，不敢擅去捉他。"太师道："此事非同小可，我却如何护短得？"太尉道："太师便不护短，未免吃个小小惊恐。"太师道："你且说是谁？直恁地碍难！"太尉道："乞屏去从人，方敢胡言。"太师即时将从人赶开。太尉便开了文匣，将坐簿呈上与太师检看过了，便道："此事须太师爷自家主裁，却不干外人之事。"太师连声道："怪哉！怪哉！"太尉道："此系紧要公务，休得见怪下官。"太师道："不是怪你，却是怪这只靴来历不明。"太尉道："簿上明写着府中张干办定做，并非谎言。"太师道："此靴虽是张干定造，交纳过了，与他无涉。说起来，我府中冠服衣靴履袜等件，各自派一个养娘分掌。或是府中自制造的，或是往来馈送，一出一入的，一一开载明白，逐月缴清报数，并不紊乱。待我吊查底簿，便见明白。"即便着人去查那一个管靴的养娘，唤他出来。当下将养娘唤至，手中执着一本簿子。太师问道："这是我府中的靴儿，如何得到他人手中？即便查来。"当下养娘逐一查检，看得这靴是去年三月中，自着人制造的，到府不多几时，却有一个门生，叫做杨时，便是龟山先生，与太师极相厚的，升了近京一个知县。前来拜别。因他是道学先生，衣敝履穿，不甚齐整。太师命取圆领一袭，银带一围，京靴一双，川扇四柄，送他作嘎程[31]。这靴正是太师送与杨知县的，果然前件开写明白，太师即便与太尉大尹看了。二人谢罪道："恁地又不干太师府中之事！适间言语冲撞，只因公事相逼，万望太师海涵！"太师笑道："这是你们分内的事，职守当然，也怪你不得。只是杨龟山如何肯恁地做作？其中还有缘故。如今他任所去此不远。我潜地唤他来问个分晓。你二人且去，休说与人知道。"二人领命，作别回府不题。

太师即差干办火速去取杨知县来。往返两日，便到京中，到太师跟前。茶汤已毕，太师道："知县为民父母，却恁地这般做作，这是迷天之罪。"将上项事一一说过。杨知县欠身禀道："师相在上。某去年承师相厚恩，未及出京，在邸中忽患眼痛。左右传说，此间有个清源庙道二郎神，极有胙齑有灵[32]，便许下愿心，待眼痛痊安，即往拈香答礼。后来好了，到庙中烧香。却见二郎神冠服件件齐整，只脚下乌靴绽了，不甚相称。下官即将这靴舍与二郎神供养去讫。只此是真实语。知县生平不欺暗室，既读孔、孟之书，怎敢行盗跖之事。望太师详察。"太师从来晓得杨龟山是个大儒，怎肯胡作。听了这篇言语，便道："我也晓得你的名声。只是要你来时问个根由，他们才肯心服。"管待酒食，作别了知县自去，分付休对外人泄漏。知县作别自去。正是：

日前不做亏心事，半夜敲门不吃惊。

太师便请过杨太尉、滕大尹过来，说开就里，便道："恁地又不干杨知县事，还着开封府用心搜捉便了。"当下大尹做声不得。仍旧领了靴儿，作别回府，唤过王观察来分付道："始初有些影响，如今都成画饼。你还领这靴去，宽限五日，务要捉得贼人回话。"当下王观察领这差使，好生愁闷。便到使臣房里，对冉贵道："你看我晦气！千好万好，全仗你跟究出任一郎来。既是太师府中事体，我只道官官相护，就了其事。却如何从新又要这个人来，却不道是生菜铺中没买他处！我想起来，既是杨知县舍与二郎神，只怕真个是神道一时风流兴发，也不见得。怎生地讨个证据回复大尹？"冉贵道："观察不说，我也晓得不干任一郎事，也不干蔡太师、杨知县事。若说二郎神所为，难道神道做这等亏心行当不成，一定是庙中左近妖人所为。还要庙前庙后，打探些风声出来。捉得着，观察休欢喜；捉不着，观察也休烦恼。"观察道："说得是。"即便将靴儿与冉贵收了。冉贵却装了一条杂货担儿，手执着一个玲珑珰琅的东西，叫做个惊闺[33]，一路摇着，径奔二郎神庙中来。歇了担儿，拈了香，低低祝告道："神明鉴察，早早保佑冉贵捉了杨府做不是的，也替神道洗清了是非。"拜罢，连讨了三个签，都是上上大吉。冉贵谢了出门，挑上担儿，庙前庙后，转了一遭，两只眼东观西望，再也不闭。看看走至一处，独扇门儿，门傍却是半窗，门上挂一顶半新半旧斑竹帘儿，半开半掩，只听得叫声："卖货过来！"冉贵听得叫，回头看时，却是一个后生妇人。便道："告小娘子，叫小人有甚事？"妇人道："你是收买杂货的，却有一件东西在此，胡乱卖几文与小厮买嘴吃。你用得也用不得？"冉贵道："告小娘子，小人这个担儿，有名的叫做百纳仓，无有不收的。你且把出来看。"妇人便叫小厮拖出来与公公看。当下小厮拖出什么东西来？正是：

> 鹿迷秦相应难辨，蝶梦庄周未可知。

　　当下拖出来的，却正是一只四缝皮靴，与那前日潘道士打下来的一般无二。冉贵暗暗喜不自胜。便告小娘子："此是不成对的东西，不值甚钱。小娘子实要许多，只是不要把话来说远了。"妇人道："胡乱卖几文钱，小厮们买嘴吃，只凭你说罢了。只是要公道些。"冉贵便去便袋里摸一贯半钱来，便交与妇人道："只恁地肯卖便收去了。不肯时，勉强不得。正是一物不成，两物见在。"妇人说："甚么大事，再添些罢。"冉贵道："添不得。"挑了担儿就走。小厮就哭起来。妇人只得又叫回冉贵来道："多少添些，不打甚紧。"冉贵又去摸出二十文钱来道："罢，罢，贵了，贵了！"取了靴儿，往担内一丢，挑了便走。心中暗喜："这事已有五分了！且莫要声张，还要细访这妇人来历，方才有下手处。"是晚，将担子寄与天津桥一个相识人家，转到使臣房里。王观察来问时，只说还没有消息。

　　到次日，吃了早饭，再到天津桥相识人家，取了担子，依先挑到那妇人门首。只见他门儿锁着，那妇人不在家里了。冉贵眉头一皱，计上心来。歇了担子，揨门儿看去，只见一个老汉坐着个矮凳儿，在门首将稻草打绳。冉贵陪个小心，问道："伯伯，借问一声。那左手住的小娘子，今日往那里去了？"老汉住了手，抬头看了冉贵一看，便道："你问他怎么！"冉贵道："小子是卖杂货的。昨日将钱换那小娘子旧靴一只，一时间看不仔细，换得亏本了。特地寻他退还讨钱。"老汉道："劝你吃亏些罢。那雌儿不是好惹的，他是二郎庙里庙官孙神通的亲表子[34]。那孙神通一身妖法，好不利害！这旧靴一定是神道替下来，孙神通把与表子换些钱买果儿吃的。今日那雌儿往外婆家去了。他与庙官结识，并止一日。不知甚么缘故，有两三个月忽然生疏，近日又渐渐来往了。你若与他倒钱，定是不肯，惹毒了他，对孤老说了[35]，就把妖术禁你，你却奈何他不得！"冉贵道："原来恁地，多谢伯伯指教。"冉贵别了老汉，复身挑了担子，嘻嘻的喜容可掬，走回使臣房里来。王观察迎着问道："今番想得了利市了？"冉贵道："果然，你且挪出前日那只靴来我看。"王观察将靴取出。冉贵将自己换来这只靴比照一下，毫厘不差。王观察忙问道："你这靴那里来的？"冉贵不慌不忙，数一数二，细细分剖出来："我说不干神道之事，眼见得是孙神通做下的不是！便不须疑！"王观察欢喜的没入脚处，连忙烧了利市，执杯谢了冉贵："如今怎地去捉？只怕漏了风声，那厮走了，不是耍处？"冉贵道："有何难哉！明日备了三牲礼物，只说去赛神还愿。到了庙中，庙主自然出来迎接。那时掷盏为号，即便捉了，不费一些气力。"观察道："言之有理。也还该禀知大尹，方去捉人。"当下王观察禀过大尹，大尹也喜道："这是你们的勾当。只要小心在意，休教有失。我闻得妖人善能隐形遁法，可带些法物去，却是猪血狗血大蒜臭屎，把他一灌，再也出豁不得[36]"王观察领命，便去备了法物。过了一夜，明晨早到庙中，暗地着人带了四般法物，远远伺候。捉了人时，便前来接应。分付已了，王观察却和冉贵换了衣服，众人簇拥将来，到殿上拈香。庙官孙神通出来接见。宣读疏文未至四五句，冉贵在傍斟酒，把酒盏望下一掷，众人一齐动手，捉了庙官。正是：

> 浑似皂雕追紫燕，真如猛虎啖羊羔。

再把四般法物劈头一淋。庙官知道如此作用，随你泼天的神通，再也动弹不得。一步一棍，打到开封府中来。府尹听得提了妖人，即便升厅，大怒喝道："叵耐这厮！帝辇之下，辄敢大胆，兴妖作怪，淫污天眷，奸骗宝物，有何理说！"当下孙神通初时抵赖，后来加起刑法来，料道脱身不得。只得从前一一招了，招称："自小在江湖上学得妖法，后在二郎庙出家，用钱夤缘作了庙官。为因当日听见韩夫人祷告，要嫁得一个丈夫，一似二郎神模样。不合辄起心假扮二郎神模样，淫污天眷，骗得玉带一条。只此是实。"大尹叫取大枷枷了，推向狱中，教禁子好生在意收管，须要请旨定夺。当下叠成文案，先去禀明了杨太尉。太尉即同到蔡太师府中商量，奏知道君皇帝，倒了圣旨下来："这厮不合淫污天眷，奸骗宝物，准律凌迟处死。妻子没入官。追出原骗玉带，尚未出笏[37]，仍归内府。韩夫人不合辄起邪心，永不许入内，就着杨太尉做主，另行改嫁良民为婚。"当下韩氏好一场惶恐。却也了却相思债，得遂平生之愿。后来嫁得一个在京开官店的远方客人，说过不带回去的。那客人两头往来，尽老百年而终。这是后话。开封府就取出庙官孙神通来，当堂读了明断，贴起一片芦席，明写犯由，判了一个剐字，推出市心，加刑示众。正是：

> 从前作过事，没兴一齐来。

当日看的真是挨肩叠背。监斩官读了犯由，刽子叫起恶杀都来[38]，一齐动手，剐了孙神通，好场热闹。原系京师老郎传流，至今编入野史。正是：

> 但存夫子三分礼，不犯萧何六尺条。
>
> 自古奸淫应横死，神通纵有不相饶。

（选自《醒世恒言》）

[注释]

[1] 縠纹——像绉纱一般的波纹，（縠 hú 湖），绉纱一类的丝织品。

[2] 北宋太祖——宋代开国皇帝赵匡胤，在位十七年（960—976）。

[3] 李氏后主——即李后主李煜，五代时南唐最后一个国君，又是著名词人。

[4] 上仙——讳称皇帝的死。

[5] 花石纲——官府逼迫百姓结队运送奇花异石的专名。纲，结队运送货物的重量单位名。

[6] 金铺——涂金的铺首。铺首，钉在门上用来衔门环的铜铸龙蛇头饰。屈曲——即屈戌，门窗上的镮吊。

[7] "玄霜"二句——意思是，用尽心力将玄霜这灵药捣好，可以娶云英为妻了，但回头却不见了她。原故事结局是，裴航求得玉杵臼，捣药一百天，娶云英为妻，一同升仙。

[8] 内家——宫内人。

［9］光禄寺——掌管宫内膳食和祭祀用品的衙门。

［10］官身——官府的差役。私身——没有差役在身的百姓，指临时雇来的人力。

［11］暖舆——轿的一种，四面有围子。

［12］官里——即官家。宋人称皇帝为官家。

［13］唐朝宣宗——唐宣宗李忱，在位十三年（847—859）。

［14］无明——佛教用语，痴念的意思。

［15］早是——幸亏。

［16］北极佑圣真君——道教神名，即北方玄武大帝。

［17］二郎神——民间传说中的神名，玉皇大帝的外甥。

［18］庙官——管理庙宇的道士。

［19］叩齿——向神祷告的一种动作，即上下牙齿对击。按迷信说法，只有如此才灵验。

［20］张仙——民间传说中的神名。据传说，五代时眉山人张远霄，在青城山得道成仙，挟持弹弓为百姓击散灾难。据另一传说，五代蜀主孟昶的妃子被宋军俘入宋宫，赵匡胤见她带有《挟弹图》，她说是《张仙图》，祭张仙便会得子。

［21］碧落——道教用语，天上、仙界的意思。

［22］紫府——道教用语，称天帝居处、神仙洞府为紫府。

［23］解佩出湘妃之玉——这里是脱衣的意思。原故事说，周代的郑交甫经过汉皋台下时，遇到江妃二女，她们将玉佩解下送给他。

［24］汉署之香——汉代朝廷官员口里所含的鸡舌香。朝廷官员向皇帝奏事，如果口里含有鸡舌香，便掩住了口臭，是不敢冒犯皇帝的做法。

［25］法官——能作法驱妖的道士。

［26］五雷天心正法——道教所施法术之一，又名掌心雷。接迷信说法，此法可呼风唤雨、降妖捉怪。

［27］帝辇——皇帝的车舆，这里指京城。辇（niǎn 碾），车舆。

［28］兜揽——招揽。这里是理睬的意思。

［29］坐簿——底帐。

［30］海底眼——底细，内情。

［31］嗄程——向出行的人送的礼物。

［32］胮螽（xī xiāng 希想）——一种对声音极为敏感的虫子。这里用以喻指神仙能明察人世间的一切，非常灵验。

［33］惊闺——货郎手摇的带有铃铛的小鼓。

［34］表子——娼头。

［35］孤老——同女人有不正当关系的汉子。

［36］出豁——出脱，这里是逃脱的意思。

［37］尚未出笏——还没有使用。

［38］恶杀——即恶煞，凶神名。

［39］老郎——老资格的说话艺人。

[鉴赏]

以性和探案为内容的小说，在当今书市上畅销不衰。而在七八百年之前的中国古代，就有将性和探案合在一起写的小说。此小说就是这篇《勘皮靴单证二郎神》。这篇小说从宋代"说话"艺人开始演说，由元代写本人写定，经明代冯梦龙润色后编入《醒世恒言》。

这篇小说用近一半的篇幅集中写性的内容，另一半多的篇幅集中写探案的内容。前、后两部分虽各有侧重，但不是割裂的两大块，而是一线贯穿，结为一体。起着贯穿前后作用的人物，是韩玉翘。

韩玉翘，宋徽宗宫内的夫人。在韩玉翘上场之前，以《柳梢青》一词作篇首，接着交代宋徽宗，再接着渲染宋徽宗御苑的"说不尽许多景致"，引出时号"宣和六贼"的蔡京、杨戬等人和被宋徽宗专宠的安妃。如此叙写，非多余之笔，而是完整结构的不可或缺的一环。宋徽宗、蔡京、杨戬等在后面的故事中有或少或多的表演，开篇先点名很有必要；提到安妃被专宠，才为韩玉翘的失宠设置了可信的前提；至于"说不尽许多景致"的御苑，正为韩玉翘上场后安排了一个生出愁怨之情的环境；而篇首《柳梢青》词则制造了一种氛围，"一阵东风，縠纹微皱，碧波粼粼"之句，似冯延巳的名句"风乍起，吹皱一池春水"一般，喻示着女主人公因春天的到来而荡起情绪波动的心态。韩玉翘上场了，"时值春光明媚，景色撩人"，因"不沾雨露之恩"，而"未免恨起"，于是，"渐融春思，长吁短叹，看看惹下一场病来"。如果仅写到此，便如同一般的宫怨诗，而在这篇小说中宫怨是起因，由此而引出的故事，所揭示出来的，不仅仅是封建最高统治者使深宫嫔妃失去了青春幸福这一社会问题。

这篇小说并未抛开深宫嫔妃的苦闷这一常常写到的内容，从而表现了韩玉翘不满于宫内生活而追求世俗欢乐的心情和言行。"年方及笄"的韩玉翘，虽身居深宫，但同世俗社会中的青年女性一样，有着对青春幸福的追求。作为天子嫔妃的她，有着高出平民百姓的显赫身分，而在宫内的生活，有罗裙玉佩之衣，山珍海味之食，"飞楼杰阁"之居、车舆当步之行，但她宁可不要显赫的身分和优厚的待遇，也要享受世俗的欢乐。她被送到杨戬府中仅两月便痊愈了在宫内惹下的病，杨戬夫妇欲送她回宫，她却"再要于此宽住几时"，不愿回到让她失去了青春幸福的皇宫中去。她倾心于二郎神时，"对天祷告：'若是氏儿前程远大，将来嫁得一个丈夫，好像二郎神模样，煞强似入宫之时'"，将宫内宫外相比，认为宫内生活是无法忍受的，因为要"受千般凄苦，万种愁思"。"二郎神"第一次降临时，她"又拜祷道：'尊神在上：氏儿不愿入宫。……说甚么富贵荣华'"，她明确表示不愿回到皇宫中去，"富贵荣华"已为她不屑。她与"二郎神"欢会之后，"只恐太尉夫人催他入宫，只有五分病，装做七分病"，她设法拖延入宫的日期，尽情享受世俗的欢乐。直到最后，案情大白，"二郎神"被处死，宋徽宗给了她"永不许入内"的惩处，她虽"好一场惶恐"，但却遂了"平生之愿"，因为她可以在世俗社会真正做一个人的妻子了。这篇小说自始至终，不止一处地通过韩玉翘的所思、所言、所行，反复将宫苑禁地和世俗的社会进行对比，透露出天子身边失宠的青年女性的"千般凄苦，万种愁思"的非人生活，从而揭露了封建最统治者毁灭青春幸福的冷酷。

韩玉翘的身分是天子嫔妃，而在这篇小说中刻画出的她，又有别于深宫嫔妃，在她身上灌注了新兴市民的性意识。通过对她的性苦闷、性追求、性愉悦的描写，表明了对情欲的不可抑制性和正当性的肯定，显示了尊重女性的权利和承认个体的存在这一市民的新观念。韩玉翘的活动场所虽局限于皇宫、杨府、二郎神庙三地，她倾心并与之欢会的对象虽是"神"，但她的感情世界是那个时代市民女性所具有的。写她仅在皇宫、杨府、二郎神庙活动，而未出入于市井，写她欢会的对象是"神"，而非市井中的手工艺人或店铺主管，正是这篇小说的高超之处。一方面，如此安排使作为天子嫔妃的她未失去可信性；另一方面，使这一性意识的表达有了独特之处。她身居深宫，见"景色撩人，未免恨起"，而"惹下一场病"，这病就连太医院也诊断不清，"吃下药去，如水浇石一般"，这是她性苦闷的表现，一般的失宠嫔妃也会有。她在杨府养病期间，听了一名说评话的先生说了一段红叶题诗的故事，甚是羡慕唐宣宗的韩夫人和士子于佑的情遇，"心下寻思：'若得奴家如此侥幸，也不枉了为人一世'"，随即"便觉头痛眼热，四肢无力，遍身不疼不痒，无明顿发熬煎，依然病倒"，这又是她性苦闷的表现，只有特殊的失宠嫔妃才会有。她到二郎神庙还愿，见了二郎神的丰神俊雅的神像，便"目眩心摇，不觉口里悠悠扬扬，漏出一句俏话低声的话来：'若是氏儿前程远大，只愿将来嫁得一个丈夫，恰似尊神模样一般，也足称生平之愿'"，这是她性追求的表现，恐怕连特殊的失宠嫔妃也难以具有了。从这一性追求可看出，她不寄希望于皇帝的宠爱，而把嫁个心满意足的丈夫看作是"前程远大"，在世俗社会中获得青春幸福是"生平之愿"。"只愿将来嫁得一个丈夫，恰似尊神模样一般"，这一"生平之愿"，她先后三次吐露，对"二郎神"真是"死心塌地"，可见情爱的专一。她想不到的是，"二郎神"是孙神通假扮的，骗取了她的感情，不过，那是后话了。她性愉悦的表现，带有女性市民的情爱色彩。她"间常不甚十分欢笑"，但因能与"二郎神"欢会，"每到晚来，精神炫耀，喜气生春"。她像那个时代市民阶层大多数一样，追求世俗的青春幸福，并且不失时机地去兑现这种幸福。她在"二郎神"第一次降临之后，"一片春心，按纳不住"，怨自己"放了他去"，想着"还该着意温存。便是铁石人儿，也告得转。今番错过，未知何日重逢"，这已全不是深宫嫔妃的情感流程，而有着市民性追求的印记。她到最后"得遂平生之愿"，是性愉悦的终极，她"嫁得一个在京开客店的远方客人"，便完完全全地是一个市民人物了。显然，这篇小说之所以超越一般宫怨作品，是因为以市民的性意识切入了人的本体世界，在揭露了封建最高统治者毁灭青春幸福的冷酷的基础上，张扬了新兴市民的人权观念。

对韩玉翘这一人物的刻画，最突出的是心理描写。心理描写，有其特点。一是集中在性心理上，韩玉翘的性苦闷、性追求、性愉悦大多是通过她的心理活动展示的。二是每次心理活动有着不同的启动因由，以避重复。最早的一次是撩人的景色引发"春思"；继而是因听红叶题诗的故事而"蓦上心来"，"心下寻思"；再接着是因见了二郎神的神像而"目眩心摇"，直至回到房中还"心心念念"。景色、故事、神像分别成了她的内心与外部世界交流的媒介。三是心理描写一次比一次细致，写到"二郎神"第一次降临之后，极为细致地展示了她的心理活动，"番来覆去，一片春心，按纳不住"，"想一回，定一回"，"好生摆脱不下"，不仅有细致描写，而且表现了心态的回环往复。四是心理描写与自白的结合，而自白又都集中在嫁一个心满意足的丈夫这一心愿的表达上。像这篇小说如此之多地进行心理描写，这在中国古代短篇小说中是不多见的。

如果说这篇小说的前半部是以心理描写的手法写性的内容为特点，那么，后半部则转写探案的内容，悬念的设置是其主要手法。

后半部的探案，分"探案前"和"探案中"两大阶段。"探案前"这一阶段，又分"杨戬夜探西园事""王法官欲擒反中弹""潘道士棍打得皮靴"三个步骤。在第三个步骤中，潘道士用短棍"打着二郎神后腿"，打下"一只四缝乌皮皂靴"。"二郎神"是神，是妖，还是人？是何许人？必须侦探清楚皮靴的来龙去脉。只有这一条线索、一个证据，才能最后断定"二郎神"是谁。小说题目《勘皮靴单证二郎神》，其题意指出的正是这一点。于"皮靴"设疑，是小说后半部第二阶段设置的悬念。后半部第二阶段的情节发展，一步步都围绕着这一悬念。小说后半部，以"结过一边"的精短语言将"探案前"阶段即第一阶段收尾，转入了更为扑朔迷离的"探案中"阶段即第二阶段。"探案中"这一阶段，又分"冉贵看靴不落手""任一郎做靴有坐簿""蔡府查找穿靴人""杨时得靴又舍靴""冉贵勘靴扮货郎""案白智捉孙神通"六个步骤。六个步骤中六个事件，前一个事件引出后一个事件，步步不断，事事相生。所设置的悬念时开时闭，忽而渐入豁然开朗之境，忽而又扑朔迷离，忽明忽暗，引人入胜。悬念设置固然是后半部的主要手法，而围绕悬念所作的层次清晰的安排也是其突出的特色。

探案，是后半部集中写的内容。然而，从这集中描写的内容上又可探视出多方面的意蕴。

北宋京都开封，是一座有着二十六万户的繁华城市，手工业作坊林立，行商坐贾遍布，工商界有一百六十行之多。探案是在这一社会环境里进行的，不能不涉及到市民阶层。"探案中"阶段的第二个步骤，中心人物是靴铺户主任一郎。从任一郎靴铺存有坐簿和靴里面装有纸条这一细节，可见当时手工业作坊兼商店的生产有序、交易留底和讲究信誉的经营之道。任一郎这一人物是被肯定的市民代表，他经营有方，遇事不乱。这里对市民人物的肯定和对其经营之道的赞誉，是同借韩玉翘这一宫内人物反映新兴市民的观念是一致的。最后让韩玉翘"嫁得一个在京开客店的远方客人"，也非信手写来之笔，而是着意安排的。只有在京都经营旅业这样的有着开放意识的商人，才有条件和胆量接纳从宫内放逐的女人。如此的结局，称韩玉翘"得遂平生之愿"，这无疑是对市民式美满婚姻的赞同。还有，"探案中"阶段的第五个步骤，冉贵扮货郎，这一情节是为表现冉贵侦探的精明而设的，但字里行间也洋溢着对小商贩的欣赏之趣，仍是站在市民立场上的一种表现。

当然，赞美封建官府的缉捕人员在后半部是很突出的，因而还不能说后半部是重点赞美市民人物的。"探案中"阶段，以大量的篇幅刻画了冉贵这一人物。作为封建官府的缉捕人员，他忠实于职责，善于分析案情，精明能干。赞美这样一个人物，有美化封建统治之嫌。然而，与赞美冉贵形成对照的是，对封建统治集团的高层人物则多揶揄，甚至贬斥。开封府大尹这一京都的行政长官，在他的上司面前唯唯诺诺，上司将棘手的案子推给他，他或是"吓得面色如土"，或是"做声不得"。"勘皮靴"的事还得靠下属全力去办，当下属将孙神通捕到手之后，他的威风来了，"即便升厅，大怒喝道：'叵耐这厮！帝輦之下，辄敢大胆，兴妖作怪，淫污天眷'"。从他的大声怒嚼中反映出这一人物维护皇帝尊严的坚决，与他的趋奉上司、办案无能的蠢相似两付嘴脸。其实，他的大声怒喝也是对自己的嘲笑，京都的社会治安是由他负责的，"帝輦之下，辄敢大胆"的人作出了"淫污天眷"的恶行，该去责问谁呢？比开封府大尹更甚，太尉杨戬、太师蔡京维护皇帝尊严最为坚决，他俩曾"齐声说道：'帝輦之下，怎容得这等人在此做作！'"他俩是"宣和六贼"中的两个，正因处处讨好皇帝而取得了皇帝的赏识，保住了自己的权位。蔡京的权势炙手可热，在后半部是有所表现的。缉捕人员找到任一郎的线索，便毫不犹豫地决定提审任一郎，而线索追到蔡京身上时，不但缉捕人员不敢下手，连开封府大尹也"未敢擅便"，太尉杨戬甚至"呆了半晌"。同样的事不同的对待，就因为面对对象的身分不同。开封府王观察说的"既是太师府中事件，我只道官官相护，就了其事"的话，暴露出封建社会中因"官官相护"而枉法的事实。

宋代当权者崇尚道教，民间又存在着多神崇拜的现象。在这篇小说中就写到了不同的神和不同的神事人员，如北极佑圣真君、清源妙道二郎神和灵济宫林真人的徒弟、五岳观潘道士等。二郎神庙庙官孙神通，是着笔最多的一个神事人员。孙神通"一身妖法"，出入于"墙垣又高，防闲又密"的杨府如履平地，假扮"二郎神"使韩玉翘"死心塌地"。如此的"能人"，在小说中是被否定的，小说中不止一次地写出"若是这厮识局知趣""却只是他尝了甜头，不达时务"一类蔑视他的话。对如此一个神事人员的蔑视，直至最后的惩罚，也是市民新观念的体现。在宋、元、明代，维护封建统治的宗教，为压抑人性、湮灭人欲而宣扬其教义、表彰其典范。可笑的是，在神事人员中竟出现了孙神通这样的纵欲无度的妖人，他不仅骗取了韩玉翘的感情，而且还与后生妇人姘居。这篇小说通过孙神通讽刺了口喊禁欲主义而事实上纵欲无度这存在于宗教界的矛盾现象，透露了新兴市民以其性意识反神权的信息。

（刘福元）

一文钱小隙造奇冤

明·冯梦龙

> 世上何人会此言，休将名利挂心田。
> 等闲倒尽十分酒，遇兴高歌一百篇。
> 物外烟霞为伴侣，壶中日月任婵娟。
> 他时功满归何处？直驾云车入洞天。

这八句诗，乃回道人所作。那道人是谁？姓吕，名岩，号洞宾[1]，岳州河东人氏。大唐咸通中应进士举，游长安酒肆，遇正阳子钟离先生[2]，点破了黄粱梦[3]，知宦途不足恋，遂求度世之术[4]。钟离先生恐他立志未坚，十遍试过，知其可度。欲授以黄白秘方[5]，使之点石成金[6]，济世利物，然后三千功满，八百行圆[7]。洞宾问道："所点之金，后来还有变异否？"钟离先生答道："直待三千年后，还归本质。"洞宾愀然不乐道："虽然遂我一时之愿，可惜误了三千年后遇金之人。弟子不愿受此方也。"钟离先生呵呵大笑道："汝有此好心，三千八百尽在于此。吾向蒙苦竹真君分付道：'汝游人间，若遇两口的，便是你的弟子。遍游天下，从没见有两口之人，今汝姓吕，即其人也。"遂传以分合阴阳之妙。洞宾修炼丹成，发誓必须度尽天下众生，方可上升。从此混迹尘途，自称为回道人。回字也是二口，暗藏着吕字。尝游长沙，手持小小磁罐乞钱，向市上大言："我有长生不死之方，有人肯施钱满罐，便以方授之。"市人不信，争以钱投罐，罐终不满。众皆骇然。忽有一僧人推一车子钱从市东来，戏对道："人说我这车子钱共有千贯，你罐里能容之否？"道人笑道："连车子也推得进，何况钱乎？"那僧不以为然，想着："这罐子有多少大嘴，能容得车儿？明明是说谎。"道人见其沉吟，便道："只怕你不肯布施[8]，若道个肯字，不愁这车子不进我罐儿里去。"此时众人聚观者极多，一个个肉眼凡夫，谁人肯信，都去撺掇那僧人。那僧人也道必无此事，便道："看你本事，我有何不肯？"道人便将罐子侧着，将罐口向着车儿，尚离三步之远，对僧人道："你敢道三声'肯'么？"僧人连叫三声："肯，肯，肯。"每叫一声"肯"，那车子便近一步。到第三个"肯"字，那车儿却像罐内有人扯拽一般，一溜子滚入罐内去了。众人一个眼花，不见了车儿，发声齐喊道："奇怪！奇怪！"都来张那罐口，只见里面黑洞洞地。那僧人就有不悦之意，问道："你那道人是神仙，还是幻术？"道人口占八句道：

> 非神亦非仙，非术亦非幻。
>
> 天地有终穷，桑田经几变。
>
> 此身非吾有，财又何足恋。
>
> 苟不从吾游，骑鲸腾汗漫[9]。

那僧人疑心是个妖术，欲同众人执之送官。道人道："你莫非懊悔，不舍得这车子钱财么？我今还你就是。"遂索纸笔，写一道符，投入罐内。喝声："出，出！"众人千百只眼睛，看着罐口，并无动静。道人说道："这罐子贪财，不肯送将出来，待贫道自去讨来还你。"说声未了，耸身望罐口一跳，如落在万丈深潭，影儿也不见了。那僧人连呼："道人出来！道人快出来！"

罐里并不则声。僧人大怒，提起罐儿，向地下一掷，其罐打得粉碎，也不见道人，也不见车儿，连先前众人布施的散钱并不见一个，正不知那里去了？只见有字纸一幅，取来看时，题得有诗四句道：

> 寻真要识真，见真浑未悟。
>
> 一笑再相逢，驱车东平路[10]。

众人正在传观，只见字迹渐灭，须臾之间[11]，连这幅白纸也不见了。众人才信是神仙，一哄而散。只有那僧人失脱了一车子钱财，意气沮丧，忽想着诗中"一笑再相逢，驱车东平路"之语，急急忙忙行到东平路上，认得自家的钱车，那钱物依然分毫不动。那道人立于车傍，举手笑道："相待久矣！钱车可自收去。"又叹道："出家之人，尚且惜钱如此，更有何人不爱钱者？普天下无一人可度，可怜哉！可痛哉！"言讫腾云而去。那僧人惊呆了半晌，去看那车轮上，每边各有一口字，二口成吕，乃知吕洞宾也。懊悔无及。正是：

> 天上神仙容易遇，世间难得舍财人。

方才说吕洞宾的故事，因为那僧人舍不得这一车子钱，把个活神仙，当面挫过。有人论：这一车子钱，岂是小事，也怪那僧人不得。世上还有一文钱也舍不得的。依在下看来，舍得一车子钱，就从那舍得一文钱这一念推广上去。舍不得一文钱，就从那舍不得一车子钱这一念算计入来。不要把钱多钱少，看做两样。如今听在下说这一文钱小小的故事。列位看官们，各宜警醒，惩忿窒欲[12]，且休望超凡入道，也是保身保家的正理。诗云：

> 不争闲气不贪钱，舍得钱时结得缘。
>
> 除却钱财烦恼少，无烦无恼即神仙。

话说江西饶州府浮梁县，有景德镇，是个马头去处。镇上百姓，都以烧造磁器为业，四方商贾，都来载往苏杭各处贩卖，尽有利息。就中单表一人，叫做邱乙大，是个窑户一个做手。浑家杨氏[13]，善能描画。乙大做就磁胚，就是浑家描画花草人物，两口俱不吃空。住在一个冷巷里，尽可度日有余。那杨氏年三十六岁，貌颇不丑，也肯与人活动[14]。只为老公利害，只好背地里偶一为之，却不敢明当做事。所生一子，名唤邱长儿，年十四岁，资性愚鲁，尚未会做活，只在家中走跳。忽一日杨氏患肚疼，思想椒汤吃，把一文钱教长儿到市上买椒。长儿拿了一文钱，才走出门，刚刚遇着东间壁一般做磁胚刘三旺的儿子，叫做再旺，也走出门来。那再旺年十三岁，比长儿到乖巧，平日喜的是**撇**钱耍子。——怎的样**撇**钱？也有八个六个，**撇**出或字或背，一色的谓之浑成。也有七个五个，**撇**去一背一字间花儿去的，谓之背间。——再旺和长儿，闲常有钱时，多曾在巷口一个空阶头上耍过来。这一日巷中相遇，同走到当初耍钱去处，再旺又要和长儿耍子，长儿道："我今日没有钱在身边。"再旺道："你往那里去？"长儿道："娘肚疼，叫我买椒泡汤吃。"再旺道："你买椒，一定有钱。"长儿道："只有得一文钱。"再旺道："一文钱也好耍，我也把一文与你赌个背字，两背的便都赢去，两字便输，一字一背不算。"长儿道："这文钱是要买椒的，倘或输与你了，把什么去买？"再旺道："不妨事，你若赢了是造化，若输了时，我借与你，下次还我就是。"长儿一时不老成，就把这文钱撇在地上。再旺在兜里也摸出一个钱丢下地来。长儿的钱是个背，再旺的是个字。这**撇**钱也有先后常规，该是背的先**撇**。长儿检起两文钱，摊在第二手指上，把大拇指掐住，曲一曲腰，叫声："背"。**撇**将下去，果然两背。长儿赢了。收起一文，留一文在地。再旺又在兜肚里摸出一文钱来，连地下这文钱拣起，一般样，摊在第二手指上，把大拇指掐住，曲一曲腰，叫声："背"。擨将下去。却是两个字，又是再旺输了。长儿把两个钱都收起，和自己这一文钱，共是三个。长儿赢得顺流，动了赌兴，问再旺道："还有钱么？"再旺道："钱尽有，只怕你没造化赢得。"当下伸手在兜肚里摸出十来个净钱，捻在手里，啧啧夸道："好钱！好钱！"问长儿："还敢擨么？"又丢下一文来。长儿又擨了两背，第四次再旺擨，又是两字。一连擨了十来次，都是长儿赢了，共得了十二文。分明是掘藏一般。喜得长儿笑容满面，拿了钱便走。再旺那肯放他，上前拦住，道："你赢了我许多钱，走那里去？"长儿道："娘肚疼，等椒汤吃，我去去，闲时再来。"再旺道："我还有钱在腰里，你赢得时，我送你。"长儿只是要去，再旺发起喉急来，便道："你若不肯擨时，还了我的钱便罢。你把一文钱来骗了我许多钱，如何就去？"长儿道："我是擨得有采，须不是白夺你的。"再旺索性把兜肚里钱，尽数取出，约莫有二三十文，做一堆儿堆在地下道："待我输尽了这些钱，便放你走。"长儿是个小厮家，眼孔浅，见了这钱，不觉贪心又起；况且再旺抵死缠住，只得又擨。谁知风无常顺，兵无常胜。这番采头又论到再旺了。照前擨了一二十次，虽则中间互有胜负，却是再旺赢得多。到结末来，这十二文钱，依旧被他复去。长儿刚刚原剩得一文钱。自古道：得以气胜。初番长儿擨赢了一两文，胆就壮了，偶然有些采头，就连赢数次。到第二番又擨时，不是他心中所愿，况且着了个贪心，手下就有些矜持。到一连擨输了几文，去了个舍不得一个，又添了个吝字，气便索然。怎当再旺一股愤气，又且稍长胆壮，自然赢了。大凡人富的好过，贫的好过，只有先贫后富的，最是难过。据长儿一文钱起手时，赢得一二文也是勾了，一连得了十二文钱，一拳头捻不住，就该住手回家。可笑长儿把这钱不看做倘来之物，反认作自己东西，重复输去，好不气闷，痴心还想再像初次赢将转来。"就是输了，他原许下借我的，有何不可？"这一交，合该长儿撧了，忍不住按定心坎，再复一撧，又是二字，心里着忙，就去抢那钱，手去迟些，先被再旺抢到手中，都装入兜肚里去了。长儿道："我只有一文钱，要买椒的，你原说过赢时借我，怎的都收去了？"再旺怪长儿先前赢了他十二文钱就要走，今番正好出气。君子报仇，直待三年，小人报仇，只在眼前。怎么还肯把这文钱借他？把长儿双手挡开，故意的一跳一舞，跑入巷去了。急得长儿且哭且叫，也回身进巷扯住再旺要钱，两个扭做一堆厮打。

孙庞斗智谁为胜[15]，楚汉争锋那个强[16]？

却说杨氏，专等椒来泡汤吃，望了多时，不见长儿回来，觉得肚疼定了，走出门来张看，只见长儿和再旺扭住厮打，骂道："小杀才！教你买椒不买，到在此寻闹，还不撒开。"两个小厮听得骂，都放了手。再旺就闪在一边。杨氏问长儿："买的椒在那里？"长儿含着眼泪回道："那买椒的一文钱，被再旺夺去了。"再旺道："你与我撧钱，输与我的。"杨氏只该骂自己儿子，不该撧钱，不该怪别人。况且一文钱，所值几何，既输了去，只索罢休。单因杨氏一时不明，惹出一场大祸，展转的害了多少人的性命。正是：

事不三思终有悔，人能百忍自无忧。

杨氏因等候长儿不来，一肚子恶气，正没出豁，听说赢了他儿子的一文钱，便骂道："天杀的野贼种！要钱时，何不教你娘趁汉去？来骗我家小厮撧钱？"口里一头骂，一头便扯再旺来打。恰正抓住了兜肚，凿下两个栗暴。那小厮打急了，把身子来一挣，却挣断了兜肚带子，落下地来。索郎一声响，兜肚子里面的钱，撒了一地。杨氏道："只还我那一文钱便了。"长儿得了娘的口气，就势抢了一把钱，奔进自屋里去。再旺就叫起屈来。杨氏赶进屋里，喝教长儿还了他钱。长儿被娘逼不过，把钱对着街上一撒。再旺一头哭，一头骂，一头检钱。检起时，少了六七文钱，情知是长儿藏下，拦着门只顾骂。杨氏道："也不见这天杀的野贼种，怎地撒泼！"把大门关上，走进去了。再旺敲了一回门，又骂了一回，哭到自屋里去。母亲孙大娘正在灶下烧火，问其缘故。再旺哭诉道："长儿抢了我的钱，他的娘不说他不是，他骂娘养汉，野杂的种，要钱时何不教你娘养汉。"孙大娘不听时，万事全休，一听了这句不入耳的言语，不觉：

<blockquote>怒从心上起，恶向胆边生。</blockquote>

原来孙大娘最痛儿子，极是护短，又兼性暴，能言快语，是个揽事的女都头。若相骂起来，一连骂十来日，也不口干，有名叫做绰板婆。他与邱家只隔得三四个间壁居住，也晓得杨氏平日有些不三不四的毛病，只为从无口面[17]，不好发挥出来。一闻再旺这语，太阳里爆出火来，立在街头，骂道："狗泼妇，狗淫妇！自己瞒着老公趁汉子，我不管你罢了，到来谤别人。老娘人便看不像，却替老公争气。前门不进师姑，后门不进和尚，拳头上立得人起，臂膊上走得马过[18]，不像你那狗淫妇，人硬货不硬，表壮里不壮，作成老公带了绿帽儿，羞也不羞！还亏你老着脸在街坊上骂人。便臊贼时，也不怎般般做作！我家小厮年幼，连头带脑，也还不勾与你补空，你休得缠他！臊发时还去寻那旧汉子，是多寻几遭，多养了几个野贼种，大起来好做贼。"一声泼妇，一声淫妇，骂一个路绝人稀。杨氏怕老公，不敢揽事，又没处出气，只得骂长儿道："都是你那小天杀的，不学好，引这长舌妇开口。"提起木柴，把长儿劈头就打，打得长儿头破血淋，嚎啕大哭。邱乙大正从窑上回来，听得孙大娘叫骂，侧耳多时，一句句都听在肚里，想道："是那家婆娘

不秀气？替老公妆幌子，惹得绰板婆叫骂。"及至回家，见长儿啼哭，问起缘由，到是自家家里招揽的是非。邱乙大是个硬汉，怕人耻笑，声也不喷，气忿忿地坐下。远远的听得骂声不绝，直到黄昏后，方才住口。邱乙大吃了几碗酒，等到夜深人静，叫老婆来盘问道："你这贱人瞒着我做的好事！趁的许多汉子，姓甚名谁？好好招将出来，我自去寻他说话。"那婆娘原是怕老公的，听得这句话，分明似半空中响一个霹雳，战兢兢还敢开口？邱乙大道："泼贱妇，你有本事偷汉子，如何没本事说出来？若要不知，除非莫为。瞒得老公，瞒不得邻里，今日教我如何做人？你快快说来，也得我心下明白。"杨氏道："没有这事，教我说谁来？"邱乙大道："真个没有？"杨氏道："没有。"邱乙大道："既是没有时，他们如何说你，你如何凭他说，不则一声？显是心虚口软，应他不得。若是真个没有，是他们诈说你时，你今夜吊死在他门上，方表你清白，也出脱了我的丑名。明日我好与他讲话。"那婆娘怎肯走动，流下泪来，被邱乙大三两个巴掌，拟出大门。把一条戏索丢与他，叫道："快死快死！不死便是恋汉子了。"说罢，关上门儿进来。长儿要来开门，被乙大一顿栗暴，打得哭了一场睡去了。乙大有了几分酒意，也自睡去。单剩杨氏在门外好苦，上天无路，入地无门。千不是，万不是，只是自家不是，除却死，别无良策。自悲自怨了多时，恐怕天明，慌慌张张的取了麻索，去认那刘三旺的门首。也是将死的人，失魂颠智，刘家本在东间壁第三家，却错走到西边去，走过了五六家，到第七家。见门面与刘家相像，忙忙的把几块乱砖衬脚，搭上麻索于檐下，系颈自尽。可怜伶俐妇人，只为一文钱斗气，丧了性命。正是：

地下新添恶死鬼，人间不见画花人。

却说西邻第七家，是个打铁的匠人门首。这匠人浑名叫作白铁，每夜四更，便起来打铁。偶然开了大门撒溺，忽然一阵冷风，吹得毛骨竦然，定睛看时，吃了一惊。

不是傀儡场中鲍老[19]，竟像秋千架上佳人。

檐下挂着一件物事，不知是那里来的？好不怕人！犹恐是眼花，转身进屋，点个火来一照，原来是新缢的妇人，咽喉气断，眼见得救不活了。欲待不去照管他，到天明被做公的看见，却不是一场飞来横祸，辨不清的官司。思量一计："将他移在别处，与我便无干了。"耽着惊恐，上前去解这麻索。那白铁本来有些蛮力，轻轻的便取下挂来，背出正街，心慌意急，不暇致详，向一家门里撒下。头也不回，竟自归家，兀自连打几个寒噤，铁也不敢打了，复上床去睡卧，不在话下。

且说邱乙大，黑早起来开门，打听老婆消息，走到刘三旺门前，并无动静，直走到巷口，也没些踪影，又回来坐地寻思："莫不是这贱妇逃走他方去了？"又想："他出门稀少，又是黑暗里，如何行动？"又想道："他若不死时，麻索必然还在。"再到门前去看时，地下不见麻绳，"定是死了刘家门首，被他知觉，藏过了尸首，与我白赖。"又想："刘三旺昨晚不回，只有那绰板婆和那小厮在家，那有力量搬运？"又想到："虫蚁也有几只脚儿，岂有人无帮助？且等他开门出来，看他什么光景，见貌辨色，可知就里。"等到刘家开门，再旺出来，把钱去市心里买馍馍点心，并不见有一些惊慌之意。邱乙大心中委决不下，又到街前街后闲荡，打探一回，并无影响。回来看见长儿还睡在床上打鼾，不觉怒起，掀开被，向腿上四五下，打得这小厮睡梦里直跳起来。邱乙大道："娘也被刘家逼死了，你不去讨命，还只管睡！"这句话，分明邱乙大教长儿去惹事，看风色。长儿听说娘死了，便哭起来，忙忙的穿了衣服，带着哭，一径直赶到刘三旺门首去，骂道："狗娼根狗淫妇！还我娘来？"那绰板婆孙大娘，见长儿骂上门，如何耐得，急赶出来，骂道："千人射的野贼种，敢上门欺负老娘么？"便揪着长儿头发，却待要打，见邱乙大过来，就放了手。这小厮满街乱跳乱舞，带哭带骂讨娘。邱乙大已耐不住，也骂起来。那绰板婆怎肯相让，旁边钻出个再旺来相帮，两下干骂一场，都里劝开[20]。邱乙大教长儿看守家里，自去街上央人写了状词，赶到浮梁县告刘三旺和妻孙氏人命事情。大尹准了状词，差了拘拿原被告，和邻里干证，到官审问。原来绰板孙氏平昔口嘴不好，极是要冲撞人，邻里都不欢喜，因此说话中间，未免偏向邱乙大几分，把相骂的事情，增添得重大了，隐隐的将这人命，射实在绰板婆身上。这大尹见众人说话相同，信以为实。错认刘三旺将尸藏匿在家，希图脱罪。差人搜检，连地也翻了转来，只是搜寻不出，故此难以定罪。且不用刑，将绰板婆拘禁，差人押刘三旺寻访杨氏下落，邱乙大讨保在外。这场官司好难结哩！有分教：

> 绰板婆消停口舌，磁器匠担误生涯。

这事且阁过不题。再说白铁将那尸首，却撇在一个开酒店的人家门首。那店主人王公，年纪六十余岁，有个妈妈，靠着卖酒过日。是夜睡至五更，只听得叩门之声，醒时又不听得。刚刚合眼，却又闻得砰砰声叩响。心中惊异，披衣而起，即唤小二起来，开门观看。只见街头上，不横不直，挡着这件物事。王公还道是个醉汉，对小二道："你仔细看一看，还是远方人，是近处人？若是左近邻里，可叩他家起来，扶了去。"小二依言，俯身下去认看，因背了星光，看不仔细。见颈边拖着麻绳，却认做是条马鞭，便道："不是近边人，想是个马夫。"王公道："你怎么晓得他是个马夫？"小二道："见他身边有根马鞭，故此知得。"王公道："既不是近处人，由他罢！"小二欺心，要拿他的鞭子，伸手去拾时，却拿不起，只道压了身底下，尽力一扯，那尸首直竖起来，把小二吓了一跳，叫道："阿呀!"连忙放手。那尸扑的倒下去了。连王公也吃一惊，问道："这怎么说?"小二道："只道是根鞭儿，要拿他的，不想却是缢死的人，颈下扣的绳子。"王公听说，惊得魂飞天外，魄散九霄，叫道："这没头官司，叫我如何吃得起? 若到了官，如何洗得清?"便与小二商议，小二道："不打紧，只教他离了我这里，就没事了。"王公道："说得有理，还是拿到那里去好?"小二道："撇他在河里罢。"当下二人动手，直抬到河下。远远望见岸上有人，打着灯笼走来，恐怕被他撞见，不管三七二十一，撇在河边，奔回家去了，不在话下。

且说岸上打灯笼来的是谁? 那人乃是本镇一个大户叫做朱常，为人奸诡百出，变诈多端，是个好打官司的主儿。因与一个隔县姓赵的人家争田。这一蚤要到田头去割稻，同着十来个家人，拿了许多扁挑索子镰刀，正来下舡[21]。那提灯的在前，走下岸来，只见一人横倒在河边，也认做是个醉汉，便道："这该死的贪这样脓血! 若再一个翻身，却不滚在河里，送了性命?"内中一个家人，叫做卜才，是朱常手下第一出尖的帮手，他只道醉汉身边有些钱钞，就蹲倒身，伸手去摸他腰下，却冰一般冷，缩手不迭，便道："元来死的了!"朱常听说是死人，心下顿生不良之念。忙叫："不要慌。拿灯来照看，是老的? 是少的?"众人在灯下仔细打灯认，却是个缢死的妇人。朱常道："你们把他颈里绳解去挪掉了，扛下舱里去藏好。"众人道："老爹，这妇人正不知是甚人谋死的? 我们如何到去招揽是非?"朱常道："你莫管他，我自有用处。"众人只得依他，解去麻绳，叫起看船的，扛上船，藏在舱里，将平基盖好。朱常道："卜才，你回去，媳妇子叫五六个来。"卜才道："这二三十亩稻，勾什么砍，要这许多人去做甚?"朱常道："你只管叫来，我自有用处。”卜才不知是意见，即便提了灯回去。不一时叫到，坐了一舠，解缆开船。两人荡桨，离了镇上。众人问道：“老爹载这东西去有甚用处？”朱常道：“如今去割稻，赵家定来拦阻，少不得有一场相打，到告状结杀。如今天赐这东西与我，岂不省了打官司。还有许多妙处。”众人道：“老爹怎见省了打官司？又有何妙处？”朱常道：“有了这尸首时，只消如此如此，这般这般，却不省了打官司。你们也有些财采。他若不见机，弄到当官，定然我们占个上风。可不好么！”众人都喜道：“果然妙计！小人们怎省得？”正是：

算定机谋夸自己，排成巧计害他人。

这些人都是愚野村夫，晓得什么利害？听见家主说得都有财采，竟像瓮中取鳖，手到拿来的事，乐极了，巴不得赵家的人，这时便到河边来厮闹便好：银子既有得到手，官司又可以赢得。竟像生了翼翅的一般，顷刻就飞到了。此时天色渐明，朱常教把船歇在空阔无人居住之处，离田头尚有一箭之路。众人都上了岸，寻出一条一股好一股断的烂草绳，将船缆在一头草根上，只留一个人在船上看守，众男女都下田砟稻。朱常远远的立在岸上打探消耗。元来这地方叫做鲤鱼桥，离景德镇只有十里多远，再过去里许，又唤做太白村，乃是江南徽州府婺源县所管[22]。因是两省交界之处，人人错壤而居。与朱常争田这人名唤赵完，也是个大富之家，原是浮梁县人户，却住在婺源县地方。两县俱置得有田产。那争的田，只得三十余亩，乃赵完族兄赵宁的。先把来抵借了朱常银子，却又卖与赵完，恐怕出丑，就拦在佃种，两边影射了三四年。不想近日身死，故此两家相争。这稻子还是赵宁所种。

说话的，这田在赵完屋脚跟头，如何不先砟了，却留与朱常来割？看官有所不知，那赵完也是个强横之徒，看得自己大

一文钱小隙造奇冤 ┃ 83

了，道这田是明中正契买族兄的，又在他的左近，朱常又是隔省人户，料必不敢来割稻，所以放心托胆。那知朱常又是个专在虎头上做窠，要吃不怕死的魍魉[23]，竟来放对，只在田中砍稻。蚤有人报知赵完。赵完道："这厮真是吃了大虫的心，豹子的胆，敢来我这里撩拨！想是来送死么！"儿子赵寿道："爹，自古道：来者不惧，惧者不来。也莫轻觑了他！"赵完问报人道："他们共有多少人在此？"答道："十来个男子，六七个妇人。"赵完道："既如此，也教妇人去。男的对男，女对女，都拿的来，敲断他的孤拐子，连船都拔他上岸，那时方见我的手段。"即便唤起二十多人，十来个妇人，一个个粗脚大手，裸臂揎拳，如疾风骤雨而来。赵完父子随后来看。且说众人远远的望着田中，便喊道："偷稻的贼不要走！"朱常家人媳妇，看见赵家有人来了，连忙住手，望河边便跑。到得岸旁，朱常连叫快脱衣服。众人一齐卸下，堆做一处，叫一个妇人看守，覆身转来，叫道："你来你来，若打输与你，不为好汉。"赵完家有个雇工人，叫做田牛儿，自恃有些气力，抢先飞奔向前。朱家人见他势头来得勇猛，两边一闪，让他冲将过来，才让他冲进时，男子妇人，一裹转来围住。田牛儿叫声："来的好！"提起升箩般拳头，拣着个精壮村夫，赶上一拳打去，只望先打倒了一个硬的，其余便如摧枯拉朽了。谁知那人却也来得，拳到面上时，将身子打一偏，那拳便打个空，反被众人围将拢来，将田牛儿围住，险些儿动不得。急起左拳来打，手尚未起，又被一人接住，两边扯开。田牛儿便施展不得。朱家人也不打他，推的推，扯的扯，到像八抬八绰一般，脚不点地竟拿上船。那烂草绳系在草根上，有甚筋骨，初踏上船就断了。艄上人已预先将篙拦住，众人将田牛儿纳在舱中乱打。赵家后边的人，见田牛儿捉上船去，蜂拥赶上船抢人。朱家妇女，都四散走开，放他上去。说时迟，那时快，拦篙的人一等赵家男子妇人上齐船时，急掉转篙，望岸上用力一点，那船如箭一般，向河心中直荡开去。人众船轻，三四幌便翻将转来。两家男女四十多人，尽都落水。这些妇人各自挣扎上岸，男子就在水中相打，纵横搅乱，激得水溅起来，恰如骤雨相似。把岸上看的人眼都耀花了，只叫莫打，有话上岸来说。正打之间，卜才就人乱中，把那缢死妇人尸首，直攲过去，便喊起来道："地方救护，赵家打死我家人了！"朱常同那六七个妇人，在岸边接应。一齐喊叫，其声震天动地。赵家的妇人，正绞挤湿衣，听得打死了人，带水而逃。水里的人，一个个吓得胆战心惊，正不知是那个打死的，巴不能撆脱逃走，被朱家人乘势追打，吃了老大的亏，挣上了岸，落荒逃奔。此时只恨父母少生了两只脚儿。朱家人欲要追赶，朱常止住道："如今不是相打的事了，且把尸首收拾起来，抬放他家屋里了，再处。"众人把尸首拖到岸上，卜才认做妻子，假意啼啼哭哭。朱常又教捞起船上篙桨之类，寄顿佃户人家，又对看的人道："列位地方邻里，都是亲眼看见，活打死的，须不是诬陷赵完，倘到官司时，少不得要相烦做个证见，但求实说罢了。"这几句是朱常引人来兜揽处和的话。此时内中若有个有力量的，出来担当，不教朱常把尸首抬去赵家说和，这事也不见得后来害许多人的性命。只因赵完父子，平日是个难说话的，恐怕说而不听，反是一场没趣。况又不晓得朱常心中是甚样个意儿？故此并无一人招揽。朱常见无人招架，教众人穿起衣服，把尸首用芦席卷了，将绳索络好，四人扛着，望赵完家来。看的人随后跟来，观看两家怎地结局？

铜盆撞了铁扫帚，恶人自有恶人磨。

且说赵完父子随后赶来，远望着自家人追赶朱家的人，心中欢喜。渐渐至近，只见妇女家人，浑身似水，都像落汤鸡一般，四散奔走。赵完惊讶道："我家人多，如何反被他们打下水去？"正说着，只见众人赶到，乱嚷道："阿爹不好了！快回去罢。"赵完道："你们怎地恁般没用？都被打得这模样！"众人道，"打是小事，只是他家死了人却怎处？"赵完听见死了个人，吓得就酥了半边，两只脚就像钉了，半步也行不动。赵寿与田牛儿，两边挟着胳膊而行，扶至家中坐下，半晌方才开言："如何就打死了人？"众人把相打翻船的事，细说一遍。又道："我们也没有打妇人，不知怎地死了？想是淹死的。"赵完心中没了主意，只叫："这事怎好？"那时合家老幼，都丛在一堆，人人心中惊慌。正说之间，入进来报："朱家把尸首抬来了。"赵完又吃这一吓，恰像打坐的禅和子[24]，急得身色一毫不动。自古道："物极必反，人急计生。赵寿忽地转起一念，便道："爹莫慌，我自有对付他的计较在此。"便对众人道："你们多向外边闪过，让他们进来之后，听我鸣锣为号，留几个紧守门口，其余都赶进来拿人，莫教走了一个。解到官司，见许多人白日抢劫，这人命自然从轻。"众人得了言语，一齐转身。赵完恐又打坏了人，分付："只要拿人，不许打人。"众人应允，一阵风出去。赵寿只留了一个心腹义孙赵一郎道："你且在此。"又把妇女妻小打发进去，分付："不要出来。"赵完对儿子道："虽然告他白日打抢，总是人命为重，只怕抵当不过。"赵寿走到耳根前，低低道："如今只消如此这般。"赵完听了大喜，不觉身子就健旺起来，乃道："事不宜迟，快些停当！"赵寿先把各处门户闭好，然后寻了一把斧头，一个棒槌，两扇板门，都已完备，方教赵一郎到厨下叫出一个老儿来。那老儿名唤丁文，约有六十多岁，原是赵完的表兄，因有了个懒黄病，吃得做不得，却又无男无女，揎在赵完家烧火，博口饭吃。当下那老儿不知头脑，走近前问道："兄弟有甚话？"赵完还未答应，赵寿闪过来，提起棒槌，看正太阳，便是一下。那老儿只叫得声阿呀，翻身跌倒。赵寿赶上，又复一下，登时了帐。当下赵寿动手时，以为无人看见，不想田牛儿的娘田婆，就住在赵完宅后，听见打死了人，恐是儿子打的，心中着急，要寻来问个仔细，从后边走出，正撞着赵寿行凶。吓得蹲倒在地，便立不起身。口中念声："阿弥陀佛！青天白日，怎做这事！"赵完听得，回头看了一看，把眼向儿子一颠，赵寿会意，急赶近前，照顶门一棒槌打倒，脑浆鲜血一齐喷出。还怕不死，又向肋上三四脚，眼见得不能勾活了。只因这一文钱上起，又送了两条性命。正是：

含容终有益，任意是生灾。

且说赵一郎起初唤丁老儿时，不道赵寿怀此恶念，蓦见他行凶，惊得只缩到一壁角边去。丁老儿刚刚完事，接脚又撞个田婆来凑成一对，他恐怕这第三棒槌轮到头上，心下着忙，欲待要走，这脚上却像被千百斛石头压住，那里移得动分毫。正在慌张，只见赵完叫道："一郎快来帮一帮。"赵一郎听见叫他相帮，方才放下肚肠，挣扎得动，向前帮赵寿拖这两个尸首，放在遮堂背后，寻两扇板门压好，将遮堂都起浮了窠臼。又分付赵一郎道："你切不可泄漏，待事平了，把家私分一股与你受用。"赵一郎道："小人靠阿爹洪福过日的，怎敢泄漏？"刚刚停当，外面人声鼎沸，朱家人已到了。赵完三人退入侧边一间屋里，掩上门儿张看。且说朱常引家人媳妇，扛着尸首赶到赵家，一路打将进去。直到堂中，见四面门户紧闭，并无一个人影。朱常教"把死尸居中停下，打到里边去拿赵完这老亡八出来，锁在死尸脚上。"众人一齐动手，乒乒乓乓将遮堂乱打，那遮堂已是离了窠臼的，不消几下，一扇扇都倒下去，尸首上又压上一层。众人只顶向前，那知下面有物。赵寿见打下遮堂，把锣筛起。外边人听见，发声喊，抢将入来。朱常听得筛锣，只道有人来抢尸首，急掣身出来，众人已至堂中，两下你揪我扯，搅做一团，滚做一块。里边赵完三人大喊："田牛儿！你母亲都被打死了，不要放走了人。"田牛儿听见，急奔来问："我母亲如何却在这里？"赵完道："他刚同丁老官走来问我，遮堂打下，压死在内。我急走得快，方逃得性命。若迟一步儿，这时也不知怎地了！"田牛儿与赵一郎将遮堂搬开，露出两个尸首。田牛儿看娘头时，已打开脑浆，鲜血满地，放声大哭。朱常听见，只道还是假的，急抽身一望，果然有两个尸首，着了忙，往外就跑。这些家人媳妇，见家主走了，各要搧脱逃走，一路揪扭打将出来。那知门口有人把住，一个也走不脱，都被拿住。赵完只叫："莫打坏了人。"故此朱常等不十分吃亏。赵寿取出链子绳索，男子妇女锁做一堂。田牛儿痛哭了一回，心中忿怒，跳起身来。"我把朱常这老王八，照依母亲打死罢了。"赵完拦住道："不可不可！如今自有官法究治，打死他做甚？"教众人扯过一边。此时已哄动远近村坊，地方邻里，无有不到赵家观看。赵完留到后边，备起酒席款待，要众人具个"白昼劫杀"公呈。那众人都是赵完的亲戚佃户，俱应承了。赵完即央人写了状词，邻里写了公呈，同往婺源县击鼓喊冤。正是：

强中更遇强中手，恶人须服恶人磨。

却说那婺源县大尹，姓李名正，字国材，山东历城县人[25]。乃进士出身[26]，为官直正廉明，雪冤辨奸。又且一清如水，分文不取。当下闻得击鼓喊冤，即便升堂，传集衙役皂快，喝教带进赵完一干人跪在丹墀下。大尹问道："你们有甚冤枉？从实说来。"赵完手持状词，口中只说："老爷救命。"大尹叫手下人拿上状词看了，见是人命重事。大尹又问邻佑道："你们是什么人？"邻里道："小人俱是赵完左右邻居。目击朱常在赵完家行凶，不得不来报明。"将呈子递上。大尹看了，就叫打轿，带领忤作一应衙役，往赵家检验。赵家已自摆设公案，迎接大尹。到了，坐定，叫忤作将三个死尸致命伤处，从实检验报来。忤作先将丁老儿、田氏看过，禀道："这两个俱是打伤脑壳。"又将朱常的死妇遍身看过，禀道："此妇遍身亦无伤处，惟有颈下一条血痕，看来不是打死，竟是勒死的。"大尹道："可俱是实?"忤作禀道："小人怎敢混报?"大尹心下疑惑："既是两下相殴，为何此妇身上毫无伤处?"遂唤朱常问道："此妇是你什么人?"朱常禀道："是小人家卜才的妻子。"大尹便唤卜才问道："你的妻子可是昨日登时打死了?"卜才道："是。"大尹问了详细，自走下来把三个尸首逐一亲验，忤作人所报不差，暗称奇怪。分付把棺木盖上封好，带到县里听审。大尹在轿上，一路思想，心下明白。回县坐下，发众犯都跪在仪门外。单唤朱常上去，道："朱常，你不但打死赵家二命，连这妇人，也是你谋死的！须从实招来。"朱常道："这是家人卜才的妻子余氏，实被赵完打下水死的，地方上人，都是见的，如何反是小人谋死? 爷爷若不信，只问卜才便见明白。"大尹喝道："胡说！这卜才乃你一路之人，我岂不晓得！敢在我面前支吾！夹起来。"众皂隶一齐答应上前，把朱常鞋袜去了，套上夹棍，便喊起来。那朱常本是富足之人，虽然好打官司，从不曾受此痛苦，只得一一吐实："这尸首是浮梁江口不知何人撇下的。"大尹录了口词，叫跪在丹墀下。又唤卜才进来，问道："死的妇人果是你妻子么?"卜才道：。正是小人妻子。"大尹道："既是你妻子，如何把他谋死了，诈害赵完?"卜才道："爷爷，昨日赵完打下水身死，地方上人，都看见的。"大尹把惊堂在桌上一连七八拍，大喝道："你这该死的奴才！这是谁家的妇人，你冒认做妻子，诈害别人！你家主已招称，是你把他弄死。你若巧辩，快夹起来。"卜才见大尹像道士打灵牌一般，把气拍一片声乱拍乱喊，将魂魄都惊落了。又听见家主已招，只得禀道："这都是家主教小人认作妻子，并不干小人之事。"大尹道："你一一从实细说。"卜才将下船遇见尸首，定计诈赵完前后事细说一遍，与朱常无二。大尹已知是实，又问道："这妇人虽不是你打死，也不该冒认为妻，诈害平人。那丁文田婆却是你与家主打死的，这须没得说。"卜才道："爷爷，其实不曾打死，就夹死小人，也不招的。"大尹也教跪在丹墀。又唤赵完并地方来问，都执朱常扛尸到家，乘势打死。大尹因朱常造谋诈害赵完事实，连这人命也疑心是真，又把朱常夹起来。朱常熬刑不起，只得屈招。大尹将朱常、卜才各打四十，拟成斩罪，下在死囚牢里。其余十人，各打二十板，三个充军，七个徒罪，亦各下监。六个妇人，都是杖罪，发回原籍。其田断归赵完，代赵宁还原借朱常银两。又行文关会梁浮县查究妇人尸首来历。那朱常初念，只要把那尸首做个媒儿，赵完怕打人命官司，必定央人兜收私处，这三十多亩田，不消说起归他，还要扎诈一注大钱[27]，故此用这一片心机。谁知激变赵寿做出没天理事来对付他，反中了他计。当下来到牢里，不胜懊悔，想道："这畜若不遇这尸首，也不见得到这地位！"正是：

蚤知更有强中手，却悔当初枉用心。

朱常料道："此处定难翻案。"叫儿子分付道："我想三个尸棺，必是钉稀板薄，交了春气，自然腐烂。你今先去会了该房，捺住关会文书。回去教妇女们，莫要泄漏这缢死尸首消息。一面向本省上司去告准，捱至来年四五月间，然后催关去审，那时烂没了缢死绳痕，好与他白赖。一事虚了，事事皆虚，不愁这死罪不脱。"朱太依了父亲，前去行事，不在话下。

却说景德镇卖酒王公家小二因相帮撇了尸首，指望王公些东西，过了两三日，却不见说起。小二在口内野唱，王公也不在其意。又过了几日，小二不见动静，心中焦躁，忍耐不住，当面明明说道："阿公，前夜那话儿，亏我把去出脱了还好，若没我时，到天明地方报知官司，差人出来相验，饶你硬挣，不使酒钱，也使茶钱。就拌上十来担涎吐[28]，只怕还不得了结哩！如今省了你许多钱钞，怎么竟不说起谢我！"大凡小人度量极窄，眼孔最浅：偶然替人做件事儿，侥幸得效，便道泼天大功劳，亏我挟持成就，竟想厚报；稍不如意，便要就翻转脸来了。所以人家用错了人，反受其荼毒[29]。如小二不过一时用得些气力，便想要王公的银子，那王公若是个知事的，不拘多寡与他些也就罢了，谁知王公又是舍不得一文钱的悭吝老儿[30]，说着要他的钱，恰像割他身上的肉，就面红颈赤起来了。当下王公见小二要他银子，便发怒道："你这人忒没理！吃黑饭，护漆柱[31]。吃了我家的饭，得了我的工钱，便是这些小事，略走得几步，如何就要我钱？"小二见他发怒，也就嚷道："嗏呀！就不把我，也是小事，何消得喉急？用得我着，方吃得你的饭，赚得你的钱，须不是白把我用的。还有一句话，得了你工钱，只做得生活，原不曾说替你拽死尸的。"王婆便走过来道："你这蛮子，真个忿懒！自古道：茄子也让三分老。怎么一个老人家，全没些尊卑，一般样与他争嚷。"小二道："阿婆，我出了力，不把银子与我，反发喉急；怎不要嚷？"王公道："什么！是我谋死的？要诈我钱？"小二道："虽不是你谋死，便是擅自移尸，也须有个罪名。"王公道："你到去首了我来。"小二道："要我首也不难，只怕你当不起这大门户。"王公赶上前道："你去首，我不怕。"望外劈颈就拟[32]。那小二不曾提防，捉脚不定，翻筋斗直跌出门外，磕碎脑后，鲜血直淌。小二跌毒了，骂道："这老忘八！亏了我，反打么！"就地下拾起一块砖来，望王公掷去，谁知数合当然，这砖不歪不斜，正中王公太阳，一交跌倒，再不则声。王婆急上前扶时，只见口开眼定，气绝身亡。跌脚叫苦，便哭起天来。只因这一文钱上，又断送了一条性命。

　　　总为惜财丧命，方知财命相连。

　　小二见王公死了，爬起来就跑。王婆喊叫邻里，赶上拿转，锁在王公脚上。问王婆："因甚事起？"王婆一头哭，一头将前情说出，又道："烦列位与老身作主则个。"众人道："这厮元来恁地可恶！先教他吃些痛苦，然后解官。"三四个邻佑上前来，一顿拳头脚尖，打得半死，方才住手。教王婆关闭门户，同到县中告状。此时纷纷传说，远近人都来观看。且说邱乙大正访问妻子尸首不着，官司难结，心思气闷。这一日闻得小二打王公的根由，"怎道这妇女尸首，莫不就是我的妻子么？"急走来问，见王婆锁门要去告状。邱乙大上前问了个详细，计算日子，正是他妻子出门这日，便道："怪道我家妻子尸首，当朝就不见踪影，原来是他们丢掉了。到如今有了实据，绰板婆却自赖不得的了。"即忙赶到县前看来，只见王婆叫喊到县堂上。县主知是杀人大案，立刻出签拿了小二。不问众人，先教王婆问了仔细。小二料道罪真难脱了，不待用夹，一一招承。打了三十，问成死罪，下在狱中。邱乙大算计妻子被刘三旺谋死，正是此日，这尸首一定是他撇下的。证见已确，要求审结。此时婆源县知会文书未到，大尹因没有尸首，终无实据。原发落出去寻觅。再说小二，初时已被邻里打伤，那顿板子，又十分利害。到了狱中，没有使用，又且一顿拳头，三日之间，血崩身死。为这一文钱起，又送一条性命。

　　　见因贪白镪[33]，番自丧黄泉[34]。

　　且说邱乙大从县中回家，正打白铁门首经过，只听得里边叫天叫地的啼哭。原来白铁自那夜担着惊恐，出脱这尸首，冒了风寒，回家上得床，就发起寒热，病了十来日，方才断命。所以老婆啼哭。眼见为这一文钱，又送一条性命。

　　　　化为阴府惊心鬼，失却阳间打铁人。

　　邱乙大闻知白铁已死，叹口气道："恁般一个好汉！有得几日，却又了帐。可见世人真是没根的！"走到家中看时，止有这个小厮，鬼一般缩在半边，要口热水，也不能勾。看了那样光景，方懊悔前日逼勒老婆，做了这件拙事。如今又弄得不尴不尬，心下烦恼，连生意也不去做，终日东寻西觅，并无尸首下落。看看捱过残年，又蚤五月中旬。那时朱常儿子朱太已在按院告准状词，批在浮梁县审问，行文到婺源县关提人犯尸棺。起初朱太还不上紧，到了五月间，料到尸首已是腐烂，大大送个东道与婺源县该房，起文关解。那赵完父子因婺源县已经问结，自道没事，毫无畏惧，抱卷赴理。两县解子领了一干人犯，三具尸棺，道至浮梁县当堂投递。大尹将人犯羁禁，尸棺发置官坛候检，打发婺源回文，自不必说。不则一日，大尹吊出众犯，前去相验。那朱太合衙门通买嘱了，要胜赵完。大尹到尸场上坐下，赵完将浮梁县案卷呈上。大尹看了，对朱常道："你借尸索诈，打死二命，事已问结，如何又告？"朱常禀道："爷爷，赵完打余氏落水身死，众目共见，却买嘱了地邻忤作，妄报是缢死的。那丁文、田婆，自己情慌，谋害抵饰，硬诬小人打死。且不要论别件，但据小人主仆力量有限，赵家是何等势力，却容小人打死二命？况死的俱是七十多岁，难道恁地利害，只拣垂死之人来打？爷爷推详这上，就见明白。"大尹道："既如此，你当时就不该招承了。"朱常道："他那衙门情絮用极刑拷逼，若不屈招，性命已不到今日了。"赵完也禀道："朱常当日倚仗假尸，逢着的便打，合家躲避，那丁文、田婆年老奔走不及，故此遭他毒手。假尸缢死绳痕，是婺源县太爷亲验过的，岂是忤作妄报。如今日久腐烂，巧言诳骗爷爷，希图漏网反陷。但求细看招卷，曲直立见。"大尹道："这也难凭你说。"即教开棺检验。天下有这等作怪的事，只道尸首经了许久，料已腐烂尽了，谁知都一毫不变，宛然如生。那杨氏颈下这条绳痕，转觉显明，倒教忤作人没理会。你道为何？他已得了朱常的钱财，若尸首烂坏了，好从中作弊，要出脱朱常，反坐赵完。如今伤痕见在，若虚报了，恐大尹还要亲验。实报了，如何得朱常银子。正在踌躇，大尹蚤已瞧破，就走下来亲验。那忤作人被大尹监定，不敢隐匿，一一实报。朱常在傍暗暗叫苦。大尹将所报伤处，将卷对看，分毫不差，对朱常道："你所犯已实，怎么又往上司诳告？"朱常又苦苦分诉。大尹怒道："还要强辩！夹起来！快说这缢死妇人是那里来的？"朱常受刑不过，只得招出："本日蚤起，在某处河沿边遇见，不知是何人撇下？"那大尹极有记性，忽趱想起："去年邱乙大告称，不见了妻子尸首，后来卖酒王婆告小二打死王公，也称是日抬尸首，撇在河沿上去了。至今尸首没有下落，莫不就是这个么？"暗记在心，当下将朱常、卜才都责三十，照旧死罪下狱，其余家人问徒招保。赵完等发落宁家，不题。

且说大尹回到县中，吊出邱乙大状词，并王小二那宗案卷查对，果然日子相同，撇尸地处一般，更无疑惑。即着原差，唤到邱乙大、刘三旺干证人等，监中吊出绰板婆孙氏，齐到尸场认看。此时正是五月天道，监中瘟疫大作，那孙氏刚刚病好，还行走不动，刘三旺与再旺扶挟而行。到了尸场上，忤作揭开棺盖，那邱乙大认得老婆尸首，放声号恸，连连叫道："正是小人妻子。"干证邻里也道："正是杨氏。"大尹细细鞫问致死情由，邱乙大咬定："刘三旺夫妻登门打骂，受辱不过，以致缢死。"刘三旺、孙氏，又苦苦折辩。地邻俱称是孙氏起衅，与刘三旺无干。大尹喝教将孙氏拶起[35]。那孙氏是新病好的人，身子虚弱，又走行这番，劳碌过度，又费唇费舌折辩，渐渐神色改变。经着拶子，疼痛难忍，一口气收不来，翻身跌倒，呜呼哀哉！只因这一文钱上起，又送一条性命。正是：

地狱又添长舌鬼，阳间少了绰板声。

大尹看见，即令放拶。刘三旺向前叫喊，喊破喉咙，也唤不转。再旺在旁哀哀啼哭，十分凄惨。大尹心中不忍，向邱乙大道："你妻子与孙氏角口而死，原非刘三旺拳手相打。今孙氏亦亡，足以抵偿。今后两家和好，尸首各自领归埋葬，不许再告，违者，定行重治。"众人叩首依命，各领尸首埋葬，不在话下。

且说朱常、卜才下到狱中，想起枉费许多银两，反受一场刑杖，心中气恼，染起病来，却又沾着瘟疫，二病夹攻，不勾数日，双双而死。只因这一文钱上起，又送两条性命。

未诈他人，先损自己。

说话的，我且问你：朱常生心害人，尚然得个丧身亡家之报；那赵完父子活活打死无辜二人，又诬陷了两条性命，他却漏网安享，可见天理原有报不到之处。看官，你可晓得，古老有几句言语么？是那几句？古语道：

善有善报，恶有恶报，不是不报，时辰未到[36]。

那天公算善报，个个记得明白。古往今来，曾放过那个？这赵完父子漏网受用，一来他的顽福未尽；二来时候不到；三来小子只有一张口，没有两副舌，说了那边，便难顾这边，少不得逐节还你一个报应。闲话休题。且说赵完父子，又胜了朱常，回到家中，亲戚邻里，齐来作贺。吃了好几日酒。又过数日，闻得朱常、卜才，俱已死了，一发喜之不胜。田牛儿念着母亲暴露，领归埋葬不题。时光迅速，不觉又过年余。原来赵完年纪虽老，还爱风月，身边有个偏房，名唤爱大儿。那爱大儿生得四五分颜色，乔乔画画，正在得趣之时。那老儿虽然风骚，到底老人家，只好虚应故事，怎能勾满其所欲？看见义孙赵一郎，身材雄壮，人物乖巧，尚无妻室，到有心看上了。常常走到厨房下，捱肩擦背，调嘴弄舌。你想世上能有几个坐怀不乱的鲁男子，妇人家反去勾搭，他可有不肯之理。两下眉来眼去，不一日，成就了那事。彼此俱在少年，犹如一对饿虎，那有个饱期，捉空就闪到赵一郎房中，偷一手儿。那赵一郎又有些本领，弄得这婆娘体酥骨软，魄散魂销，恨不时刻并做一块。约莫串了半年有余，一日，爱大儿对赵一郎说道："我与你虽然快活了这几多时，终是碍人耳目，心忙意急，不能勾十分尽兴。不如悄地逃往远处，做个长久夫妻。"赵一郎道："小娘子若真肯向我，就在这里，也可做得长久夫妻。"爱大儿道："你便是心上人了，有甚假意？只是怎地在此就做的夫妻！"赵一郎道："昔年丁老官与田婆，都是老爹与大官人自己打死诈赖朱家的，当时教我相帮他扛抬，曾许事完之日，分一分家私与我。那个棒棍，还是我藏好。一向多承小娘相爱，故不说起。你今既有此心，我与老爹说，不要了那一分家，寻个所在住下，然后再央人说，要你为配，不怕他不肯。他若舍不得，那时你悄地竟自走了出来，他可敢道个不字么？设或不达时务，便报与田牛儿，同去告官，教他性命也自难保。"爱大儿闻言，不胜欢喜，道："事不宜迟，作速理会。"说罢，闪出房去。次日赵一郎探赵完独自个在堂中闲坐，上前说道："向日老爹许过事平之后，分一分家私与我。如今朱家了账已久，要求老爹分一股儿，自去营运，与我度日。"赵完答道："我晓得了。"再过一日，赵一郎转入后边，遇着爱大儿，递个信儿道："方才与老爹说了，娘子留心察听看，可像肯的。"爱大儿点头会意，各自开去不题。

　　且说赵完叫赵寿到一个厢房中去，将门掩上，低低把赵一郎说话，学与儿子，又道："我一时含糊应了他，如今还是怎地计较？"赵寿道："我原是哄他的甜话，怎么真个就做这指望？"老赵道："当初不合许出了，今若不与他些，这点念头，如何肯息？"赵寿沉吟了一回，又生起歹念，乃道："若引惯了他，做了个月月红，倒是无了无休的诈端[37]。想起这事，止有他一个晓得，不如一发除了根，永远挂虑。"那老儿若是个有仁心的，劝儿子休了这念，胡乱与他些小东西，或者免得后来之祸，也未可知。千不合，万不合，却说道："我也有这念头，但没有个计策。"赵寿道："有甚难处，明日去买些砒霜[38]，下在酒中，到晚灌他一醉，怕道不就完事。外边人都晓得平日将他厚待的，决不疑惑。"赵完欢喜，以为得计。他父子商议，只道神鬼不知，那晓得却被爱大儿瞧见，料然必说此事，悄悄走来覆在壁上窥听。虽则听着几句，不当明白，恐怕出来撞着，急闪入去。欲要报与赵一郎，因听得不甚真切，不好轻事重报。心生一计，到晚间，把那老儿多劝上几杯酒，吃得醉醺醺，到了床上，爱大儿反抱定了那老儿撒娇撒痴，淫声浪说。那老儿迷魂了，乘着酒兴，未免做些没正经事体。方在酣美之时，爱大儿道："有句话儿要说，恐气坏了你，不好开口。若不说，又气不过。"这老儿正顽得气喘吁吁，借那句话头，就停住了，说道："是那个冲撞了你？如此着恼！"爱大儿道："囮耐一郎这厮[39]，今早把风话撩拨我，我要扯他来见你，倒说：'老爹和大官人，性命都还在我手里，料道也不敢难为我。'不知有甚缘故，说这般满话。倘在外人面前，也如此说，必疑我家做甚不公不法勾当，可不坏了名声？那样没上下的人，怎生设个计策摆布死了，也省了后患。"那老儿道："元来这厮恁般无礼！不打紧，明晚就见功效了。"爱大儿道:"明晚怎地就见功效?"那老儿也是合当命尽,将要药死的话,一五一十说出。那婆娘得了实言,次早闪来报知赵一郎。赵一郎闻言,吃那惊不小,想道:"这样反面无情的狠人!倒要害我性命,如何饶得他过?"摸了棒槌,锁上房门,急来寻着田牛儿,把前事说与。田牛儿怒气冲天,便要赶去厮闹。赵一郎止住道:"若先嚷破了,反被他做了准备。不如竟到官司,与他理论。"田牛儿道:"也说得是。还到那一县去?"赵一郎道:"当初先在婆源县告起,这大尹还在,原到他县里去。"那太白村离县上止有四十余里,二人拽开脚步,直跑至县中。正好大尹早堂未退,二人一齐喊叫。大尹唤入,当厅跪下,却没有状词,只是口诉。先是田牛儿哭禀一番,次后赵一郎将赵寿打死丁文、田婆,诬陷朱常、卜才情由细诉,将行凶棒槌呈上。大尹看时,血痕虽干,鲜明如昨。乃道:"既有此情,当时为何不首?"赵一郎道:"是时因念主仆情分,不忍出首。如今恐小人泄漏,昨日父子计议,要在今晚将毒药鸩害小人,故不得不来投生。"大尹道:"他父子私议,怎地你就晓得?"赵一郎急遽间,不觉吐出实话,说道:"亏主人偏房爱大儿报知,方才晓得。"大尹道:"你主人偏房,如何肯来报信?想必与你有奸么?"赵一郎被问破心事,脸色俱变,强词抵赖。大尹道:"事已显然,不必强辩。"即差人押二人去拿赵完父子并爱大儿前来赴审。到得太白村,天已昏黑,田牛儿留回家歇宿,不题。

且说赵寿早起就去买下砒霜,却不见了赵一郎,问家中上下,都不知道。父子虽然有些疑惑,那个虑到爱大儿泄漏。次日清晨,差人已至,一索捆翻,拿到县中。赵完见爱大儿也拿了,还错认做赵一郎调戏他不从,因此牵连在内。直至赵一郎说出,报他谋害情由,方知向来有奸,懊悔失言。两下辩论一番，不肯招承。怎当严刑煅炼，疼痛难熬，只得一一实招。只因他害了四命，情理可恨，赵完父子，各打六十，依律处斩。赵一郎奸骗主妾，背恩反噬，爱大儿通同奸骗；男女二人，各责四十，杂犯死罪，齐下狱中。田牛儿释放回家。一面备文，申报上司，提解见证。不一日，申奏刑部，详勘号劄，四人俱依拟秋后处决。只因这一文钱，又断送了四条性命。虽然是冤各有头，债各有主，若不为这一文钱争闹，杨氏如何得死？没有杨氏尸首，连朱常这诈害一事，也就做不成了。总为这一文钱，却断送了十三条性命。这段话叫做《一文钱小隙造奇冤》。奉劝世人，舍财忍气为上。有诗为证：

> 相争只为一文钱，小隙谁知奇祸连！
> 劝汝舍财兼忍气，一生无祸得安然。

（选自《醒世恒言》）

[注释]

[1] 吕洞宾——神话传说中的"八仙之一"。名岩，号纯阳子，相传为唐京兆人，一作河中府（今山西省永济县）人。相传唐武宗李炎会昌年间，两举进士不第，遂浪游江湖，遇钟离权授以丹诀，后游历各地，自称回道人。道教全真道尊为北五祖之一，世称吕祖。

[2] 钟离——古代神话中的"八仙"之一。相传姓钟离名权，受铁拐李的点化，上山学道，下山后又飞剑斩虎，点金济众。最后与兄简同日升天，度吕洞宾而去。

[3] 黄粱梦——唐沈既济传奇小说《枕中记》叙：卢生在邯郸客店中昼寝入梦，历尽富贵繁华。梦醒，主人炊黄粱尚未熟。后因以喻虚幻的事和欲望破灭。

[4] 度世之术——出世的方法。即脱离现世之意。《楚辞·远游》："欲度世以忘归兮"。

[5] 黄白秘方——古代方士烧炼丹药点化金银的方法。《汉书·淮南王安传》："又有《中篇》八卷，言神仙黄白之术，亦二十余万言。"后遂以黄白作

为金银的代称。

[6] 点石成金——又作"点铁成金"。古代方士谎言用丹砂能点化成金子。《列仙传》记载一则神话故事说："许逊，南昌人。晋初为旌阳令，点石成金，以足逋赋。"后用来比喻把别人的文句略加点窜，顿然改观。

[7] 三千功满，八百行圆——佛教语。指达到佛教的最高境界。三千功满，即三千大千世界。佛教谓以须弥山为中心，以铁围山为外部，是一小世界；一千个小世界合起来就是中千世界；一千个中千世界合起来就是大千世界，总称三千大千世界；八百行圆，即八百罗汉都达到了功德最高的境界。罗汉，佛教小乘宗认为功德最高者。合而言之，谓大千世界中佛教徒都修行到最高功德。

[8] 布施——佛教用语。佛教称以财物予人是"财布施"，说法度人是"法布施"，救人厄难是"无畏布施"，宣扬所谓通过布施可以成佛。

[9] 汗漫——广泛，漫远边际。《淮南子·俶真训》："徙倚于汗漫之宇。"

[10] 东平路——即东平府，治所在须城县（今山东省东平县）。

[11] 须臾之间——片刻之间。

[12] 惩忿窒欲——《易经·损卦》："君子以惩忿窒欲。"据古人的解释是：惩止愤怒，窒塞情欲。意思是说，修道的人不要生气，不要有任何情欲。

[13] 浑家——妻子。

[14] 也肯与人活动——指和人发生不正当的男女关系。

[15] 孙庞斗智——孙，孙膑；庞，庞涓。二人均为战国著名军事家。曾同事师鬼谷子。后涓为魏将，嫉膑之才，召膑到魏，施以刖刑。后齐使载膑归齐，威王以为师。膑为齐设谋攻魏，在马陵道大败魏兵，涓智穷自杀。

[16] 楚汉争锋——秦末农民起义领袖西楚霸王和汉王刘邦争夺天下。

[17] 口面——口角，争吵。

[18] 拳头上立得人起，臂膊上走得马过——比喻光明正大，没有见不得人的东西。

[19] 鲍老——宋代百戏中有一种脚色假面披发，口吐狼牙烟火，扮作鬼神形，称鲍老。

[20] 都里——疑为"邻里"之误。

[21] 舡（xiāng 乡，又读 chuán 船）——船。

［22］徽州府——府名。北宋宣和三年（1121 年）改为歙州置，治所在歙县（今安徽省歙县）。婺源县——古县名，今浙江省婺源县。

［23］魍魉——古代传说中的山川精怪名。

［24］禅和子——和尚。

［25］山东历城县——今山东省济南市。

［26］进士——唐代设进士科，为入仕人材的首选。历代相沿。明清规定，举人会试中者为贡士，贡士经殿试赐出身者为进士。

［27］扎诈——讹诈。

［28］涎吐——指酒。

［29］荼（tú 途）毒——毒害，残害。

［30］悭客——小气，吝啬。

［31］吃黑饭，护漆柱——黑饭、漆柱都是黑色的。比喻不明白道理，黑心眼的意思。

［32］扠（sǒng 竦）——推。

［33］白镪——指银钱。"镪"，疑是"锱"之误。

［34］黄泉——指人死后埋葬的地穴。旧时迷信，也指阴间。

［35］拶（zǎn 攒）——旧时的一种酷刑，用绳穿五根小木棍，套入手指用力紧收，叫"拶指"，也简称"拶"。

［36］善有善报，恶有恶报，不是不报，时辰未到——善，指好人，好事；恶，指坏人、坏事。旧时劝人为善的套话。《增广贤文》："善有善报，恶有恶报，不是不报，日子未到。人而无信，不知其可也。"文字略有差别，还有其他说法。

［37］诈端——诈骗的由头、藉口。

［38］砒（pī 批）霜——砒石为一种中药，呈粉末状，有剧毒。生者名砒黄，俗名黄信；经炼制者为砒霜，俗称白信。

［39］叵（pǒ 颇）耐——也作"叵奈"。不可耐，可恨。

[鉴赏]

《一文小钱造奇冤》选自明代冯梦龙编拟话本小说集《醒世恒言》第三十四卷。入话叙传说中的八仙之一的吕洞宾遇钟离子得道成仙后，又想点化别人得道。一僧人因舍不得一车子钱，错过了学道成仙的机会。吕洞宾感叹道："出家之人，尚且惜钱如此，更有何人不爱钱者？"正文则写为了一文小钱的起因，江西景德镇烧瓷器的邱乙大迫妻杨氏自缢。杨氏本欲死在与其吵架的孙氏门口，却误走到白铁家门口。白铁夜起发现死尸，为避嫌将其移至酒店王公家门口，王公又和小二拖到河边丢下。杨氏尸首后又被朱常抬去，由家人卜才冒认为妻，意欲以其诬陷与其争田的赵完打死人，谁知赵完子赵寿却打死丁文、田婆两人，后诬朱常白日抢劫。邱乙大、王婆及赵常、赵完反复诉讼，经浮梁、婺源两县反复审问。小二、孙氏、朱常、卜才俱死狱中。白铁惊惧病死。只有赵完、赵寿父子逍遥法外，不料赵完之妾爱大儿与赵一郎有私，赵一郎握有赵寿杀人的把柄，便要挟赵完分部分家产给他，好与爱大儿做长久夫妻。赵完父子设计欲药死赵一郎，又被爱大儿告知赵一郎，赵一郎到县出首。县官明断，赵完、赵寿、赵一郎、爱大儿均被处决。一文钱起衅，前后断了十三条性命。

小说以"相争只为一文钱，小隙谁知奇冤连"奉劝世人，舍财忍让为上。这反映了明代中叶随着商品经济的发展，钱财在人们的心目中和人际关系中所起的巨大冲击作用，对封建社会的尔虞我诈和种种丑恶现象，做了相当深刻的揭露。景德镇窑户邱乙大之子长儿与刘三旺之子再旺撷钱玩，长儿输了一文钱。其母杨氏得知后如果劝住自家孩子也就罢了，却把刘家孩子打骂一顿，惹得再旺娘孙氏叫骂时揭出杨氏与人私通丑事。邱乙大逼迫妻子以死表明清白，结果杨氏被迫自缢而死。"可怜伶俐妇人，只为一文钱斗气，丧了性命"。后来由于杨氏之尸被移来移去而又引出许多纠纷，牵连到王、朱、卜、赵、丁、田等诸多家庭的众多人丁，演出了许多悲惨的活剧，致使十三人丧命，究其源，皆为一文小钱而起。这充分显示了商品经济的发展所带来的金钱地位的不断提升与拜金主义的肆意泛滥。正如恩格斯所说，资本主义把人与人之间的关系变成了赤裸裸的金钱关系。明代的资本主义只不过刚刚萌芽，但商品经济已经支配着人们的行动，改变着人们的价值观念，扭曲了人们的灵魂，使得人心不古，世风日下，今日读之，也颇觉触目惊心。囿于时代的局限，作者无法解释这种令人眼花缭乱的现象，只能以"此身非吾有，财又何足恋"的道家虚无主义思想，引导人们与世无争，"奉劝世人，舍财忍气为上"，所谓"劝汝舍财兼忍气，一生无祸得安然"。作者的创作意图由此已得到充分的说明。

这个由一文钱引起的案件，烟笼雾罩，复杂难明，牵三连四，当事人颇多。经两县四审，终使案情昭然若揭，真象终于大白于天下，断案分明，量刑准确，惩治得当。这首先在于两县令都是清官。婺源县大尹李正，进士出身，"为官直正廉明，雪冤辨奸。又能一清如水，分文不取"。浮梁县大尹也是比较清廉，这从朱常翻案时把整个衙门都买通了，却不敢向大尹行贿可知。其次，两县大尹都忠于职守，极负责任。他们对于人命关天的案件，都很重视，从不推诿拖延，而且亲审亲问，甚至在忤作验检尸身之后，还要亲验，这就避免了错案的发生。再次，两县尹都能以事实为根据，以法律为准绳，公平判案，量刑准确，处罚得当。如杨氏死后，邱乙大到浮梁县告是刘三旺及妻孙氏谋害致死。大尹审问了原被告和邻里干证后，虽见众人隐隐把人命"射实"在孙氏身上，并"信以为真"，但因寻不见杨氏尸首，只将孙氏拘禁，也不严刑拷打逼供，邱乙大取保释放。后来小二打死王公，王婆告到县里，邱乙大计算小二移尸日子与其妻杨氏死是一天，"要求审结"。此时婺源县知会文书未到，大尹因没有尸首，终无实据，仍不肯审结。直到后来朱常翻案时，说出抬河边无名女尸，大尹又"吊出邱乙大状词，并王小二那宗案卷查对，果然日子相同，撇尸地处一般"，才进行重审，因孙氏狡辨而用刑，致孙氏当场死亡。大尹于心不忍，要两家和好相处，"不许再告"。表现出浮梁大尹体恤百姓，处理得当。婺源县大尹李正在审理朱常与赵完争田打死人命一案时，也是尊重事实，尊重法律，两位大尹在事实不清时，宁肯存疑，暂时不判，也不肯乱判；在事实清楚后，量刑比较得当，没有罚不当罪的现象，作者通过对浮梁县与婺源县两位大尹断案过程的描写，塑造了两个"清官"形象。乱世更须有清官，因此，这两个形象在当时是具有积极社会意义的。

　　情节的波澜起伏，曲折生动，是这篇小说在艺术上的主要特色；而情节的安排，则得力于巧合法的成功运用。俗话说："无巧不成书"。巧合是建立在生活的偶然性基础上，利用偶然性以增强情节的生动性、丰富性，使情节发展既出人意料之外，又在情理之中。巧合法是古典小说安排情节发展的传统手法，本篇运用得相当成功。如果不是各种巧合因素的作用，一文小钱充其量只能使邱、刘两家吵上一架，人命是出不了的，更不会扯三拉四，导致十三人丧命，若是那样也就没有这篇小说了。就因为作者多次运用了巧合法，才使一文钱波澜迭起，命案不断，因而成就了一篇有声有色精彩绝伦的公案小说。大凡妇女骂架，最怕揭短，妇女之短，莫过于偷汉。如果杨氏品行端庄，和孙氏不过热骂一场而已。而杨氏偏是一个偷汉的，丈夫又逼她以死表明清白，这就真把她逼到死路上去了。这就是巧合。杨氏如果吊死在刘家门外，那只是两家的官司，况杨氏是自缢，并非刘氏打死，刘氏也不该死罪。但杨氏在神魂颠倒的情况下，错吊在了铁匠白铁家门口，白铁半夜起来打铁，发现尸体大惧，移尸酒店王公门口；王公早起发现尸体，又让王小二相帮抬至河岸边丢下，这也很巧。如果不是白铁、王公胆小怕事，怕连累自己，就不会移尸，他们的责任也不大。即使移尸于河边，顶多变成无头案，若经官府问明，他们都罪不至死。但更巧的是杨氏尸体被丢到河边后，又被朱常用来去讹诈与他争田的赵完，两家发生械斗。赵完、赵寿又打死丁文、田婆二人，反诬朱常白日抢劫，把事态进一步扩大了。两家讼官，致使朱常、卜才死在狱中，丁文、田婆无辜丧命。这也是巧上加巧。还有更巧的是王小二帮助移尸后向王公索赏，二人发生打斗，王公被小二打死，王小二送官被杖，供出移尸，后又死于狱中。由王小二口供找到杨氏尸体，拷问刘氏，当场毙命。至此，杨氏命案。业已完结，朱赵争田，也已告罄，但杀死四命的赵完、赵寿父子却逍遥法外。也是天理昭彰，合该事发。赵完有偏房爱大儿，与赵完之义孙赵一郎私通。赵一郎握有赵寿打死丁文、田婆的罪证，要求赵完分给部分家产。赵完父子不肯，想毒死赵一郎，毒计被爱大儿窃知并告诉了赵一郎，赵一郎到官府告发了赵完父子。县官审明，同时也审出了赵一郎与爱大儿的奸情，于是赵完父子和赵一郎、爱大儿一并被处决，真是一巧到底。各种偶然因素碰在一起，便发生了接二连三的巧合，形成了变化莫测的情节。巧合是推动情节发展的契机和不可或缺的条件，可以毫不夸张地说，这篇小说的整个情节都建立在巧合的基础之上，是巧合法的成功运用。

但是巧合又必须合理，也就是符合事物的规律性。所以，情节上的巧合是生活中偶然性的表现，它必须符合生活自身的逻辑才有意义。比如孙氏骂杨氏偷汉这是偶然，但又是必然。这是由孙氏的个性决定的。孙氏"最痛儿子，极是护短，又兼性暴，能言快语，是个揽事的女都头。若相骂起来，一连骂十来日，也不口干，有名叫做绰板娘"。她与杨氏是近邻，知道杨氏偷汉底细，当然就骂出来杨氏"趁汉子"，叫老公戴绿帽子的话。如果孙氏是个宽厚的人决不至于此，所以这巧合中又蕴含着必然性。再如王小二替王公搬杨氏尸首，便想向王公索取厚报。"那王公若是个知事的，不拘多寡与他些也就罢了，谁知王公又一是舍不得一文钱的悭吝老儿，说着要他的钱，恰像割他身上的肉"，致使二人发生殴斗，王公被小二砸死，小二被责后死在狱中。本都不该死的两个人，为了钱财都送了命，这看似偶然，也实属必然。再如朱常与赵完争田诉讼，本是赵完族兄赵宁的田，先把来抵借了朱家银子，却又卖与赵完。且赵宁已死，这本是个一般的争夺田产的案件，不难弄清，也不致酿成命案。然朱常和赵完都是广有田户的大户，又都是十分贪婪的人。朱常"为人奸诡百出，变诈百端，是个好打官司的主儿"，因而见了杨氏死尸，"心下顿生不良之念"，想用杨氏之尸去敲诈赵完。而"赵完也是个强横之徒"，其子赵寿更是个阴险毒辣的人，竟打死二人，反诬朱常"白日抢劫"，所谓"铜盆撞了铁扫帚，恶人自有恶人磨"。于是一场争夺田产的刑事案变成了致死多人的恶性命案，这也是由朱常、赵完的恶德恶行所决定的，也是必然的。

总之，这篇小说正是充分利用了生活的偶然性，而偶然性又是建立在必然性的基础之上，是必然性的体现。所以，由巧合而构成的作品复杂曲折的情节，才能使人感到真实可信，从而收到了成功的效果。

众多的人物，写出了社会众生相，是小说的又一艺术成就。一般短篇小说，由于生活容量有限，人物亦不可过多，只有一二个主要人物是作者可以着力塑造的。但也有一些短篇小说，并没有贯穿始终的主要人物，而是写了较多的人物，也并不致力于某个人物集中描写，这就是写社会的众生相。本篇就是属于后一类型。它没有贯穿通篇的主要人物，登场人物只有名有姓者即不下二十余人。从职业看，这些人之中，有窑工，有店主，有富家大户，有市井细民；从德行上来看，这些人大都目光短浅，争名逐利，出言不逊，揭人阴私者有之，背夫私通者有之，胆小怕事者有之，胆大枉为者有之，悭吝成性者有之，诈骗他人者有之，奸诡百出者有之，强横不法者有之，殴斗误伤者有之，蓄意杀人者有之，等等。可谓形形色色人物，种种恶德恶行，汇集一起，令人触目惊心，恰恰说明了那个钱财为上、人欲横流的社会正是罪恶的渊薮。众多的人物，绘出了明代封建社会的众生相，有力地表现了作品的现实意义。

描写生动，结构紧严，也是本篇在艺术上的特色。小说欲写一文钱导致十三条人命，造成千古奇冤，先在入话中写吕洞宾意欲度人成仙时，一僧人舍不得一车子钱而错过了得道成仙的机会，未写人寰，先写仙界，仙界的描写为人世的叙写作了有力的铺垫，服务于一个主题，所以入话与正文两个部分组成了一个有机结构。再从正文描写看，从相争一文钱引起杨氏命案起，可谓一石击起千层浪，呈波状结构，整个情节以白铁、王公移尸抛尸为一大波折，又以杨氏之尸被用于朱赵两家争田殴斗讼官为一大波折，再以赵一郎背主反噬作结，可以说一波三折，头绪繁多，疑窦丛生，经浮梁、婺源两县大尹四次审讯，终于真象大白。情节安排得合情合理，结构十分紧严。本文在具体描写上也颇生动，特别是场面的描写相当出色。这里有长儿与再旺**撒钱**

的细事，有朱、赵两家大型械斗的场面，有绰板婆孙氏的泼妇骂街，有王公与小二的扭打，有大尹的公堂断案，有赵一郎与赵完之妾爱大儿的私情，大小场面构成了生动的明代社会生活画图，表现了作者非凡的艺术功力，使小说具有了生动、鲜活地反映明代社会生活的重要意义。

（晓　莹）

陈御史巧勘金钗钿

明·冯梦龙

世事番腾似转轮，眼前凶吉未为真。

请看久久分明应，天道何曾负善人？

闻得老郎们相传的说话[1]，不记得何州甚县，单说有一人，姓金名孝，年长未娶。家中只有个老母，自家卖油为生。一日挑了油担出门，中途因里急，走上茅厕大解，拾得一个布裹肚，内有一包银子，约莫有三十两。金孝不胜欢喜，便转担回家，对老娘说道："我今日造化[2]，拾得许多银子。"老娘看见，到吃了一惊，道："你莫非做下歹事偷来的么？"金孝道："我几曾偷惯了别人的东西？却怎般说！早是邻舍不曾听得哩[3]。这裹肚，其实不知什么人遗失在茅坑傍边，喜得我先看见了，拾取回来。我们做穷经纪的人[4]，容易得这主大财？明日烧个利市[5]，把来做贩油的本钱，不强似赊别人的油卖？"老娘道："我儿，常言道：'贫富皆由命。'你若命该享用，不生在挑油担的人家来了。依我看来，这银子虽非是你设心谋得来的，也不是你辛苦挣来的。只怕无功受禄，反受其殃。这银子，不知是本地人的，远方客人的？又不知是自家的，或是借贷来的？一时间失脱了，抓寻不见，这一场烦恼非小。连性命都失图[6]，也不可知。曾闻古人裴度还带积德[7]，你今日原到拾银之处，看有甚人来寻，便引来还他原物，也是一番阴德，皇天必不负你。”

金孝是个本分的人，被老娘教训了一场，连声应道：“说得是，说得是。”放下银包裹肚，跑到那茅厕边去。只见闹嚷嚷的一丛人围着一个汉子，那汉子气忿忿的叫天叫地。金孝上前问其缘故。原来那汉子是他方客人，因登东[8]，解脱了裹肚，失了银子，找寻不见。只道卸下茅坑，唤几个泼皮来，正要下去淘摸。街上人都拥着闲看。金孝便问客人道：“你银子有多少？”客人胡乱应道：“有四五十两。”金孝老实，便道：“可有个白布裹肚么？”客人一把扯住金孝，道：“正是，正是。是你拾着，还了我，情愿出赏钱。”众人中有快嘴的便道：“依着道理，平半分也是该的。”金孝道：“真个是我拾得，放在家里，你只随我去便有。”众人都想道：拾得钱财，巴不得瞒过了人，那曾见这个人到去寻主儿还他？也是异事。金孝和客人动身时，这伙人一哄都跟了去。

金孝到了家中，双手儿捧出裹肚，交还客人。客人检出银包看时，晓得原物不动；只怕金孝要他出赏钱，又怕众人乔主张他平分[9]，反使欺心，赖着金孝，道：“我的银子，原说有四五十两，如今只剩得这些。你匿过一半了，可将来还我！”金孝道：“我才拾得回来，就被老娘逼我出门，寻访原主还他，何曾动你分毫？”那客人赖定短少了他的银两，金孝负屈忿恨，一个头肘子撞去。那客人力大，把金孝一把头发提起，象只小鸡一般，放番在地，捻着拳头便要打。引得金孝七十岁的老娘，也奔出门前叫屈。众人都有些不平，似杀阵般嚷将起来。

恰好县尹相公在这街上过去[10]，听得喧嚷，歇了轿，分付做公的拿来审问[11]。众人怕事的，四散走开去了。也有几个大胆的，站在傍边看县尹相公怎生断这公事。

却说做公的将客人和金孝母子拿到县尹面前，当街跪下，各诉其情。一边道："他拾了小人的银子，藏过一半不还。"一边道："小人听了母亲言语，好意还他，他反来图赖小人。"县尹问众人："谁做证见？"众人都上前禀道："那客人脱了银子，正在茅厕边抓寻不着，却是金孝自走来承认了，引他回去还他。这是小人们众目共睹。只银子数目多少，小人不知。"县令道："你两下不须急嚷，我自有道理。"教做公的带那一干人到县来。

县尹升堂，众人跪在下面。县尹教取裹肚和银子上来，分付库吏，把银子兑准回复。库吏复道："有三十两。"县主又问客人道；"你银子是许多？"客人道："五十两。"县主道："你看见他拾取的，还是他自家承认的？"客人道："实是他亲口承认的。"县主道："他若是要赖你的银子，何不全包都拿了？却止藏一半，又自家招认出来？他不招认，你如何晓得？可见他没有赖银之情了。你失的银子是五十两，他拾的是三十两，这银子不是你的，必然另是一个人失落的。"客人道："这银子实是小人的，小人情愿只领这三十两去罢。"县尹道："数目不同，如何冒认得去？这银两合断与金孝领去，奉养母亲；你的五十两，自去抓寻。"金孝得了银子，千恩万谢的，扶着老娘去了。那客人已经官断，如何敢争？只得含羞噙泪而去。众人无不称快。这叫做：

　　　　欲图他人，翻失自己。自己羞惭，他人欢喜。

看官，今日听我说"金钗钿"这桩奇事。有老婆的翻没了老婆，没老婆的翻得了老婆。只如金孝和客人两个，图银子的翻失了银子，不要银子的翻得了银子。事迹虽异，天理则同。

却说江西赣州府石城县，有个鲁廉宪[12]，一生为官清介，并不要钱，人都称为"鲁白水"。那鲁廉宪与同县顾金事累世通家[13]。鲁家一子，双名学曾；顾家一女，小名阿秀，两下面约为婚。来往间亲家相呼，非止一日。因鲁奶奶病故，廉宪携着孩儿在于任所，一向迁延，不曾行得大礼。谁知廉宪在任，一病身亡。学曾扶枢回家，守制三年，家事愈加消乏，止存下几间破房子，连口食都不周了。

顾金事见女婿穷得不象样，遂有悔亲之意，与夫人孟氏商议道："鲁家一贫如洗，眼见得六礼难备，婚娶无期；不若别求良姻，庶不误女儿终身之托。"孟夫人道："鲁家虽然穷了，从幼许下的亲事，将何辞以绝之？"顾金事道："如今只差人去说男长女大，催他行礼。两边都是宦家，各有体面，说不得'没有'两个字，也要出得他的门，入的我的户。那穷鬼自知无力，必然情愿退亲。我就要了他休书，却不一刀两断？"孟夫人道："我家阿秀性子有些古怪，只怕他到不肯。"顾金事道："在家从父，这也由不得他。你只慢慢的劝他便了。"

当下孟夫人走到女儿房中，说知此情。阿秀道："妇人之义，从一而终；婚姻论财，夷虏之道。爹爹如此欺贫重富，全没人伦，决难从命。"孟夫人道："如今爹去催鲁家行礼，他若行不起礼，倒愿退亲，你只索罢休。"阿秀道："说那里话！若鲁家贫不能聘，孩儿情愿守志终身，决不改适。当初钱玉莲投江全节[14]，留名万古。爹爹若是见逼，孩儿就拚却一命，亦有何难！"孟夫人见女执性，又苦他，又怜他。心生一计：除非瞒过金事，密地唤鲁公子来，助他些东西，教他作速行聘，方成其美。

忽一日，顾金事往东庄收租，有好几日担阁。孟夫人与女儿商量停当了，唤园公老欧到来。夫人当面分付，教他去请鲁公子，后门相会，如此如此，"不可泄漏，我自有重赏。"老园公领命，来到鲁家。但见：

门如败寺，屋似破窑。窗槅离披，一任风声开闭；厨房冷落，绝无烟气蒸腾。颓墙漏瓦权栖足，只怕雨来；旧椅破床便当柴，也少火力。尽说宦家门户倒，谁怜清吏子孙贫？

说不尽鲁家穷处。

却说鲁学曾有个姑娘[15]，嫁在梁家，离城将有十里之地。姑夫已死，止存一子梁尚宾，新娶得一房好娘子，三口儿一处过活，家道粗足。这一日鲁公子恰好到他家借米去了，只有个烧火的白发婆婆在家。老管家只得传了夫人之命，教他作速寄信去请公子回来："此是夫人美情，趁这几日老爷不在家中，专等专等，不可失信。"嘱罢自去了。这里老婆子想道：此事不可迟缓，也不好转托他人传话。当初奶奶存日，曾跟到姑娘家去，有些影像在肚里。当下嘱付邻人看门，一步一跌的问到梁家。梁妈妈正留着侄儿在房中吃饭，婆子向前相见，把老园公言语细细述了。姑娘道："此是美事。"撺掇侄儿快去[16]。

鲁公子心中不胜欢喜，只是身上蓝缕，不好见得岳母，要与表兄梁尚宾借件衣服遮丑。原来梁尚宾是个不守本分的歹人，早打下欺心草稿，便答应道："衣服自有，只是今日进城，天色已晚了；宦家门墙，不知深浅，令岳母夫人虽然有话，众人未必尽知，去时也须仔细。凭着愚见，还屈贤弟在此草榻[17]，明日只可早往，不可晚行。"鲁公子道："哥哥说得是。"梁尚宾道："愚兄还要到东村一个人家，商量一件小事，回来再得奉陪。"又嘱付梁妈妈道："婆子走路辛苦，一发留他过宿，明日去罢。"妈妈也只道孩儿是个好意，真个把两人都留住了。谁知他是个奸计，只怕婆子回去时，那边老园公又来相请，露出鲁公子不曾回家的消息，自己不好去打脱冒了[18]。正是：

欺天行当人难识，立地机关鬼不知。

梁尚宾背却公子，换了一套新衣，悄地出门，径投城中顾佥事家来。

却说孟夫人是晚教老园公开了园门伺候。看看日落西山，黑影里只见一个后生，身上穿得齐齐整整，脚儿走得慌慌张张，望着园门欲进不进的。老园公问道："郎君可是鲁公子么？"梁尚宾连忙鞠个躬应道："在下正是。因老夫人见召，特地到此，望乞通报。"老园公慌忙请到亭子中暂住，急急的进去，报与夫人。孟夫人就差个管家婆出来传话，请公子到内室相见。才下得亭子，又有两个丫鬟，提着两碗纱灯来接。弯弯曲曲行过多少房子，忽见朱楼画阁，方是内室。孟夫人揭起朱帘，秉烛而待。那梁尚宾一来是个小家出身，不曾见恁般富贵样子；二来是个村郎，不通文墨；三来自知假货，终是怀着个鬼胎，意气不甚舒展。上前相见时，跪拜应答，眼见得礼貌粗疏，语言涩滞。孟夫人心下想道："好怪！全不象宦家子弟。"一念又想道："常言'人贫智短'，他恁地贫困，如何怪得他失张失智[19]？"转了第二个念头，心下愈加可怜起来。

茶罢，夫人分付忙排夜饭，就请小姐出来相见。阿秀初时不肯，被母亲逼了两三次，想着：父亲有赖婚之意，万一如此，今宵便是永诀；若得见亲夫一面，死亦甘心。当下离了绣阁，含羞而出。孟夫人道："我儿过来见了公子，只行小礼罢。"假公子朝上连作两个揖，阿秀也福了两福，便要回步。夫人道："既是夫妻，何妨同坐。"便教他在自己肩下坐了。假公子两眼只瞧那小姐，见他生得端丽，骨髓里都发痒起来。这里阿秀只道见了真丈夫，低头无语，满腹恓惶，只饶得哭下一场[20]。正是：真假不同，心肠各别。

少顷，饮馔已到，夫人教排做两桌，上面一桌请公子坐，打横一桌娘儿两个同坐。夫人道："今日仓卒奉邀，只欲周旋公子姻事^[21]，殊不成礼，休怪休怪。"假公子刚刚谢得个"打搅"二字，面皮都急得通红了。席间夫人把女儿守志一事，略叙一叙。假公子应了一句，缩了半句。夫人也只认他害羞，全不为怪。那假公子在席上自觉局促，本是能饮的，只推量窄，夫人也不强他。又坐了一回，夫人分付收拾铺陈在东厢下，留公子过夜。假公子也假意作别要行，夫人道："彼此至亲，何拘形迹？我母子还有至言相告。"假公子心中暗喜。只见丫鬟来禀，东厢内铺设已完，请公子安置。假公子作揖谢酒，丫鬟掌灯送到东厢去了。

夫人唤女儿进房，赶去侍婢，开了箱笼，取出私房银子八十两，又银杯二对，金首饰一十六件，约值百金，一手交付女儿，说道："做娘的手中只有这些，你可亲去交与公子，助他行聘完婚之费。"阿秀道："羞答答如何好去？"夫人道："我儿，礼有经权^[22]，事有缓急。如今尴尬之际，不是你亲去嘱付，把夫妻之情打动他，他如何肯上紧？穷孩子不知世事，倘或与外人商量，被人哄诱，把东西一时花了，不枉了做娘的一片用心？那时悔之何及！这东西也要你袖里藏去，不可露人眼目。"阿秀听了这一班道理，只得依允，便道："娘，我怎好自去？"夫人道："我教管家婆跟你去。"当下唤管家婆来到，分付他只等夜深，密地送小姐到东厢，与公子叙话。又附耳道："送到时，你只在门外等候，省得两下碍眼，不好交谈。"管家婆已会其意了。

再说假公子独坐在东厢，明知有个跷蹊缘故^[23]，只是不睡。果然一更之后，管家婆捱门而进^[24]，报道："小姐自来相会。"假公子慌忙迎接，重新叙礼。有这等事：那假公子在夫人前一个字也讲不出，乃至见了小姐，偏会温存絮话！这里小姐，起初害羞，遮遮掩掩。今番背却夫人，一般也老落起来^[25]。两个你问我答，叙了半晌。阿秀话出衷肠，不觉两泪交流。那假公子也装出捶胸叹气，揩眼泪缩鼻涕，许多丑态。又假意解劝小姐，抱持绰趣[26]尽他受用。管家婆在房门外，听见两下悲泣，连累他也恓惶，堕下几点泪来。谁知一边是真，一边是假。阿秀在袖中摸出银两首饰，递与假公子，再三嘱付，自不必说。假公子收过了，便一手抱住小姐把灯儿吹灭，苦要求欢。阿秀怕声张起来，被丫鬟们听见了，坏了大事，只得勉从。有人作《如梦令》词云：

> 可惜名花一朵，绣幕深闺藏护。不遇探花郎，抖被狂蜂残破。错误，错误！怨杀东风分付。

常言："事不三思，终有后悔。"孟夫人要私赠公子，玉成亲事，这是锦片的一团美意，也是天大的一桩事情，如何不教老园公亲见公子一面？及至假公子到来，只合当面嘱付一番，把东西赠他，再教老园公送他回去，看个下落，万无一失。千万合，万不合，教女儿出来相见，又教女儿自往东厢叙话，这分明放一条方便路，如何不做出事来？莫说是假的，就是真的，也使不得，枉做了一世牵扯的话柄[27]。这也算做姑息之爱，反害了女儿的终身。

闲话休题。且说假公子得了便宜，放松那小姐去了。五鼓时，夫人教丫鬟催促起身梳洗，用些茶汤点心之类。又嘱付道："拙夫不久便回，贤婿早做准备，休得怠慢。"假公子别了夫人，出了后花园门，一头走一头想道："我白白里骗了一个宦家闺女，又得了许多财帛，不曾露出马脚，万分侥幸。只是今日鲁家又来，不为全美。听得说顾金事不久便回，我如今再担阁他一日，待明日才放他去。若得顾金事回来，他便不敢去了，这事就十分干净了。"计较已定，走到个酒店上自饮三杯，吃饱了肚里，直延捱到午后方才回家。

鲁公子正等得不耐烦，只为没有衣服，转身不得。姑娘也焦燥起来，教庄家往东村寻取儿子，并无踪迹。走向媳妇田氏房前问道："儿子衣服有么？"田氏道："他自己检在箱里，不曾留得钥匙。"原来田氏是东村田贡元的女儿[28]，到有十分颜色，又且通书达礼。田贡元原是石城县中有名的一个豪杰，只为一个有司官与他做对头[29]，要下手害他，却是梁尚宾的父亲与他舅子鲁廉宪说了，廉宪也素闻其名，替他极口分辨，得免其祸。因感激梁家之恩，把这女儿许他为媳。那田氏像了父亲，也带三分侠气，见丈夫是个蠢货，又且不干好事，心下每每不悦，开口只叫做"村郎"。以此夫妇两不和顺，连衣服之类，都是那"村郎"自家收拾，老婆不去管他。

　　却说姑侄两个正在心焦，只见梁尚宾满脸春色回家。老娘便骂道："兄弟在此专等你的衣服，你却在那里嗜酒[30]，整夜不归？又没寻你去处！"梁尚宾不回娘话，一径到自己房中，把袖里东西都藏过了，才出来对鲁公子道："偶为小事缠住身子，担阁了表弟一日，休怪休怪。今日天色又晚了，明日回宅罢。"老娘骂道："你只顾把件衣服借与做兄弟的，等他自己干正务，管他今日明日！"鲁公子道："不但衣服，连鞋袜都要告借。"梁尚宾道："有一双青段子鞋在间壁皮匠家纥底[31]，今晚催来，明日早奉穿去。"鲁公子没奈何，只得又住了一宿。

　　到明朝，梁尚宾只推头疼，又睡个日高三丈。早饭都吃过了，方才起身，把道袍、鞋、袜慢慢的逐件搬将出来，无非要延捱时刻，误其美事。鲁公子不敢就穿，又借个包袱儿包好，付与老婆子拿了。姑娘收拾一包白米和些瓜菜之类，唤个庄客送公子回去，又嘱付道："若亲事就绪，可来回复我一声，省得我牵挂。"鲁公子作揖转身，梁尚宾相送一步，又说道："兄弟你此去须是仔细，不知他意儿好歹，真假何如。依我说，不如只往前门硬挺着身子进去，怕不是他亲女婿，赶你出来？又且他家差老园公请你，有凭有据，须不是你自轻自贱。他有好意，自然相请；若是翻转脸来，你拚得与他诉落一场[32]，也教街坊上人晓得。倘到后园旷野之地，被他暗算，你却没有个退步。"鲁公子又道："哥哥说得是。"正是：

> 背后害他当面好，有心人对没心人。

鲁公子回到家里，将衣服鞋袜装扮起来。只有头巾分寸不对，不曾借得。把旧的脱将下来，用清水摆净，教婆子在邻舍家借个熨斗，吹些火来熨得直直的；有些磨坏的去处，再把些饭儿粘得硬硬的，墨儿涂得黑黑的。只是这顶巾，也弄了一个多时辰，左带右带，只怕不正。教婆子看得件件停当了，方才移步径投顾佥事家来。门公认是生客，回道："老爷东庄去了。"鲁公子终是宦家的子弟，不慌不忙的说道："可通报老夫人，说道：鲁某在此。"门公方知是鲁公子，却不晓得来情，便道："老爷不在家，小人不敢乱传。"鲁公子道："老夫人有命，唤我到来。你去通报自知，须不连累你们。"门公传话进去，禀说："鲁公子在外要见，还是留他进来，还是辞他？"

孟夫人听说，吃了一惊。想：他前日去得，如何又来？且请到正厅坐下。先教管家婆出去，问他有何话说。管家婆出来瞧了一瞧，慌忙转身进去，对老夫人道："这公子是假的，不是前夜的脸儿。前夜是胖胖儿的，黑黑儿的；如今是白白儿的，瘦瘦儿的。"夫人不信道："有这等事！"亲到后堂，从帘内张看，果然不是了。孟夫人心上委决不下，教管家婆出去，细细把家事盘问，他答来一字无差。孟夫人初见假公子之时，心中原有些疑惑；今番的人才清秀，语言文雅，倒象真公子的样子。再问他今日为何而来，答道："前蒙老园公传语呼唤，因鲁某羁滞乡间，今早才回，特来参谒，望恕迟误之罪。"夫人道："这是真情无疑了。只不知前夜打脱冒的冤家，又是那里来的？"慌忙转身进房，与女儿说其缘故，又道："这都是做爹的不存天理，害你如此，悔之不及！幸而没人知道，往事不须题起了。如今女婿在外，是我特地请来的，无物相赠，如之奈何？"正是：

只因一着错，满盘都是空。

阿秀听罢，呆了半晌。那里一肚子情怀，好难描写：说慌又不是慌，说羞又不是羞，说恼又不是恼，说苦又不是苦。分明似乱针刺体，痛痒难言。喜得他志气过人，早有了三分主意，便道："母亲且与他相见，我自有道理。"孟夫人依了女儿言语，出厅来相见公子。公子掇一把校椅，朝上放下："请岳母大人上坐，待小婿鲁某拜见。"孟夫人谦让了一回，从傍站立，受了两拜，便教管家婆扶起看坐。公子道："鲁某只为家贫，有缺礼数。蒙岳母大人不弃，此恩生死不忘。"夫人自觉惶愧，无言可答。忙教管家婆把厅门掩上，请小姐出来相见。

阿秀站住帘内，如何肯移步。只教管家婆传语道："公子不该担阁乡间，负了我母子一片美意。"公子推故道："某因患病乡间，有失奔趋。今方践约，如何便说相负？"阿秀在帘内回道："三日以前，此身是公子之身；今迟了三日，不堪伏侍巾栉[33]，有玷清门。便是金帛之类，亦不能相助了。所存金钗二股，金钿一对，聊表寸意。公子宜别选良姻，休得以妾为念。"管家婆将两般首饰递与公子，公子还疑是悔亲的说话，那里肯收。阿秀又道："公子但留下，不久自有分晓。公子请快转身，留此无益。"说罢，只听得哽哽咽咽的哭了进去。

鲁学曾愈加疑惑，向夫人发作道："小婿虽贫，非为这两件首饰而来。今日小姐似有决绝之意，老夫人如何不出一语？既如此相待，又呼唤鲁某则甚？"夫人道："我母子并无异心。只为公子来迟，不将姻事为重，所以小女心中愤怨，公子休得多疑。"鲁学曾只是不信，叙起父亲存日许多情分，"如今一死一生，一贫一富，就忍得改变了？鲁某只靠得岳母一人做主，如何三日后，也生退悔之心？"劳劳叨叨的说个不休。孟夫人有口难辨，倒被他缠住身子，不好动身。

忽听得里面乱将起来。丫鬟气喘喘的奔来报道："奶奶，不好了！快来救小姐！"吓得孟夫人一身冷汗，巴不得再添两只脚在肚下。管家婆扶着左腋，跑到绣阁，只见女儿将罗帕一幅，缢死在床上。急急解救时，气已绝了，叫唤不醒，满房人都哭起来。鲁公子听小姐缢死，还道是做成的圈套，撺他出门[34]，兀自在厅中嚷刮[35]。孟夫人忍着疼痛，传话请公子进来。公子来到绣阁，只见牙床锦被上，直挺挺躺着个死小姐。夫人哭道："贤婿，你今番认一认妻子。"公子当下如万箭攒心，放声大哭。夫人道："贤婿，此处非你久停之所，怕惹出是非，贻累不小，快请回罢。"教管家婆将两般首饰，纳在公子袖中，送他出去。鲁公子无可奈何，只得抿泪出门去了[36]。

这里孟夫人一面安排入殓，一面东庄去报顾金事回来。只说女儿不愿停婚，自缢身死。顾金事懊悔不迭，哭了一场，安排成丧出殡不题。后人有诗赞阿秀云：

死生一诺重千金，谁料奸谋祸阱深？
三尺红罗报夫主，始知污体不污心。

却说鲁公子回家看了金钗钿，哭一回，叹一回，疑一回，又解一回，正不知什么缘故，也只是自家命薄所致耳。过了一晚，次日把借来的衣服鞋袜，依旧包好，亲到姑娘家去送还。梁尚宾晓得公子到来，到躲了出去。公子见了姑娘，说起小姐缢死一事，梁妈妈连声感叹，留公子酒饭去了。

梁尚宾回来，问道："方才表弟到此，说曾到顾家去不曾？"

梁妈妈道：“昨日去的，不知甚么缘故，那小姐嗔怪他来迟三日，自缢而死。”梁尚宾不觉失口叫声：“呵呀，可惜好个标致小姐！”梁妈妈道：“你那里见来？”梁尚宾遮掩不来，只得把自己打脱冒事，述了一遍。梁妈妈大惊，骂道：“没天理的禽兽，做出这样勾当！你这房亲事还亏母舅作成你的，你今日恩将仇报，反去破坏了做兄弟的姻缘，又害了顾小姐一命，汝心何安？”千禽兽，万禽兽，骂得梁尚宾开口不得。走到自己房中，田氏闭了房门，在里面骂道：“你这样不义之人，不久自有天报，休想善终！从今你自你，我自我，休得来连累人！”梁尚宾一肚气，正没出处。又被老婆诉说，一脚跌开房门[37]，揪了老婆头发便打。又是梁妈妈走来，喝了儿子出去。田氏捶胸大哭，要死要活。梁妈妈劝他不住，唤个小轿抬回娘家去了。

梁妈妈又气又苦，又受了惊，又愁事迹败露，当晚一夜不睡，发寒发热。病了七日，呜呼哀哉。田氏闻得婆婆死了，特来奔丧带孝。梁尚宾旧愤不息，便骂道：“贼泼妇！只道你住在娘家一世，如何又有回家的日子？”两下又争闹起来。田氏道：“你干了亏心的事，气死了老娘，又来消遣我[38]！我今日若不是婆死，永不见你村郎之面！”梁尚宾道：“怕断了老婆种，要你这泼妇见我！只今日便休了你去，再莫上门！”田氏道：“我宁可终身守寡，也不愿随你这样不义之徒。若是休了到得干净，回去烧个利市。”梁尚宾一向夫妻无缘，到此说了尽头话，憋一口气，真个就写了离书手印，付与田氏。田氏拜别婆婆灵位，哭了一场，出门而去。正是：

> 有心去调他人妇，无福难招自己妻。
>
> 可惜田家贤慧女，一场相骂便分离。

话分两头。再说孟夫人追思女儿，无日不哭。想道：信是老欧寄去的，那黑胖汉子，又是老欧引来的，若不是通同作弊，也必然漏泄他人了。等丈夫出门拜客，唤老欧到中堂，再三讯问。却说老欧传命之时，其实不曾泄漏，是鲁学曾自家不合借衣，惹出来的奸计。当夜来的是假公子，三日后来的是真公子，孟夫人肚里明明晓得有两个人，那老欧肚里还自认做一个人，随他分辨，如何得明白？夫人大怒，喝教手下把他拖翻在地，重责三十板子，打得皮开血喷。

顾佥事一日偶到园中，叫老园公扫地，听说被夫人打坏，动掸不得。教人扶来，问其缘故。老欧将夫人差去约鲁公子来家，乃夜间房中相会之事，一一说了。顾佥事大怒道："原来如此！"便叫打轿，亲到县中，与知县诉知其事，要将鲁学曾抵偿女儿之命。知县教补了状词，差人拿鲁学曾到来，当堂审问。鲁公子是老实人，就把实情细细说了："见有金钗钿两般，是他所赠；其后园私会之事，其实没有。"知县就唤园公老欧对证。这老人家两眼模糊，前番黑夜里认假公子的面庞不真，又且今日家主分付了说话，一口咬定鲁公子，再不松放。知县又徇了顾佥事人情，着实用刑拷打。鲁公子吃苦不过，只得招道："顾奶奶好意相唤，将金钗钿助为聘资。偶见阿秀美貌，不合辄起淫心，强逼行奸。到第三日，不合又往，致阿秀羞愤自缢。"知县录了口词，审得鲁学曾与阿秀空言议婚，尚未行聘过门，难以夫妻而论。既因奸致死，合依威逼律问绞。一面发在死囚牢里，一面备文书申详上司。孟夫人闻知此信大惊，又访得他家，只有一个老婆子也吓得病倒，无人送饭，想起："这事与鲁公子全没相干，到是我害了他。"私下处些银两，分付管家婆央人替他牢中使用，又屡次劝丈夫保全公子性命，顾佥事愈加忿怒。石城县把这件事当做新闻，沿街传说。正是：

> 好事不出门，恶事行千里。

顾佥事为这声名不好，必欲置鲁学曾于死地。

再说有个陈濂御史[39]，湖广籍贯，父亲与顾佥事是同榜进士，以此顾佥事叫他是年侄。此人少年聪察，专好辨冤析枉，其时正奉差巡按江西。未入境时，顾佥事先去嘱托此事。陈御史口虽领命，心下不以为然。莅任三日，便发牌按临赣州[40]，吓得那一府官吏尿流屁滚。审录日期，各县将犯人解进。陈御史审到鲁学曾一起，阅了招词，又把金钗钿看了，叫鲁学曾问道："这金钗佃是初次与你的么？"鲁学曾道："小人只去得一次，并无二次。"御史道："招上说三日后又去，是怎么说？"鲁学曾口称"冤枉"，诉道："小人的父亲存日，定下顾家亲事。因父亲是个清官，死后家道消乏，小人无力行聘。岳父顾佥事欲要悔亲，是岳母不肯，私下差老园公来唤小人去，许赠金帛。小人羁身在乡，三日后方去。那日只见得岳母，并不曾见小姐之面，这奸情是屈招的。"御史道："既不曾见小姐，这金钗钿何人赠你？"鲁学曾道："小姐立在帘内，只责备小人来迟误事，莫说婚姻，连金帛也不能相赠了，这金钗钿权留个忆念。小人还只认做悔亲的话，与岳母争辨。不期小姐房中缢死，小人至今不知其故。"御史道："恁般说，当夜你不曾到后园去了。"鲁学曾道："实不曾去。"御史想了一回：若特地唤去，岂止赠他钗钿二物？详阿秀抱怨口气，必然先有人冒去东西，连奸骗都是有的，以致羞愤而死。便叫老欧问道："你到鲁家时，可曾见鲁学曾么？"老欧道："小人不曾面见。"御史道："既不曾面见，夜间来的你如何就认得是他？"老欧道："他自称鲁公子，特来赴约，小人奉主母之命，引他进见的，怎赖得没有？"御史道："相见后，几时去的？"老欧道："闻得里面夫人留酒，又赠他许多东西，五更时去的。"鲁学曾又叫屈起来。御史喝住了，又问老欧："那鲁学曾第二遍来，可是你引进的？"老欧道："他第二遍是前门来的，小人并不知。"御史道："他第一次如何不到门门，却到后园来寻你？”老欧道："我家奶奶着小人寄信，原教他在后园来的。"御史唤鲁学曾问道："你岳母原教你到后园来，你却如何往前门去？"鲁学曾道："他虽然相唤，小人不知意儿真假，只怕园中旷野之处，被他暗算，所以径奔前门，不曾到后园去。"御史想来，鲁学曾与园公，分明是两样说话，其中必有情弊。御史又指着鲁学曾问老欧道："那后园来的，可是这个嘴脸，你可认得真么？不要胡乱答应。"老欧道："昏黑中小人认得不十分真，象是这个脸儿。"御史道："鲁学曾既不在家，你的信却寄与何人的？"老欧道："他家只有个老婆婆，小人对他说的，并无闲人在旁。"御史道："毕竟还对何人说来？"老欧道："并没第二个人知觉。"御史沉吟半晌，想道："不究出根由，如何定罪？怎好回复老年伯？"又问鲁学曾道："你说在乡，离城多少？家中几时寄到的信？"鲁学曾道"离北门外只十里，是本日得信的。"御史拍案叫道："鲁学曾，你说三日后方到顾家，是虚情了。既知此信，有恁般好事，路又不远，怎么迟延三日？理上也说不去！"鲁学曾道："爷爷息怒，小人细禀：小人因家贫，往乡间姑娘家借米。闻得此信，便欲进城。怎奈衣衫蓝缕，与表兄借件遮丑，已蒙许下。怎奈这日他有事出去，直到明晚方归。小人专等衣服，所以迟了两日。"御史道："你表兄晓得你借衣服的缘故不？"鲁学曾道："晓得的。"御史道："你表兄何等人？叫甚名字？"鲁学曾道："名唤梁尚宾，庄户人家。"御史听罢，喝散众人，明日再审。正是：

> 如山巨笔难轻判，似佛慈心待细参。
>
> 公案见成翻者少，覆盆何处不冤含？

次日，察院小开门[41]，挂一面宪牌出来[42]。牌上写道：

"本院偶染微疾，各官一应公务，俱候另示施行。

　　本月　　日"

府县官朝暮问安，自不必说。

话分两头。再说梁尚宾自闻鲁公子问成死罪，心下到宽了八分。一日，听得门前喧嚷，在壁缝张看时，只见一个卖布的客人，头上带一顶新孝头巾，身穿旧白布道袍，口内打江西乡谈[43]，说是南昌府人，在此贩布买卖。闻得家中老子身故，星夜要赶回。存下几百匹布，不曾发脱[44]，急切要投个主儿，情愿让些价钱。众人中有要买一匹的，有要两匹三匹的，客人都不肯，道："恁地零星卖时，再几时还不得动身。那个财主家一总脱去，便多让他些也罢。"梁尚宾听了多时，便走出门来问道："你那客人存下多少布？值多少本钱？"客人道："有四百余匹，本钱二百两。"梁尚宾道："一时间那得个主儿？须是肯折些[45]，方有人贪你[46]。"客人道："便折十来两，也说不得。只要快当，轻松了身子，好走路。"梁尚宾看了布样，又到布船上去翻复细看，口里只夸："好布，好布！"客人道："你又不做个要买的，只管翻乱了我的布包，担阁人的生意。"梁尚宾道："怎见得我不象个买的？"客人道："你要买时，借银子来看。"梁尚宾道："你若加二肯折，我将八十两银子，替你出脱了一半。"客人道："你也是呆话，做经纪的，那里折得起加二？况且只用一半，这一半我又去投谁？一般样担阁了。我说不象要买的！"又冷笑道："这北门外许多人家，就没个财主，四百匹布便买不起！罢，罢，摇到东门寻主儿去。"梁尚宾听说，心中不忿，又见价钱相因[47]，有些出息，放他不下。便道："你这客人好欺负人！我偏要都买了你的，看如何？"客人道："你真个都买我的，我便让你二十两。"梁尚宾定要折四十两，客人不肯。众人道："客人，你要紧脱货，这位梁大官，又是贪便宜的，依我们说，从中酌处，一百七十两，成了交易罢。"客人初时也不肯，被众人劝不过，道："罢，这十两银子，奉承列位面上。快些把银子兑过，我还要连夜赶路。"梁尚宾道："银子凑不来许多，有几件首饰，可用得着么？"客人道："首饰也就是银子，只要公道作价。"梁尚宾邀入客坐，将银子和两对银钟，共兑准了一百两；又金首饰尽数搬来，众人公同估价，勾了七十两之数。与客收讫，交割了布匹。梁尚宾看这场交易，尽有便宜，欢喜无限。正是：

贪痴无底蛇吞象，祸福难明螳捕蝉。

原来这贩布的客人，正是陈御史装的。他托病关门，密密分付中军官聂千户，安排下这些布匹，先雇下小船，在石城县伺候。他悄地带个门子私行到此，聂千户就扮做小郎跟随，门子只做看船的小厮，并无人识破，这是做官的妙用。

却说陈御史下了小船，取出见成写就的宪牌填上梁尚宾名字，就着聂千户密拿。又写书一封，请顾佥事，到府中相会。比及御史回到察院，说病好开门，梁尚宾已解到了，顾佥事也来了。御史忙教摆酒后堂，留顾佥事小饭。

坐间，顾佥事又提起鲁学曾一事。御史笑道："今日奉屈老年伯到此，正为这场公案，要剖个明白。"便教门子开了护书匣[48]，取出银钟二对，及许多首饰，送与顾佥事看。顾佥事认得是家中之物，大惊问道："那里来的？"御史道："令爱小姐致死之由，只在这几件东西上。老年伯请宽坐，容小侄出堂，问这起数与老年伯看，释此不决之疑。"

御史分付开门，仍唤鲁学曾一起复审。御史且教带在一边，唤梁尚宾当面。御史喝道："梁尚宾，你在顾佥事家，干得好事！"梁尚宾听得这句，好似青天里闻了个霹雳，正要硬着嘴分辨。只见御史教门子把银钟、首饰与他认赃，问道："这些东西那里来的？"梁尚宾抬头一望，那御史正是卖布的客人，唬得顿口无言，只叫："小人该死。"御史道："我也不动夹棍，你只将实情写供状来。"梁尚宾料赖不过，只得招称了。你说招词怎么写来？有词名《锁南枝》一只为证：

> 写供状，梁尚宾。只因表弟鲁学曾，岳母念他贫，约他助行聘。为借衣服知此情，不合使欺心，缓他行。乘昏黑，假学曾，园公引入内室门，见了孟夫人，把金银厚相赠。因留宿，有了奸骗情。三日后学曾来，将小姐送一命。

御史取了招词，唤园公老欧上来："你仔细认一认，那夜间园上假装鲁公子的，可是这个人？"老欧睁开两眼看了，道："爷爷，正是他。"御史喝教皂隶，把梁尚宾重责八十，将鲁学曾枷扭打开，就套在梁尚宾身上。合依强奸论斩，发本县监候处决。布四百匹，追出，仍给铺户取价还库。其银两、首饰，给与老欧领回。金钗、金钿，断还鲁学曾。俱释放宁家[49]。鲁学曾拜谢活命之恩。正是：

> 奸如明镜照，恩喜覆盆开。
>
> 生死俱无憾，神明御史台。

却说顾佥事在后堂，听了这番审录，惊骇不已。候御史退堂，再三称谢道："若非老公祖神明烛照，小女之冤，几无所伸矣。但不知银两、首饰，老公祖何由取到？"御史附耳道："小侄……如此如此。"顾佥事道："妙哉！只是一件，梁尚宾妻子，必知其情，寒家首饰，定然还有几件在彼，再望老公祖一并逮问。"御史道："容易。"便行文书，仰石城县提梁尚宾妻严审[50]，仍追余赃回报。顾佥事别了御史自回。

却说石城县知县见了察院文书，监中取出梁尚宾问道："你妻子姓甚？这一事曾否知情？"梁尚宾正怀恨老婆，答应道："妻田氏，因贪财物，其实同谋的。"知县当时金禀差人提田氏到官。

话分两头。却说田氏父母双亡，只在哥嫂身边，针指度日。

这一日，哥哥田重文正在县前，闻知此信，慌忙奔回，报与田氏知道。田氏道："哥哥休慌，妹子自有道理。"当时带了休书上轿，径抬到顾金事家，来见孟夫人。夫人发一个眼花，分明看见女儿阿秀进来。及至近前，却是个蓦生标致妇人[51]，吃了一惊，问道："是谁？"田氏拜倒在地，说道："妾乃梁尚宾之妻田氏，因恶夫所为不义，只恐连累，预先离异了。贵宅老爷不知，求夫人救命。"说罢，就取出休书呈上。

夫人正在观看，田氏忽然扯住夫人衫袖，大哭道："母亲，俺爹害得我好苦也！"夫人听得是阿秀的声音，也哭起来。便叫道："我儿，有甚话说？"只见田氏双眸紧闭，哀哀的哭道："孩儿一时错误，失身匪人，羞见公子之面，自缢身亡，以完贞性。何期爹爹不行细访，险些反害了公子性命。幸得暴白了[52]，只是他无家无室，终是我母子担误了他。母亲若念孩儿，替爹爹说声，周全其事，休绝了一脉姻亲。孩儿在九泉之下，亦无所恨矣。"说罢，跌倒在地。夫人也哭昏了。

管家婆和丫鬟、养娘都团聚将来，一齐唤醒。那田氏还呆呆的坐地，问他时全然不省。夫人看了田氏，想起女儿，重复哭起，众丫鬟劝住了。夫人悲伤不已，问田氏："可有爹娘？"田氏回说："没有。"夫人道："我举眼无亲，见了你，如见我女月一般。你做我的义女肯么？"田氏拜道："若得伏侍夫人，贱妾有幸。"夫人欢喜，就留在身边了。

顾金事回家，闻说田氏先期离异，与他无干，写了一封书帖，和休书送与县官，求他免提，转回察院。又见田氏贤而有智，好生敬重，依了夫人收为义女。夫人又说起女儿阿秀负魂一事，他千叮万嘱，休绝了鲁家一脉姻亲。如今田氏少艾[53]，何不就招鲁公子为婿？以续前姻。顾金事见鲁学曾无辜受害，甚是懊悔。今番夫人说话有理，如何不依？只怕鲁公子生疑，亲到其家，谢罪过了，又说续亲一事。鲁公子再三推辞不过，只得允从。就把金钗钿为聘，择日过门成亲。

原来顾佥事在鲁公子面前，只说过继的远房侄女；孟夫人在田氏面前，也只说赘个秀才，并不说真名真姓。到完婚以后，田氏方才晓得就是鲁公子，公子方才晓得就是梁尚宾的前妻田氏。自此夫妻两口和睦，且是十分孝顺。顾佥事无子，鲁公子承受了他的家私，发愤攻书。顾佥事见他三场通透[54]，送入国子监[55]，连科及第。所生二子，一姓鲁，一姓顾，以奉两家宗祀。梁尚宾子孙遂绝。诗曰：

> 一夜欢娱害自身，百年姻眷属他人。
>
> 世间用计行奸者，请看当时梁尚宾。

（选自《喻世明言》）

[注释]

[1] 老郎——指前辈说话艺人。说话，原指唐宋时发展起来以口头语言讲述故事的民间艺术形式，相当于后来所谓的说书。此处借指说话所讲的故事。

[2] 造化——此处指运气。

[3] 早是——此处为幸亏的意思。

[4] 经纪——此处指商贩。

[5] 烧个利市——烧纸祭献福神以求吉利。

[6] 失图——丧失的意思。

[7] 裴度——唐代政治家，宪宗时曾任宰相。相传他早年偶然拾到一个女子遗失的玉带和犀带，后归还给了失主，因此积下了德。

[8] 登东——即上茅厕。

[9] 乔主张——指超越本分胡乱作主。

[10] 县尹——即知县。

[11] 做公的——即衙门中的差役。

[12] 廉宪——即廉访使，负责巡视考核各地官员。

[13] 佥事——官名，地位在按察史或廉访使之下。

［14］钱玉莲——传说中的烈女。相传她本为王十朋的妻子因丈夫被贬到蛮荒之地，继母逼其改嫁，她坚决不从，投江自尽，后遇救，终于与丈夫团圆。南戏《荆钗记》即以此为题材

［15］姑娘——即姑母。

［16］撺掇——催促、怂恿的意思。

［17］榻——原意为无顶无边的小床。此处引申为住宿。

［18］打脱冒——即假冒、冒充。

［19］失张失智——即举止失措。

［20］只饶得——只欠的意思。

［21］周旋——此处为帮助促成的意思。

［22］经权——指经常的规范与变通的办法。

［23］跷蹊——亦作蹊跷。奇怪、特别的意思。

［24］捱——通"挨"。此处是挤进的意思。

［25］老落——老练的意思。

［26］绰趣——即逗趣的意思。

［27］牵扳——牵扯、纠缠的意思。

［28］贡员——即贡生。由地方考选入国子监读书者的称呼。

［29］有司官——官员的泛称。

［30］嘡（chuáng 床）——即吃喝没有节制。

［31］靴（zhǎng 掌）底——鞋底的前半部或后半部钉上皮垫。又称"打鞋掌"。

［32］诉落——论理、争辩的意思。

［33］巾栉——指洗沐用具。栉（zhì 治），梳子。

［34］撚——此处通"撵"。驱赶的意思。

［35］嚷刮——吵嚷的意思。

［36］挹——通"抑"。

［37］趹——此处是踢的意思。

［38］消遣——此处是欺侮、捉弄的意思。

［39］御史——官名。此处指都察御史或巡按御史。

［40］发牌——官员出行，事先通知所要前往的地方。

[41] 察院——为都察院的简称。此处指御史的临时官衙。

[42] 宪牌——官府的告示牌。有时也指捕人的令牌。

[43] 打——此处为"操"或"讲"的意思。乡谈——即方言。

[44] 发脱——此处为脱手、卖完的意思。

[45] 折——亏损，打折扣。

[46] 贪——此处指图便宜而购买。

[47] 相因——此处为合适、便宜的意思。

[48] 护书匣——放置书信等物的小盒。

[49] 宁家——回家的意思。

[50] 仰——旧时公文中的惯用语，用于上司命令下属，有切望的意思。

[51] 蓦生——即陌生。

[52] 暴白——即剖白，分辩表白意思。

[53] 少艾——年轻貌美的意思。

[54] 通透——顺利通畅的意思。

[55] 国子监——旧时的最高学府。

[鉴赏]

公案小说，是中国古代白话小说的重要组成部分。早在南宋时，据《梦粱录》《都城纪胜》等记载，"小说"家之下就已包括有"公案"一类。以后各朝，一直延绵相续，历久不绝。封建社会中无辜者常受冤屈而真罪犯常逍遥法外的现实，以及大们普遍存在的好奇心理，构成着公案小说发展的基础。

在众多的公案小说中，《陈御史巧勘金钗钿》可谓别具一格。它没有刻意去营造悬念，吊读者的胃口，而是完全按照客观的时间顺序来讲述了这个一波三折的"金钗钿"案件的来龙去脉。当年鲁廉宪与顾金事为通家之好，曾替儿子鲁学曾和女儿顾阿秀订下了婚约。后来，鲁廉宪夫妇相继亡故，家道中落。顾金事嫌鲁学曾贫穷，欲逼鲁学曾自动退亲，好为女儿"别求良姻"。然而，其夫人孟氏及女儿阿秀均不愿毁弃婚约，二人私下商议，要背着顾金事资助鲁学曾银钱首饰，以作为行聘之礼。母女乘顾金事外出之机，命老园公去请鲁学曾前来

"后门相会"。恰巧鲁学曾到城外姑姑家借米未归，老园公便将来意告诉了鲁家的烧火婆子；烧火婆子又急忙赶到乡间传信。鲁学曾闻知后"不胜欢喜"，急欲向表兄梁尚宾借身体面衣服前去赴约。哪知梁尚宾乃是个无耻之徒，立时心生歹意。他托辞留住鲁学曾，自己却于当晚冒充鲁学曾摸到了顾家花园后门。顾家下自老园公，上至夫人孟氏，均受骗上当，把一个假货当成了真的鲁公子。孟氏竟将梁尚宾请入内室，又是设宴款待，又是馈赠金银。这梁尚宾不仅骗得了不少钱财，而且乘深夜留宿之机骗奸了小姐阿秀。鲁学曾一直被蒙在鼓里，并不知其间的变故，及至第三天方才借得衣服，来到顾佥事府上求见。夫人孟氏见今日来的鲁公子与前夜来的不是同一个人，经过盘问，悟出前夜被人冒名顶替蒙骗了，小姐阿秀知道上当后，因已经失身，追悔莫及，便隔帘赠予鲁学曾金钗二股，金钿一对，转回闺房自缢身亡。顾佥事回到家中，见女儿已死，十分悲痛；又从老园公处得知"鲁学曾"曾在夜间来与小姐相会，一怒之下，告到官府。在公堂之上，鲁学曾虽取出小姐所赠金钗钿竭力辩白，但挨不过严刑拷问，屈打成招，以"因奸致死"的罪名，被判处绞刑。正值御史陈廉巡按此地，重新审理这一疑案，他察觉冤情，又根据鲁学曾口供中的线索，装扮成贩布客人，从梁尚宾处取得了银两首饰等物证，终于使真相大白。结果鲁学曾被当堂释放，梁尚宾则受到严惩。梁尚宾的妻子田氏为人贤淑，早就与其夫不和；在发现了梁尚宾行骗的恶行后，更主动与梁尚宾断绝了夫妻关系。及至梁尚宾案发，田氏被顾佥事与孟夫人收作义女，最终与鲁学曾结为夫妻。这种平铺直叙的叙事方式，不仅简洁明晰，而且使读者在情节进展的整个过程中，始终处于一个清醒观察者的有利位置，或投身其中，或置身其外，都能比较从容自如。

"金钗钿"一案纵然错综复杂，其实关节点全在"真""假"之辨上。夫人孟氏与小姐阿秀原本一片诚心，要唤早已订亲的女婿前来，倾囊相助。没想到，应约而来的却是个冒名顶替的假鲁学曾。二人急切之中不辨真假，赔上了钱财不算，还赔上了小姐的清白，白白便宜了恶棍梁尚宾。两日后，待到真鲁学曾找上门来，母女俩情知受骗，却是哑吧吃黄莲，有苦难诉。阿秀自觉前番认假作真铸成大错，无可挽回，终于寻了短见。由此可见，这香销玉殒的悲剧，远因虽是顾金事嫌贫爱富，近因却无疑是梁尚宾假冒行骗。至于断案，初审的知县未动脑筋，根本没有想到鲁公子有真假的分别，只知一味动用大刑，所以造成了冤狱；陈御史复审，明察秋毫，深究孟夫人请鲁学曾相会的知情人，并由此查出假扮鲁学曾的梁尚宾，从而为无辜的鲁学曾辨白了冤情，使真正的罪犯落入了法网。这其间的差别，则集中体现于是否能抓住"真""假"混淆的案情要害。人们从中不难获得这样的启示：日常行事要随时警惕，免中以假充真的圈套；审理案件更须头脑清醒，能准确地辨假识真，免受蒙蔽。

　　小说写"金钗钿"疑案，也突出了其中的伦理教化因素。这一点联系开篇部分的"入话"，可以看得十分清楚。"入话"讲的是金孝拾金不昧，却遭失主讹诈，发生纷争，县尹巧断是非，使贪财讹诈者受到惩戒，清白正直者得到褒奖的故事。这个故事与后面"正话"部分的故事在情节上并无近似之处，相通只在其道德寓意。两者都在告诫人们："欲图他人，翻失自己。"只不过前者讲的是"图银子的翻失银子，不要银子的翻得银子"，而后者讲的是则是"有老婆的翻没了老婆，没老婆的翻得了老婆"。正如小说中所称："事迹虽异，天理则同。"在明代后期，新兴的资本主义萌芽因素得到了一定程度的发展。一些具有远见卓识的启蒙思想家，已经顺应历史潮流，充分肯定了人们追求物质利益的正当性和合理性。在这样的时代背景之下，小说宣扬"富贵皆由命"，要人安分守己，甘于贫贱，自然带有陈腐气息。不过，无论在什么时代，人们追求物质利益的行为都不能脱离特定道德规范的制约，都必须以不损害他人为前提。因此，小说"入话"对拾金不昧的金孝予以表彰，对欺心讹诈的失银客人予以讽刺，以及"正话"对冒名顶替骗财诱奸的梁尚宾予以贬斥揭露，应该说还是有一定积极意义的。只是小说囿于历史的局限，把这种惩恶扬善的意图，同因果报应的封建迷信观念掺和在了一起，使其有些改变了味道。

关于陈御史断案的情节，在小说中占的篇幅不多，却很有可观之处。与那昏庸知县"徇了顾金事的人情"，不详察，不细究，只知"着实用刑拷打"，草草定案的方式迥然不同，陈御史虽然论辈份是顾金事的年侄，又受了顾金事的嘱托，却能毫不徇私，秉公执法，而且重视证据，不搞严刑逼供。他先是敏锐地从提审的供词中抓住了症结所在："必然先有人冒去东西，连奸骗都是有的。"进一步，他又深入察问，排疑析难，将怀疑的矛盾准确地指向了真凶梁尚宾。最为可贵的是，他并没有仅仅依据分析推断就施刑定罪。为了获取物证，他微服出行，巧施计谋，以小利为诱饵，直接从梁尚宾处拿到了行骗的赃物。这才使一桩疑案得到彻底澄清。在贪官横行、冤狱遍地的封建社会里，陈御史的形象显然被赋予了一定的理想光彩，其中寄托了普通老百姓渴求公正的美好愿望。

《陈御史巧勘金钗钿》是从当时的传闻铺衍而来的。故事梗概最初见于《双槐岁钞》《许公异政录》等笔记稗史，十分简略。如《双槐岁钞》"陈御史断案"条，仅不足二百字："武昌陈御史孟机（智）按闽。有张生者，杀人当死，其色有冤。询之。生曰：'邻居王妪许女我，已纳聘矣，父母殁，我贫无资，彼遂背盟。女执不从，阴遣婢期我某所，归我金币，俾成礼。谋诸同舍杨生。杨生力止我，不果赴。是夕，女与婢皆被杀。妪执我送官。不胜拷掠，故诬服。'即遣人执杨生至。色变股栗，遂伏罪。张生获释。人以为神。智有声宣、正间，至右都御史。"其后，这个题材被加工扩展，采用到了小说和戏曲之中。较为重要的有小说《龙图公案》卷七《借衣》、传奇《钗钏记》等。《借衣》与《陈御史巧勘金钗钿》相较，除人物名姓不同外，情节基本一致，只是细节不够生动。《钗钏记》则在情节上略有出入，改成了小姐受骗后投江自尽，被巡行官宦救起，收为养女，后与进京应试高中的公子破镜重圆。从整体上看，在同一题材的作品里，《陈御史巧勘金钗钿》确实属于最为出色的一篇。尤其是它注重细节刻画，使人物形象十分鲜活。如写鲁学曾借到衣服，在应约往顾佥事家之前，仔细穿戴的一段："鲁公子回到家里，将衣服鞋袜装扮起来。只有头巾分寸不对，不曾借得。把旧的脱将下来，用清水摆净，教婆子在邻舍家借个熨斗，吹些火来熨得直直的；有些磨坏的去处，再把些饭儿粘得硬硬的，墨儿涂得黑黑的。只是这顶巾，也弄了一个多时辰，左带右带，只怕不正。教婆子看得件件停当了，方才移步径投顾佥事家来。"为了一方头巾，又是洗，又是熨，又是粘，又是涂，竟下了这许多功夫。透过这一细节，非常传神地显示了一个败落的旧家子弟，虽已一贫如洗，却仍要尽力维持体面的特殊心态。

至于这篇小说的缺陷，最明显的就是在接近结尾处加进了小姐阿秀借田氏还魂的描写。这并非情节进展的必然，而且落入迷信窠臼，实属败笔。

（杨　铸）

匿头计占红颜
发棺立苏呆婿

国家刑名，在内寄法司，在外寄臬司。府州县刑狱，率先谳臬司[1]，而臬司上之三法司。臬司正执要之地。司府为不日之同僚，知撼又他日之言路，则有据其成牍而已，覆盆之冤[2]，有谁与烛？第为上不可轻示其意，使下有希旨之人，而亦终不可不精为研求，祈悉其情也。使世得石廉使百辈布天下，当使东海不旱，燕台不霜。

翠娱阁主人

金鱼紫绶拜君恩，须念穷檐急抚存。

丽日中天清积晦，阳春遍地满荒村。

四郊盗寝同安盂，一境冤空少覆盆。

亹亹弦歌歌化日[3]，循良应不愧乘轩。

读圣贤书，所学何事？未做官时，须办有匡济之心，食君之禄，忠君之事；一做官时，更当尽展经纶之手。即如管抚字[4]，须要兴利除害，为百姓图生计，不要尸位素餐；管钱谷，须要搜奸剔弊，为国家足帑藏[5]，不要侵官剥众；管刑罚，须要洗冤雪枉，为百姓求生路，不要依样葫芦。这方不负读书，

匿头计占红颜　发棺立苏呆婿 | 135

不负为官。若是戴了一顶纱帽，或是作下司凭吏书，作上司凭府县，一味准词状，追纸赎，收礼物，岂不负了幼学壮行的心？但是做官多有不全美的，或有吏才未必有操守，极廉洁不免太威严，也是美中不美。

我朝名卿甚多，如明断的有几个。当时有个黄绂，四川参政。忽一日，一阵旋风在马足边刮起，忽喇喇只望前吹去。他便疑心，着人随风去，直至崇庆州西边寺，吹入一个池塘里才住。黄参政竟在寺里，这些和尚出来迎接。他见两个形容凶恶，他便将醋来洗他额角，只见洗出网巾痕来。一打一招，是他每日出去打劫，将尸首沉在塘中。塘中打捞，果有尸首。又有一位鲁穆，出巡见一小蛇随他轿子，后边也走入池塘。鲁公便干了池，见一死尸缒一磨盘在水底。他把磨盘向附近村中去合，得了这谋死的人。还有一位郭子章，他做推官，有猴攀他轿杠。他把猴藏在衙中，假说衙人有椅，能言人祸福，哄人来看。驼猴出来，扯住一人，正是谋死弄猢狲花子的人。这几位都能为死者伸冤。不知更有个为死者伸冤，又为生者脱罪的。

我朝正统中有一位官，姓石名璞，仕至司马，讨贵州苗子有功。他做布政时，同寮夫人会酒，他夫人只荆钗布裙前去，见这各位夫人穿了锦绣，带了金银，大不快意。回来，石布政道："适才会酒，你坐第几位？"道："第一位。"石布政道："只为不贪赃，所以到得这地位。若使要钱，怕第一位也没你坐分。"正是一个清廉的人，谁晓他却又明决！

话说江西临江府峡江县有一个人家，姓柏名茂，号叫做清江，是个本县书手。做人极是本分，不会得舞文弄法，瞒官作弊，只是赚些本分钱儿度日。抄状要他抄状钱，出牌要他出牌钱，好的便是吃三钟也罢。众人讲公事，他只酣酒，也不知多少堂众，也不知那个打后手。就在家中，饭可少得，酒脱不得。

吃了一醉，便在家中胡歌乱唱，大呼小叫。白了眼是处便撞，垂着头随处便倒，也不管桌，也不管凳，也不管地下。到了年纪四十多岁，一发好酒。便是见官，也要吃了钟去，道是壮胆。人请他吃酒，也要润润喉咙去，道打脚地。十次吃酒，九次扶回，还要吐他一身作谢。多也醉，少也醉，不醉要吃，醉了也要吃，人人都道他是酒鬼。娶得一个老婆蓝氏，虽然不吃酒，倒也有些相称：不到日午不梳头，有时也便待明日总梳；不到日高不起床，有时也到日中爬起。鞋子常是倒跟，布衫都是油腻。一两麻绩有二十日，一匹布织一月余。喜得两不憎嫌。单生一女，叫名爱姐。极是出奇，他却极有颜色，又肯修饰：

　　眉麴湘山雨后，身轻垂柳风来。

　　雪里梅英作额，露中桃萼成腮。

人也是个数一数二的。只是爹娘连累，人都道他是酒鬼的女儿，不来说亲。蹉跎日久，不觉早已十八岁了，愁香怨粉，泣月悲花，也是时常所有的。

　　一日有个表兄，姓徐，叫徐铭，是个暴发儿财主。年纪约莫二十六七，人物儿也齐整。极是好色，家中义儿、媳妇、丫头不择好丑，没一个肯放过。自小见表妹时，已有心了。正是这日，因告两个租户，要柏清江出一出牌，走进门来，道："母舅在家么？"此时柏清江已到衙门前，蓝氏还未起。爱姐走到中门边，回道："不在。"那蓝氏在楼上，听见是徐铭，平日极奉承他的，道："爱姐，留里边坐，我来了。"爱姐就留来里边坐下，去煮茶。蓝氏先起来，床上缠了半日脚，穿好衣服，又去对镜子掠头。这边爱姐早已拿茶出来了。徐铭把茶放在桌上，两手按了膝上，低了头，痴痴看了道："爱姑，我记得你今年十八岁了。"爱姐道："是。"徐铭道："说还不曾吃茶哩！想你嫂嫂十八岁已养儿子了。"爱姐道："哥哥是两个儿子么？"徐铭道："还有一个怀抱儿，雇奶子奶的，是三个。"爱姐道："嫂嫂好么？"徐铭故意差接头道："丑，赶不上你个脚指头。明日还要娶两个妾。"正说时，蓝氏下楼，问："是为官司来么？""吃了茶，便要别去。"蓝氏道："明日我叫母舅来见你。"徐铭道："不消，我自来。"次日，果然来，竟进里边，见爱姐独坐，像个思量什么的。他轻轻把他肩上一搭，道："母舅在么？"爱姐一惊，立起来道："又出去了。昨日与他说，叫他等你，想是醉后忘了。"徐铭道："舅母还未起来？"爱姐道："未起。我去叫来。"徐铭道："不要惊醒他。"就一把扯爱姐同坐。爱姐道："这什么光景！"徐铭道："我姊妹们何妨？"又扯他手，道："怎这一双笋尖样的手，不带一双金镯子与金戒指？"爱姐道；"穷，那得来？"徐铭道："我替妹妹好歹做一头媒，叫你穿金戴银不了。只是你怎么谢媒？"腼腼腆腆的缠了一会，把他身上一个香囊扯了，道："把这谢我罢。"随即起身，道："我明日再来。"去了。

此时爱姐被他缠扰，已动心了。又是柏清江每日要在衙门前寻酒吃，蓝氏不肯早起，这徐铭便把官事做了媒头，日日早来，如入无人之境。忽一日，拿了枝金簪、两个金戒子走来，道："贤妹，这回你昨日香囊。"爱姐道："什么物事，要哥哥回答！"看了甚是可爱，就收了。徐铭道："妹妹，我有一句话，不好对你说。舅舅酒糊涂，不把你亲事在心，把你青年误了。你嫂嫂你见的，又丑又多病，我家里少你这样一个能干人。我与你是姊妹，料不把来做小待。"爱姐道："这要凭爹娘。"徐铭道："只要你肯，怕他们不肯？"就把爱姐捧在膝上，把脸贴去，道："妹妹，似我人材、性格、家事，也对得你过。若凭舅老这酒糟头，寻不出好人。"爱姐道："兄妹没个做亲的。"徐铭道："尽多，尽多。明做亲多，暗做亲的也不少。"爱姐笑道："不要胡说。"一推，立了起身。只听得蓝氏睡醒，讨脸汤。徐铭去了。自此来来往往，眉留目恋，两边都弄得火滚。

一日，徐铭见无人，把爱姐一把抱定，道："我等不得了。"爱姐道："这使不得。若有苟且，我明日仔么嫁人？"徐铭道："原说嫁我。"爱姐道："不曾议定。"徐铭道："我们议定是了。"爱姐只是不肯。徐铭便双膝跪下，道："妹子，我自小儿看上你到如今，可怜可怜。"爱姐道："哥哥不要歪缠，母亲听得不好。"徐铭道："正要他听得，听得强如央人说媒了。事已成，怕他不肯？"爱姐狠推，当不得他恳恳哀求，略一假撇呆，已被徐铭按住，揿在凳上。爱姐怕母亲得知，只把手推鬼厮闹，道："罢，哥哥饶我罢，等做小时凭你。"徐铭道："先后一般，便早上手些儿更妙。"爱姐只说一句"羞答答成甚模样"，也便俯从。早一点着，爱姐失惊，要走起来，苦是怕人知，不敢高声。徐铭道："因你不肯，我急了些。如今好好儿的，不疼了。"爱姐只得听他再试，柳腰轻摆，修眉半蹙，嘤嘤甚不胜情。徐铭也只要略做一做破，也不要定在今日尽兴。爱姐已觉烦苦极了，鲜红溢于衣上：

> 娇莺占高枝，摇荡飞红萼。
>
> 可惜三春花，竟在一时落。

凡人只在一时错。一时坚执不定，贞女淫妇只在这一念关头。若一失手，后边越要挽回越差，必至有事。自此一次生，两次熟，两个渐入佳境，兴豪时也便不觉丢出一二笑声，也便有些动荡声息。蓝氏有些疑心，一日听得内坐起边竹椅"咯咯"有声，忙轻轻蹑到楼门边一张，却是爱姐坐在椅上，徐铭站着，把爱姐两腿架在臂上，爱姐两只手搂住徐铭脖子，下面动荡，上面亲嘴不了。蓝氏见了，流水跑下楼来。两个听得响，丢手时，蓝氏已到面前。要去打爱姐时，徐铭道："舅母不要声张，声张起来你也不像。我们两个已约定，我娶他做小，只不好对舅母说。如今见了，要舅母做主调停了。十八九岁，还把他留在家时，原也不是。"爱姐独养女儿，蓝氏原不舍难为的，平日又极趋承这徐铭，不觉把这气丢在东洋大海，只说得几声："你们不该做这事。叫我怎好？酒糊涂得知怎了？"只是叹气连声。徐铭低声道："这全要舅母遮盖调停。"这日也弄得一个爱姐躲来躲去，不敢见母亲的面。第二日，徐铭带了一二十两首饰来送蓝氏，要他遮盖。蓝氏不收。徐铭再三求告。收了，道："这酒糊涂没酒时，他做人执泥，说话未必听；有了酒，他使酒性，一发难说话。他也只为千择万选，把女儿留到老大，若说做你的小，怕人笑他，定是不肯。只是你两个做到其间，让你暗来往罢。"三个打了和局，只遮柏清江眼。甥舅们自小往来的，也没人疑心，任他两个倒在楼上行事，蓝氏在下观风。

日往月来，半年有余。蓝氏自知女儿已破身，怕与了人家有口舌，凡是媒婆，都借名推却。那柏清江不知头，道："男大须婚，女长须嫁。怎只管留他在家，替你做用？"蓝氏乘机遭："徐家外甥说要他。"那柏清江带了分酒，把桌来一掀，道："我女儿怎与人做小？姑舅姊妹嫡嫡亲，律上成亲也要离异的。"蓝氏与爱姐暗暗叫苦。又值一个也是本县书手简胜，他新丧妻，上无父母，下无儿女，家事也过得。因寻柏清江，见了他女儿，央人来说。柏清江道他单头独颈，人也本分，要与他。娘儿两个执拗不定，行了礼，择三月初九娶亲。徐铭知道，也没奈何。一日走来望爱姐，爱姐便扯到后边一个小园里，胡床上，把个头眠紧在他怀里，道："你害我。你负心。当时我不肯，你再三央及，许娶我回去，怎竟不说起？如今叫我破冠子怎到人家去？"徐铭道："这是你爹不肯。就是如今你嫁的是简小官，他在我后门边住，做人极贫极狠，把一个花枝般妻子，叫他熬清守淡，又无日不打闹，将来送了性命。如今把你凑第二个。"爱姐道："爹说他家事好。"徐铭道："你家也做书手，只听得你爹打板子，不听得你爹撰银子。"爱姐听了，好生不乐，道："适才你说在你后门头，不如我做亲后，竟走到你家来。"徐铭道："他家没了人，怕要问你爹讨人，累你爹娘。"爱姐道："若使我在他家里，说是破冠子，做出来到官，我毕竟说你强奸。"徐铭道："强奸可是整半年奸去的？你莫慌，我毕竟寻个两全之策才好。"

杨花漂泊滞人衣，怪杀春风惊欲飞。
何得押衙轻借力，顿教红粉出重围。

爱姐道："你作速计议。若我有事，你也不得干净。"徐铭一头说，一头还要来顽耍，被爱姐一推道："还有甚心想缠帐？我嫁期只隔得五日，你须在明后日定下计策复我。"

徐铭果然回去，粥饭没心吃，在自己后园一个小书房里，行来坐去，要想个计策。只见一个奶娘王靓娘抱了他一个小儿子，进园来耍，就接他吃饭。这奶娘脸儿虽丑，身材苗条，与爱姐不甚相远，也挣得一双好小脚。徐铭见了道："这妮子，我平日寻寻他，做杀张致。我与家人媳妇丫头有些帐目，他又来缉访我，又到我老婆身边挑拨，做他不着罢？"筹画定了，来回复爱姐。爱姐欢喜，两个又温一温旧。回来。做亲这日，自去送他上轿。

那简小官因是填房，也不甚请亲眷。到晚，两个论起都是轻车熟路，只是那爱姐却怕做出来，故意的做腔做势，见他立扰来，脸就通红，略来一看，不把头低，便将脸侧了，坐了灯前，再也不肯睡。简小官催了几次，道："你先睡。"他却：

锦抹牢拴故衙郎，灯前羞自脱明珰。
香消金鸭难成寐，寸断苏州刺史肠。

漏下二鼓，那简小官在床上摸拟半日，伸头起来张一张，不见动静。停一会又张，只见他虽是卸了妆，里衣不脱，靠在桌上。小简道："爱姑，夜深了。你困倦了，睡了罢。"他还不肯。小简便一抱抱到床里，道："不妨得。别个不知痛养，我老经纪伏事个过的，难道不晓得路数？"要替他解衣。扭扭捏捏，又可一个更次。到主腰带子与小衣带子，都打了七八个结，定不肯解。急得小简情极，连把带子扯断。他道："行经。"小简道："这等早不说，叫我吃这许多力。"只得搂在身边，干调了一会睡了。三朝，女婿到丈人家去拜见。家中一个小厮，叫做发财，爱姐道："你今做新郎，须带了他去，还像模样。"小简道："家中须没人做茶饭与你。"爱姐道："不妨，单夫独妻，少不得我今日也就要做用起。"小简听了，好不欢喜。

出门半晌，只见一个家人挑了两个盒子，随了一个妇人进门。爱姐也不认得。见了，道是徐家着人来望，送礼。爱姐便欢天喜地，忙将家中酒肴待他。那奶子道："亲娘，我近在这里，常要来的，不要这等费心。"爱姐便扯来同坐，自斟酒与他。外边家人正是徐豹，是个蛮牛，爱姐也与他酒吃。吃了一会，奶娘原去得此货，又经爱姐狠劝，吃个开怀，醉得动不得了。外边徐豹忙赶来道："待我来伏事他。"将他衣服脱下，叫爱姐将身上的衣服脱了与他，内外新衣，与他穿扎停当。这奶子醉得哼哼的，凭他两个抟弄。徐豹叫爱姐快把桌上酒肴收拾，送来礼并奶子旧衣都收拾盒内，怕存形迹，被人识破。他早将奶子头切下，放入盒里。爱姐扮做奶子，连忙出门：

> 纷纷雨血洒西风，一叶新红别院中。
>
> 纪信计成能诳楚，是非应自混重瞳。

徐铭已开后门接出来，挽着爱姐道："没人见么？"爱姐道："没人。"又道："不吃惊么？"爱姐道："几乎惊死，如今走还是抖的。"进了后园，重赏了徐豹。又徐铭便一面叫人买材，将奶子头盛了，雇仵作抬出去。只因奶子日日在街上走东家、跑西家的，怕人不见动疑，况且他丈夫来时，也好领他看材，他便心死。一面自叫了一乘轿，竟赶到柏家。小简也待起身，徐铭道："简妹丈，当日近邻，如今新亲，怎不等我陪一钟？"扯住又灌了半日，道："罢，罢。晚间有事，做十分醉了，不惟妹丈怪我，连舍妹也怪我。"大家一笑送别了。

只见小简带了小厮到家，一路道："落得醉，左右今日还是行经。"踉踉跄跄走回，道："爱姑，我回来了。你娘上复你，叫你不要记挂。"正走进门，忽见一个尸首，又没了头，吃上一惊道："是是是那个的？"叫爱姑时，并不见应，寻时并不见人，仔细看时，穿的正是爱姐衣服。他做亲得两三日，也认不真，便放声哭起"我的人"来，道："甚狠心贼，把我一个标标致致的的真黄花老婆杀死了。"哭得振天吟。邻舍问时，发财道："是不知甚人，把我们新娘杀死。"众人便跟进来，见小简看着个没头尸首哭。众人道："是你妻子么？"小简道："怎不是？穿的衣服都是，只不见头。"众人都道："奇怪。"帮他去寻，并不见头。众人道："这等该着人到他家里报。"小简便着发财去报。柏清江吃得个沉醉，蓝氏也睡了。听得敲门，蓝氏问时，是发财。得了这报，放声大哭，把一个柏清江惊醒，道："女大须嫁。这时他好不快活在那里，要你哭？"蓝氏道："活酒鬼！女儿都死了。"柏清江："怎就弄得死？我不信。"蓝氏道："现有人报。"柏清江这番也流水赶起来，道："有这等事？去去去！"也不戴巾帽，扯了蓝氏，反锁了门，一径赶到简家。也只认衣衫，哭儿哭肉。问小简要头，小简道："我才在你家来，我并不得知。"柏清江道："你家难道没人？"小简道："实是没人。"蓝氏道："我好端端一个人嫁你，你好端要还我个人，我只问你要。斧打凿，凿入木。"小简对这些邻舍道："今日曾有人来么？"道："我们都出外生理，并不看见。"再没一个人捉得头路着，大家道："只除非是贼，他又不要这头，又不曾拿家里甚东西，真是奇怪。"胡猜鬼混，过了一夜。

天明一齐去告，告在本县钮知县手里。知县问两家口词，一边是嫁来的，须不关事，一边又在丈人家才回，贼又不拿东西，奸又没个踪影，忙去请一个蒙四衙计议。四衙道："待晚生去相验便知。"知县便委了他。他就打轿去看了，先把一个总甲，道是地方杀死人命大事，不到我衙里报，打了十板发威。后边道："这人命奇得紧，都是偿得命，都是走不开的。若依我问，平白一个人家，谁人敢来？一定新娘子做腔不从，撞了这简胜酒头上，杀死有之。或者柏茂夫妻纵女通奸，如今奸夫吃醋，杀死有之。只是岂有个地方不知？就是邻里见他做亲甚齐备，朋谋杀人劫财也是有的。如今并里长一齐带到我衙中，且发监，明日具个由两清。"果然把这些人监下。柏茂与简胜央两廊人去讲，典史道："论起都是重犯。既来见教，柏茂夫妻略轻些，且与讨保。"这些邻舍是日趁日吃穷民，没奈何，怕作人命干连，五斗一石，加上些船儿钱、管家包儿、小包儿、直衙管门包儿，都去求放，抹下名字。他得了，只把两个紧邻解堂。里长他道不行救护，该十四石，直诈到三两才歇。次日解堂。堂尊道："我要劳长官问一个明白，怎端然这等葫芦提？我想这人，柏茂嫁与简胜，不干柏茂事了。若说两邻，他家死人，怎害别人？只在简胜身上罢。"把个简胜双夹棍。简胜是个小官儿，当不过，只得招"酒狂，一时杀死"。问他要头，他说："撇在水中，不知去向。"知县将来打了二十，监下。审单道：

> 简胜娶妻方三日耳，何仇何恨，竟以酒狂手刃，委弃
> 其头，惨亦甚矣。律以无故杀妻之条，一抵不枉。里邻邶

魁、荣显坐视不救，亦宜杖惩。

多问几个罪奉承上司，原是下司法儿。做了招，将一千人申解按察司。正是石廉使，他审了一审，也不难为，驳道："简胜三日之婚，爱固不深，仇亦甚浅。招曰酒狂，何狂之至是也？首既不获，证亦无人，难拟以辟[6]。仰本府刑厅确审解报。"这刑厅姓扶，他道："这廉宪好多事。他已招了水浒头去，自然没处寻；他家里杀，自然没人见。"取来一问，也只原招。道：

> 手刃出自简胜口供，无人往来，则吐之邢魁、荣显者，正自杀之证也。虽委头于水，茫然无迹，岂得为转脱之地乎！

解去。石廉使又不释然，道："捶楚之下，要使没有含冤的才好。若使枉问，生者抱屈，那死的也仇不曾雪，终是生死皆恨了。这事我亲审，且暂寄监。"他亲自沐浴焚香，到城隍庙去烧香。又投一疏道：

> 璞以上命秉宪一省，神以圣恩血食一方，理冤雪屈，途有隔于幽明，心无分于显晦。倘使柏氏负冤，简胜抱枉，固璞之罪，亦神之羞。唯示响迩，以昭诬枉。

石廉使烧了投词，晚间坐在公堂，梦见一个"麦（麥）"字。醒来道："字有两个'人'字，想是两个杀的。"反复解不出，心生一计，吊审这起事。

人说石廉使亲提这起，都来看。不知他一捱直到二鼓才坐，等不得的人都散了。石廉使又逐个个问，简胜道："是冤枉。实是在丈人家吃酒，并不曾杀妻。"又叫发财，恐吓他，都一样话。只见石廉使叫两个皂隶上前，密密分付道："看外边有甚人，拿来。"皂隶赶出去，见一个小厮，一把捉了，便去带进。石廉使问他："你甚人家？在此窥伺。"小厮惊得半日做不得声，停了一会，道："徐家。"石廉使问道："家主叫甚名字？"小厮道："徐铭。"石廉使把笔在纸上写，是双立人、一个"夕"字，有些疑心，道："你家主与那一个是亲友？"小厮道："是柏老爹外甥。"石廉使想道："莫非原与柏茂女有奸。怪他嫁杀的？"叫放去这起犯人，且另日审。外边都哄然笑道："好个石老爷，也不曾断得甚无头事。"

过了一日，又叫两个皂隶："你密访徐铭的紧邻，与我悄地拿来。"两个果然做打听亲事的，到徐家门前去。问他左邻卖鞋的谢东山，折巾的一个高东坡，又哄他出门，道："石爷请你。"两个死挣，皂隶如何肯放？到司，石廉使悄悄叫谢东山道："徐铭三月十一的事你知道么？"谢东山道："小的不知。"石廉使道："他那日曾做甚事？"道："没甚事。"石廉使道："想来。"想了一会，道："三月他家曾死一个奶子。"石廉使道："谁人殡殓扛抬？"道："仵作卢麟[7]。"石廉使即分付，登时叫仵作卢麟即刻赴司，候检柏氏身尸。差人飞去叫来。石廉使叫卢麟："你与徐铭家抬奶子身尸在何处？"道："在那城外义冢地上[8]。"石廉使道："是你入的殓么？"道："不是小人。小人只扛。"石廉使道："有些古怪么？"卢麟道："轻些。"石廉使就打轿，带了仵作到义冢地上，叫仵作寻认。认了一会，认出来。石廉使道："仍旧轻的么？"仵作道："是轻的。"石廉使道："且掀开来。"只见里边骨碌碌滚着一个人头。石廉使便叫人速将徐铭拿来，一面叫柏茂认领尸棺。柏茂夫妻望着棺材哭，简胜也来哭。谁知天理昭昭，奶子阴灵不散，便这头端然如故。柏茂夫妻两个哭了半日，揩着眼看时，道："这不是我女儿头。"石廉使道："这又奇怪了。莫不差开了棺？"叫仵作，仵作道："小人认得极清的。"石廉使道："只待徐铭到便知道了。"

两个差人去时，他正把爱姐藏在书房里，笑那简胜无辜受苦，连你爹还在哭。听得小厮道石爷来拿他，道："一定为小厮

去看的缘故。说我打点，也无实迹。"爱姐道："莫不有些脚
踢？"徐铭笑道："我这机谋鬼神莫测，从那边想得来？"就挺身
来见。不期这两个差人不带到按察司，竟带到义冢地，柏茂、
简胜一齐都在，一口材掀开，见了，吃上一惊，道："有这等
事？"带到，石廉使道："你这奴才，你好好将这两条人命一一
招来。"徐铭道："小的家里三月间，原死一个奶子，是时病死
的。完完全全一个人，怎止得头？这是别人家的。"卢磷道：
"这是你家抬来的三**拷**松板材。我那日叫你记认，见你说不消，
我怕他家有亲人来不便，我在材上写个'王靓娘'，风吹雨打，
字迹还在。"石廉使叫带回衙门，一到，叫把徐铭夹起来。夹了
半个时辰，只得招是因奸不从，含怒杀死。石廉使道："他身子
在那里？"徐铭道："原叫家人徐豹埋藏。徐豹因尝见王靓娘在
眼前，惊悸成病身死，不知所在。"石廉使道："好胡说！若埋
都埋了，怎分作两边？这简胜家身子定是了。再夹起来，要招
出柏氏在那里，不然两个人命都在你身上。"夹得晕去，只得把
前情招出，道："原与柏氏通奸，要娶为妾，因柏茂不肯，许嫁
简胜，怕露出奸情，乘他嫁时，假称探望，着奶子王靓娘前往，
随令已故义男徐豹将靓娘杀死。把柏氏衣衫着上，竟领柏氏回
家。因恐面庞不对，故将头带回。又恐王氏家中人来探望，将
头殓葬，以图遮饰。柏氏现在后园书房内。"石廉使一发叫人拘
了来，问时供出与徐铭话无异。石廉使便捉笔判：

> 徐铭奸神鬼蜮，惨毒虺蛇[9]，镜台未下[10]，遽登柏氏
> 之床；借箸偏奇，巧作不韦之计[11]。纪信诳楚[12]，而无罪
> 见杀；冯亭嫁祸[13]，而无辜受冤。律虽以雇工从宽，法当
> 以故杀从重。仍于名下追银四十两，给还简胜财礼。柏茂
> 怠于防御，蓝氏敢于卖奸，均宜拟杖。柏氏虽非预谋杀人，
> 而背夫在逃，罪宜罚赎官卖。徐豹据称已死，姑不深求。

余发放宁家。

判毕，将徐铭重责四十板。道："柏氏，当日人在你家杀人，你不行阻滞，本该问你同谋才是。但你是女流，不知法度，罪都坐在徐铭身上。但未嫁与人通奸，既嫁背夫逃走，其情可恶，打了廿五。柏茂，本该打你主家不正，还可原你个不知情，已问罪，姑免打。蓝氏纵女与徐铭通奸，酿成祸端，打了十五。徐豹，取两邻结状委于五月十九身死，姑不究。卢麟扛尸原不知情。邻里邵魁等该问他一个不行觉察，不行救护，但拖累日久也不深罪。"还恐内中有未尽隐情，批临江府详究。却已是石廉使问得明白了，知府只就石廉使审单敷演成招。自送文书，极赞道："大人神明，幽隐尽烛。"知府不能赞一辞[14]，称颂一番罢了。

后来徐铭解司解院，都道他罪不至死，其情可恶，都重责。解几处死了。江西一省都仰石廉使如神明，称他做"断鬼石"。若他当日也只凭着下司，因人成事，不为他用心研求，王靓娘的死冤不得雪，简胜活活为人偿命，生冤不得雪，徐铭反拥美妾快乐，岂不是个不平之政？至于柏茂之酒，蓝氏之懒，卒至败坏家声；徐铭之好色，不保其命；爱姐之失身，以致召辱，都是不贤，可动人之羞恶，使人警醒的。唯简胜才可云"无妄之灾，虽在缧绁，非其罪也"。

雨侯曰：人情险于山川，岂能尽烛然？要使折狱无不尽之心，心尽而情自出。故吾以为钩简之吏，胜依样之葫芦。如石公之不顾情面而屡行批驳。卒得其情，司道中罕有。

（选自《型世言》）

[注释]

[1] 谳（yàn厌）——审判，定案。

［2］覆盆之冤——覆盆，倒扣之盆。用以比喻沉冤莫白。

［3］亹亹（wěi 伟）——勤勉不倦的样子。

［4］抚字——对子女的护育。也用来称颂官吏治理民政。

［5］帑（tǎng 倘）藏——国库。

［6］辟（bì 毕）——法、刑，依法判决。

［7］仵（wǔ 午）作——旧时官衙中检验死伤的衙役，亦称以验尸殓葬为业的人。

［8］义冢（zhǒng 肿）——公共坟地。

［9］虺（huǐ 悔）蛇——古书上说的一种毒蛇。

［10］镜台未下——晋温峤以玉镜台作订婚聘礼，后以为典，此指未下聘定婚。

［11］不韦之计——吕不韦送孕妾给秦公子异人，后生秦始皇事。此指徐铭与爱姐私通。

［12］纪信诳楚——刘邦被项羽困在荥阳，部将纪信假扮刘邦出降，骗过项羽。此以假乱真之意。

［13］冯亭嫁祸——冯亭，战国时韩国上党太守。秦陷上党，冯亭入赵，把上党之失的罪责推给韩国。

［14］赞——不能提出一点意见。此为添一句话之意。

［鉴赏］

本文选自明末拟话本《型世言》卷六第二十一回。《型世言》刊行于崇祯五年，比冯梦龙的《三言》晚了五至十二年，和凌濛初的《二拍》几乎同时。故有《三言》《二拍》姊妹篇之称。

《型世言》全称《峥霄馆评定通俗演义型世言》，作者陆人龙，浙江钱塘人。刊行者和评点者是其兄陆云龙（号翠娱阁主人），为明末杭州刻书最多的著名书坊峥霄馆经营者。

《型世言》书名取"以为世型""树型今世"之意。它不像《三言》那样依附宋元话本，而是充分采用当时的名人传记资料、野史笔记以及社会传闻时事进行创作，所以能够全面深刻地反映明末的社会现实和风土人情。

可能由于明末清初战乱频仍，《型世言》在国内湮没已久，近幸在韩国汉城大学奎章阁发现。我国现有中华书局（1993 年版）和作家出版社两种版本供阅读研究。

《匿头计占红颜，发棺立苏呆婿》是《型世言》中的一篇公案小说，讲述了一个侦破因奸情引起的无头凶杀案的故事。情节起伏，语言生动，具有很强的可读性。

与绝大多数明清公案小说一样，它也是在结尾真相大白时昭示读者：人不可作恶，是非曲直总有个说法；善恶到头终有个报应。但本文的更大意义还不仅于此！

小说在写到案犯徐铭与表妹爱姐勾搭成奸后马上指出："凡人只在一时错。……若一失手，后边越要挽回越差，必至有事。"此后，便写他二人为了不使奸情败露，如何拒绝各方面的提亲，拒婚不成又如何延宕不与新郎合房；一直拖到第三天新人回门时又如何设计杀死徐府的奶娘；为了不使爱姐的替身被人看破，又残忍地割下奶娘的人头……作者把二人通奸看作"一时错"，把杀人视为"事"，即犯事，作恶，大小轻重十分鲜明。而二者之间的关系，则是前者必然导致后者，而且"越要挽回越差"，也就是说越陷越深，不能自拔。由于作者把情节的发展安排得非常"合理"（符合犯罪心理），故事推进的步骤特别缜密（犯罪手段高超），使读者在欣赏作品的同时会自然而然地发现——大恶与小错之间，不过咫尺之隔，稍不留意就会"一失足成千古恨"！这就是古训"不以善大而不为，不以恶小而为之"的原因，当然也是作者"以为世型"劝谕警世的主旨之所在。

作品另一意义在于塑造了一个清官的形象。

一开始，作者就对石璞做了一个概括介绍："正是一个清廉的人，谁晓他却又明决！"清廉，已由他对夫人荆钗布裙与穿金戴银的同僚夫人会酒而心中不快的所做的劝慰证实了；而明决，这一司法官员的重要品格，确是需要作品以浓墨重笔刻画的。

面对呈上的案卷和送来的犯人简胜，他只看了一看，"审了一审"，便发现许多疑点。首先是"简胜三日之婚，爱固不深，仇亦甚浅"。没有犯罪动机；继而是"首既不获，证亦无人，难拟以辟"，所以让刑厅确审。刑厅认为他"多事"，又批复原判。他"又不释然，道：'捶楚之下，要使没有含冤的才好。若使枉问，生者抱屈，那死的也仇不曾雪，终是生死皆恨了。'"于是决定"这事我亲审"！即使在民主与法治的当今时代，一个中级复审官员，不顾及同僚面子，不考虑下级威望，更不考虑若翻案不成后自己的尴尬艰难境地，而为毫无干系的死刑犯翻案，也是极为难能可贵的，何况是在吏治腐败至极的明朝？如果说这里展示了他作为执法人员的崇高的职业道德，那么后面描写的便是他的才干——高超的断案本事。

面对一桩无头命案，从何处入手？他以"吊审"为突破口，抓住了特别关心复审的人，从而找到了与苦主有关系的徐铭；又密访徐铭的"紧邻"，了解到在案发当日徐家死了一个"奶子"；由扛抬尸棺的仵作感到棺材"轻些"，而决定扒坟开棺；由棺材里有头无身这一事实终于决定捉拿真凶徐铭……环环相扣，步步深入，干净利索地纠正了这起冤假错案！这与接案后一筹莫展，只能托付四衙去办的昏聩无能、尸位素餐的纽知县相比，真有天壤之别！再加上对案犯恰如其分的判决，以及"还恐内中有未尽隐情，批临江府详究"的缜慎作法，一个德才兼备、干练严谨的司法官吏的高大形象便已出现在读者面前。

《明史·石璞传》中记载：

"璞善断疑狱。民娶妇，三日归宁，失之。妇翁诉婿杀女，诬服论死。璞祷于神，梦神示以'麦（麥）'字。璞曰：'麦者，两人夹一人。'比明械囚趣行刑。一童子窥门屏间，捕入，则道士徒也。叱曰：'尔师令尔侦事乎？'童子首实，果二道士匿妇槁麦中。立捕，论如法。"

可见石璞确有其人，他也断过这个案子。但小说与史相比，其艺术光华不知增了几倍！

在人物形象塑造上，徐铭也够得上个典型。这是一个流氓成性的色狼，手毒心黑的凶杀主谋和阴险狡猾、嫁祸于人的恶棍。但作者没有把他脸谱化、概念化，而是把他放在特定的环境中，在自己营造的矛盾里表演、挣扎，逐步彻底暴露了他的丑恶嘴脸。

"徐铭，是个暴发财主。年纪约莫二十六七，人物儿也齐整"。这年纪和长相并不使人讨厌，又有钱财，然而，这却成了使他的好色行经屡屡得手的便利条件。他对家中"义儿、媳妇、丫头不择好丑，没一个肯放过。"写得够坏的了，可太概括，还不能窥见其做恶的过程和手段，所以作者对他勾搭爱姐成奸造祸的过程写得极详细，把人写透、写活了。

"自小见表妹时，已有心了"，一直等到十八岁，便以找舅舅打官司为借口，钻舅妈懒惰不肯早起的空子，来勾搭爱姐，他先以关心表妹亲事的面目出现，假意说："想你嫂嫂十八岁已养儿子了"，来撩拨爱姐的心绪，又以妻子丑陋"明日还要娶两个妾"悄悄地推荐自己。后来又以给表妹说媒讨谢，动手动脚"扯了香囊去"，送回来一枝金簪两个戒子当作香囊的"回答"（回赠）。见爱姐动了心，接了物儿，便直接提出要爱姐做他的小老婆，甚至可以"暗做亲"，实际上就是白占便宜。单纯无知的爱姐哪里晓得厉害，于是，有一天，在他的跪求哀告下作成了奸情。从此一发而不可收，终于被舅母发现，他却说："舅母不要声张，声张起来，你也不像……十八九岁还把他留在家里，原也不是。"要求舅母"作主调停"，反把一个受害的母亲派了一身的不是，稳在那里。第二天，"带了一二十两首饰"买哄得舅母不仅批准他们"暗来往"，还在楼下给"观风"。这当中虽然也有爱姐母女的不是，但主要是表现了徐铭流氓手段之老辣，猎艳技巧之纯熟！

到了爱姐既将出嫁，丑事就要暴露时，他筹划了一条恶计——要借奶子无头之身，替出爱姐，一来可以掩盖住奸情，二来也好"金屋藏娇"。对此他没有任何负罪感，反道奶子平日不服，对他"缉访"，"到我老婆身边挑拨"，颇有些奶子罪有应得而自己心安理得的报复性质。这种犯罪心理，很符合徐铭当时的心态。

派小厮去探听复审情况，中了石公"吊审"之计，算得上徐铭一时失算，但这实在是没有办法的事情，他太关心复审的结果了，而且他也没有料到官府中还有能和他相匹敌的对手。在听到石公来拿他时，"笑道：'我这机谋鬼神莫测……'"于是"挺身来见"，及至见了人头，犹说"这是别人家的"，仵作证实，夹棍刑讯，还狡称这是"因奸不成，含怒杀死"。直到石公逼问，再上夹棍，才不得不实招，交出爱姐来……步步为营，随机应变，嘴比铁硬，牙比钢坚，活脱脱一个顽劣罪犯！若不是犯在石公手上，输赢胜败还真不好定夺哩。作者之写徐铭，其实也是在写石璞，只有狡猾的狐狸才能反衬出好猎手。作者的手法可称不凡。

其他几个人物也各具特色。柏茂的酗酒和固执，兰氏的懒惰和贪小，爱姐的幼稚与轻薄都很形象，也为故事的形成与发展提供了一定的条件。

与当代侦破小说不同，明清公案小说一般先写作案经过，后写破案经过，而且往往是昏官误判在先，清官勘正在后。由于这种写法放弃了一开始便设置悬念、吊人胃口的手段，且在交待作案和结案的过程中势必出现情节的重复，所以今人很少延用。那么古代侦破小说怎么会形成这样一种模式的呢？这恐怕与它的起源——"话本"的有关。"话本"是说话人的底本、底稿，是为说书服务的。而"听书"与"看书"不同，看书没看明白，可以翻回去再找补一下；听书则没有这种可能，在乱哄哄的书场里，听众也不可能全神贯注，漏掉一句半句是非常难免的，再加上当时市民阶层文化素质很低，理解和接受能力都很差，所以先要有头有尾地把案情故事讲给他听，让他怀着知情人的兴致看官家如何审断，不仅能听懂、接受，而且还可以得到先知先觉的心理满足，至于"重复"，也是听觉艺术极必须的，至今戏曲里仍保留着说过了的词儿还唱和唱过了的词还说的传统，这大概也是为了满足听众这种审美习惯罢。

拟话本为了拟得像，当然保留了这些特色。另如正文开头之前要有"引子"（或诗或文），在情节发展过程中，不时以诗、词、骈文作小结、作评论，……都是"拟"的印迹，中国小说的来源之一是话本之说当为勿庸置疑的了。

石公断案屡得神助的处理，也是"话本"的传统，作者也"拟"了过来，却显得有点欠缺，但无论如何，这是一篇相当不错的公案小说，堪称《三言》《二拍》的姊妹篇。

（赵雍龄）

清官不受扒灰谤
义士难伸窃妇冤

清·李　渔

诗云：

从来廉吏最难为，不似贪官病可医。

执法法中生弊窦[1]，矢公公里受奸欺[2]。

怒棋响处民情抑，铁笔摇时生命危。

莫道狱成无可改，好将山案自翻移。

这首诗，是劝世上做清官的，也要虚里舍己[3]，体贴民情，切不可说"我无愧于天，无怍于人，就审错几桩词讼，百姓也怨不得我"这句话。那些有守无才的官府，个个拿来塞责，不知误了多少人的性命。所以怪不得近来的风俗，偏是贪官起身，有人脱靴，清官去后，没人尸祝[4]。只因贪官的毛病，有药可医；清官的过失，无人敢谏的缘故。说便是这等说，教那做官的也难，百姓在私下做事，他又没有千里眼、顺风耳，那里晓得其中的曲直。自古道："无谎不成状。"要告张状词，少不得无中生有，以虚为实，才骗得准官府。若照状词审起来，被告没有一个不输的了。只得要审口供，那口供比状词更不足信。原被告未审之先，两边都接了讼师，请了干证，就象梨园子弟，串戏的一般。做官的做官，做吏的做吏，盘了又盘，驳了又驳，直说得一些破绽也没有，方才来听审。及至官府问的时节，又象秀才在明伦堂上讲书的一般，那一个不有条有理，就要把官府骗死也不难。那官府未审之先，也在后堂与幕宾，串过一次戏了出来的。此时只看两家造化[5]，造化高的，合着后堂的生旦，自然赢了；造化低的，合着后堂的净丑，自然输了。这是一定的道理。难道造化高的里面，就没有几个侥幸的；造化低的里面，就没有几个冤屈的不成？所以做官的人，切不可使百姓撞造化。我如今先说一个至公至明，造化撞不去的，做个引子。

崇祯年间，浙江有个知县，忘其姓名，性极聪察，惯会审无头公事。一日在街上经过，有对门两下百姓争嚷，一家是开糖店的，一家是开米店的。只因开米店的取出一个巴斗量米，开糖店的认出是他的巴斗，开米店的又说他冤民做贼，两下争闹起来。见知县抬过，结住轿子齐禀。知县先问卖糖的道："你怎么讲？"卖糖的道："这个巴斗，是小的家里的，不见了一年，他今日取来量米，小的走去认出来，他不肯还小的，所以禀告老爷。"知县道："巴斗人家都有，焉知不是他自置的？"卖糖的道："巴斗虽多，各有记认。这是小的用熟的，难道不认得？"说完，知县又叫卖米的审问。卖米的道："这巴斗是小的自己办的，放在家中用了几年。今日取出来量米，他无故走来冒认。巴斗事小，小的怎肯认个贼来，求老爷详察。"知县道："既是你自己置的，可有甚么凭据？"卖米的道："上面现有字号。"知县取上来看，果然有"某店置用"四字。又问他道："这字是买来就写的，还是用过几时了写的？"卖米的应道："买来就写的。"知县道："这桩事，叫我也不明白，只得问巴斗了。巴斗，你毕竟是那家的？"一连问了几声。看的人笑道："这个老爷是痴的，巴斗那里会说话。”知县道："你若再不讲，我就要打了。"果然丢下两根签，叫皂隶重打。皂隶当真行起杖来，一街两巷的人，几乎笑倒。打完了，知县对手下人道："取起来，看下面可有甚么东西？"皂隶取过巴斗，朝下一看，回复道："地下有许多芝麻。"知县笑道："有了干证了，叫那卖米的过来。你卖米的人家，怎么有芝麻藏在里面，这分明是糖坊里的家伙，你为何徒赖他的？"卖米的还支吾不认。知县道："还有个姓水的干证，我一发叫来审一审。这字若是买来就写的，过了这几年，自然洗刷不去。若是后来添上去的，只怕就见不得水面了。"即取一盆水，一把笀帚[6]，叫皂隶一顿洗刷，果然字都不见了。知县对卖米的道："论理该打几板，只是怕结你两下的冤仇，以后要财上分明，切不可如此。"又对卖糖的道："料他不是偷你的，或者对门对户，借去用用，因你忘记取讨，他便久假不归[7]。又怕你认得，所以写上几个字，这不过是贪爱小利，与逾墙挖壁的不同，你不可疑他作贼。"说完，两家齐叫"青天"，磕头礼拜，送知县起轿去了。那看的人，没有一个不张牙吐舌道："这样的人，才不枉教他做官。"至今传颂以为奇事。

看官要晓得这事虽奇，也还是小聪小察，只当与百姓讲个笑话一般，无关大体。做官的人，既要聪明，又要持重。凡遇斗殴相争的小事，还可以随意判断。只有人命、奸情二事，一关生死，一关名节，须要静气虚心，详审复谳。就是审得九分九厘九毫是实，只有一毫可疑，也还要留些余地，切不可草草下笔，做个铁案如山，使人无可出入。如今的官府，只晓得人命事大，议到审奸情，就象看戏文的一般，巴不得借他来燥脾胃。不知奸情审屈，常常弄出人命来，一事而成两害，起初那里知道。如今听在下说一个来，便知其中利害。

正德初年，四川成都府华阳县，有个童生，姓蒋名瑜，原是旧家子弟，父母在日，曾聘过陆氏之女。只因丧亲之后，屡遇荒年，家无生计，弄得衣食不周。陆家颇有悔亲之意，因受聘在先，不好启齿。蒋瑜长陆氏三年，一来因手头乏钞，二来因妻子还小，故此十八岁上，还不曾娶妻过门。

他隔壁有个开缎铺的，叫做赵玉吾，为人天性刻薄，惯要在外人面前卖弄家私，及至问他借贷，又分毫不肯。更有一桩不好，极喜谈人闺阃之事[8]，坐下地来，不是说张家扒灰，就是说李家偷汉，所以乡党之内，没有一个不恨他的。年纪四十多岁，止生一子，名唤旭郎。相貌甚不济，又不肯长，十五六岁，只像十二三岁的一般。性子痴痴呆呆，不知天晓日夜。

有个姓何的木客，家资甚富。妻生一子，妾生一女，女比赵旭郎大两岁。玉吾因贪他殷实，两下就做了亲家。不多几时，何氏夫妻，双双病故，彼时女儿十八岁了，玉吾要娶过门，怎奈儿子尚小，不知人事。欲待不娶，又怕他兄妹年相仿佛，况不是一母生的，同居不便。玉吾是要谈论别人的，只愁弄些话靶出来，把与别人谈论。就央媒人去说，先接过门，待儿子略大一大，即便完亲，何家也就许了。及至接过门来，见媳妇容貌又标致，性子又聪明，玉吾甚是欢喜，只怕嫌他儿子痴呆。把媳妇顶在头上过日，任其所欲，求无不与。那晓得何氏是个贞淑女子，嫁鸡逐鸡，全没有憎嫌之意。

玉吾家中有两个扇坠，一个是汉玉的，一个是迦楠香的。玉吾用了十余年，不住的吊在扇上，今日用这一个，明日用那一个，其实两件合来，值不上十两之数。他在人前骄富，说值五十两银子。一日要买媳妇的欢心，教妻子拿去，任他拣个中意的用。何氏拿了看不释手，要取这个，又丢不得那个；要取那个，又丢不得这个。玉吾之妻道："既然两个都爱，你一总拿去罢了，公公要用他自会买。"何氏果然两个都收了去，一般轮流吊在扇上，若有不用的时节，就将两个结在一处，藏在纸匣之中。玉吾的扇坠，被媳妇取去，终日捏着一把光光的扇子，邻舍家问道："你那五十两头，如今那里去了？"玉吾道："一向是房下收在那边，被媳妇看见讨去用了。"众人都笑了一笑。内中也有疑他扒灰，送与媳妇做表记的。也有知道他儿子不中媳妇之意，借死宝去代活宝的。口中不好说出，只得付之一笑。玉吾自悔失言，也只得罢了。

却说蒋瑜因家贫，不能从师，终日在家苦读。书房隔壁，就是何氏的卧房，每夜书声不到四更不住。一日何氏问婆道："隔壁读书的，是个秀才，是个童生？"婆答应道："是个老童生，你问他怎的？"何氏道："看他读书这等用心，将来必定有些好处。"他这句话，是无心说的，谁想婆竟认为有意。当晚与玉吾商量道："媳妇的卧房，与蒋家书房隔壁，日间的话，无论有心无心，到底不是一件好事。不如我和你搬到后面去，教媳妇搬到前面来，使他朝夕不闻书声，就不动怜才之念了。"玉吾道："也说得是。"拣了一日，就把两个房换转来。

不想又有凑巧的事，换不上三日，那蒋瑜又移到何氏隔壁，咿咿唔唔读起书来。这是甚么原故？只因蒋瑜是个至诚君子，一向书房做在后面的。此时闻得何氏在他隔壁做房，瓜李之嫌，不得不避，所以移到前面来。赵家搬房之事，又不曾知会他，他那里晓得。本意要避嫌，谁想反惹出嫌来。何氏是个聪明的人，明晓得公婆疑他有邪念，此时听见书声，愈加没趣。只说蒋瑜有意随着他，又愧又恨。玉吾夫妻，正在惊疑之际，又见媳妇面带愧色，一发疑上加疑。玉吾道："看这样光景，难道做出来了不成？"其妻道："虽有形迹，没有凭据，不好说破他，且再留心察访。"

看官，你道蒋瑜、何氏两个搬来搬去，弄在一处，无心做出有心的事，可谓极奇极怪了。谁想还有怪事在后，比这桩事更奇十倍，真令人解说不来。一日蒋瑜在架上取书来读，忽然书面上有一件东西，象个石子一般。取来细看，只见：

> 形如鸡蛋而略扁，润似蜜蜡而不黄。手摸似无痕，眼看怕知纹路密。远观疑有玷，近觑才识土斑生。做手堪夸，雕砍浑如生就巧。玉情可爱，温柔却似美人肤。历时何止数千年，阅人不知几百辈。

原来是个旧玉的扇坠。蒋瑜大骇道："我家向无此物，是从那里来的？我闻得本境五圣极灵，难道是他摄来富我的不成？既然神道会摄东西，为甚么不摄些银子与我？这些玩器，寒不可衣，饥不可食，要他怎的。"又想一想道："玩器也卖得银子出来，不要管他，将来吊在扇上，有人看见要买，就卖与他。但不知价值几何，遇着识货的人，先央他估一估。"就将线穿好了，吊在扇上，走进走出，再不见有人问起。

这一日合该有事，许多邻居坐在树下乘凉，蒋瑜偶然经过，邻舍道："蒋大官，读书忒煞用心，这样热天，便在这边凉凉了去。"蒋瑜只得坐下，口里与人闲谈，手中倒拿着扇子，将玉坠掉来掉去，好启众人的问端。就有个邻舍道："蒋大官好个玉坠，是那里来的？"蒋瑜道："是个朋友送的。我如今要卖，不知价值几何，列位替我估一估。"众人接过去一看，大家你看我，我看你，都不则声。蒋瑜道："何如，可有个定价？"众人道："玩器我们不识，不好乱估，改日寻个识货的来替你看。"蒋瑜坐了一会，先回去了。众人中有几个道："这个扇坠，明明是赵玉吾的，他说把与媳妇了，为甚么到他手里来？莫非小蒋与他媳妇，有些勾而搭之，送与他做表记的么？"有几个道："他方才说是人送的，这个穷鬼，那有人把这样好东西送他。不消说，是赵家媳妇嫌丈夫丑陋，爱他标致，两个弄上手送他的了，还有甚么疑得。"有一个尖酸的道："可恨那老忘八平日轻嘴薄舌，惯要说人家隐情，我们偏要把这桩事，塞他的口。"又有几个老成的道："天下的物件，相同的多，知是不是，明日只说蒋家有个玉坠，央我们估价，我们不识货，教他来估，看他认不认就知道了。若果然是他的，我们就刻薄他几句，燥燥脾胃，也不为过。"算计定了。

到第二日，等玉吾走出来，众人招揽他到店中，坐了一会，就把昨日看扇坠，估不出价来的话，说了一遍。玉吾道："这等何不待我去看看。"有几个后生的，竟要同他去，又有几个老成的，朝后生摇摇头道："教他拿来是了，何须去得。"看官，你道他为甚么不教玉吾去，他只怕蒋瑜见了对头，不肯拿出扇坠来，没有凭据，不好取笑他。故此只教一两个去，好骗他的出来，这也是虑得到的去处。谁知蒋瑜心无愧怍，见说有人要看，就交与他，自己也跟出来。见玉吾高声问道："老伯，这样东西，是你用惯的，自然瞒你不得，你道价值多少？"玉吾把坠子捏了，仔细一看，登时换了形，脸上涨得通红，眼里急得火出。众人的眼睛，相在他脸上；他的眼睛，相在蒋瑜脸上。蒋瑜的眼睛没处相得，只得笑起来道："老伯，莫非疑我寒儒家里，不该有这件玩器么？老实对你说，是人送与我的。"玉吾听见这两句话，一发火上添油，只说蒋瑜睡了他的媳妇，还当面讥诮他，竟要咆哮起来。仔细想一想道，众人面前，我若动了声色，就不好开交。这样丑事声扬开来不成体面，只得收了怒色，换做笑容，朝蒋瑜道："府上是旧家，玩器尽有，何必定要人送，只因舍下也有一个，式样与此相同，心上踌躇，要买去凑成一对，恐足下要索高价，故此察言观色，才敢启口。"蒋瑜道："若是老伯要，但凭见赐就是，怎敢论价。"众人看见玉吾的光景，都晓得是了。到背后商量道："他若拼几两银子，依旧买回去灭了迹，我们把甚么塞他的嘴？"就生个计较，走过来道："你两个不好论价，待我们替你作中。赵老爹家那一个，与迦楠坠子，共是五十两银子买的，除去一半，该二十五两。如今这个待我们拿了，赵老爹去取出那一个来，比一比好歹。若是那个好似这个，就要减几两；若是这个好似那个，就要增几两。若是两个一样，就照当初的价钱，再没得说。"玉吾道："那一个是妇人家拿去了，那里还讨得出来。"众人道："岂有此理，公公问媳妇要，怕他不肯，你只进去讨，只除非不在家里就罢了。若是在家里，自然一讨就拿出来的。"一面说，一面把玉坠取来，藏在袖中了。玉吾被众人逼不过，只得假应道："这等且别，待我去讨，肯不肯明日面话。"众人做眼做势的作别。蒋瑜把扇坠放在众人身边，也回去了。

却说玉吾怒气冲冲，回到家中，对妻子一五一十说了一遍。说完摩胸拍桌气个不了。妻子道："物件相同的尽多，或者另是一个也不可知，待我去讨讨看。"就往媳妇房中，说："公公要讨玉坠做样，好去另买，快拿出来。"何氏把纸匣揭开一看，莫说玉坠，连枷楠香的，都不见了，只得把各箱各笼倒翻了寻。还不曾寻得完，玉吾之妻就骂起来道："好淫妇，我一向如何待你，你做出这样丑事来，扇坠送与野老公去了，还故意东寻西寻，何不寻到隔壁人家去。"何氏道："婆婆说差了，媳妇又不曾到隔壁人家去，隔壁的人，又不曾到我家来，有甚么丑事做得？"玉吾之妻道："从来偷情的男子，养汉的妇人，个个是会飞的，不须从门里出入。这墙头上，屋梁上，那一处扒不过人来，丢不过东西去？"何氏道："照这样说来，分明是我与人有甚么私情，把扇坠送他去了，这等还我一个凭据。"说完，放声大哭，颠作不了。玉吾之妻道："好泼妇，你的凭证，现被众人拿在那边，还要强嘴。"就把蒋瑜拿与众人看，众人拿与玉吾看的说话，备细说了一遍，说完把何氏勒了一顿面光。何氏受气不过，只要寻死。玉吾恐怕邻舍知觉，难于收拾，只得倒叫妻子忍耐。分付丫鬟，劝住何氏。

次日走出门去，众人道："扇坠一定讨出来了。"玉吾道："不要说起，房下问媳妇要，他说娘家拿去了，一时讨不来，待慢慢去取。"众人道："他又没有父母，把与那一个，难道送他令兄不成？"有一个道："他令兄与我相熟的，待我去讨来。"说完起身要走，玉吾慌忙止住道："这是我家的东西，为何要列位这等着急？"众人道："不是我们前日看见，明明认得是你家的，为甚么在他手里？起先还只说你的度量宽弘，或者明晓得甚么原故，把与他的，所以拿来试你，不想你原不晓得，毕竟是个正气的人。如今府上又讨不出那一个，他家又现有这一个，随你甚么人，也要疑惑起来了。我们是极有涵养的，向日替你耐不住，要查个明白。你平素是最喜批评别人的，为何轮到自己身上，就这等厚道起来？"玉吾起先的肚肠，一味要忍耐，恐怕查到实处，要坏体面。坏了体面，媳妇就不好相容，所以只求掩过一时，就可以禁止下次，做个哑妇被奸，朦胧一世也罢了。谁想人住马不住，被众人说到这个地步，难道还好存厚道不成？只得拼着媳妇做事了。就对众人叹一口气道："若论正理，家丑不可外扬，如今既蒙诸公见爱，我也忍不住了。一向疑心我家淫妇，与那个畜生有些勾当，只因没有凭据，不好下手。如今有了真赃，怎么还禁得住？只是告起状来，须要几个干证，列位可肯替我出力么？"众人听见，齐声喝采道："这才是个男子。我们有一个不到官的，必非人类。你快去写起状子来，切不可中止。"玉吾别了众人，就寻个讼师，写一张状道：

> 告状人赵玉吾，为奸拐戕命事[9]：兽恶蒋瑜，欺男幼懦，觊媳姿容[10]。买屋结邻，穴墙窥诱。岂媳憎夫貌劣，

苟合从奸，明去暗来，匪朝伊夕[11]。忽于本月某夜，席卷衣玩千金，隔墙抛运，计图挈拐。身觉喊邻围救，遭伤几毙，通里某等参证。窃思受辱被奸，情方切齿，注财杀命，势更寒心。叩天正法，扶伦斩奸。上告。

却说那时节，成都有个知府，做官极其清正，有一钱太守之名。又兼不任耳目，不受嘱托，百姓有状告在他手里，他再不批属县，一概亲提，审明白了，也不申上司。罪轻的，打一顿板子，逐出免供。罪重的，立刻毙诸杖下。他生平极重的，是纲常伦理之事；他性子极恼的，是伤风败俗之人。凡有奸情告在他手里，原告没有一个不赢，被告没有一个不输到底。赵玉吾将状子写完，竟奔府里去告。知府阅了状词，当堂批个"准"字，带入后衙。次日检点隔夜的投文，别的都在，只少了一张告奸情的状子。知府道："必定是衙门人抽去了。"及至升堂，将值日书吏，夹了又打，打了又夹，只是不招。只得差人教赵玉吾另补状来，状子补到，即便差人去拿。

却说蒋瑜因扇坠在邻舍身边，日日去讨，见邻舍只将别话支吾，又听见赵家婆媳之间，吵吵闹闹，甚是疑心。及至差人奉票来拘，才知扇坠果是赵家之物。心上思量道，或者是他媳妇在梁上窥我，把扇坠丢下来，做个潘安掷果的意思[12]。我因读书用心，不曾看见，也不可知。我如今理直气壮，到官府面前，照直说去，官府是吃盐米的，料想不好难为我，故此也不诉状，竟去听审。不上几日，差人带去投到，挂出牌来，第一起就是奸拐戕命事。知府坐堂，先叫玉吾上去问道："既是蒋瑜奸你媳妇，为甚么儿子不告状，要你做公的出名，莫非你也与媳妇有私，在房里撞着奸夫，故此争锋告状么？"玉吾磕头道。"青天在上，小的是敦伦重礼之人，怎敢做禽兽聚麀之事[13]。只因儿子年幼，媳妇虽娶过门，还不曾并亲，虽有夫妇之名，尚无唱随之实。况且年轻口讷，不会讲话，所以小的自己出名。"知府道："这等他奸你媳妇，有何凭据？甚么人指见，从直讲来。"玉吾知道官府明白，不敢驾言，只将媳妇卧房与蒋瑜书房隔壁，因蒋瑜挑逗媳妇，媳妇移房避他，他又跟随引诱，不想终久被他奸淫上手，后来天理不容，露出赃据，被邻里拿住的话，从直说去。知府点头道："你这些话，到也像是真情。"又叫干证去审，只见众人的话，与玉吾句句相同，没有一毫渗漏。又有玉坠做了奸赃，还有甚么疑得。就叫蒋瑜上去道："你为何引诱良家女子，肆意奸淫，又骗了许多财物，要拐他逃走，是何道理？"蒋瑜道："老爷在上，童生自幼丧父家贫，刻苦励志功名，终日刺股悬梁，尚博不得一领蓝衫挂体，那有功夫去钻穴逾墙。只因数日之前，不知甚么原故，在书架上检得玉坠一枚，将来吊在扇上，众人看见，说是赵家之物，所以不察虚实，就告起状来。这玉坠是他的，不是他的，童生也不知道，只是与他媳妇并没有一毫奸情。"知府道："你若与他无奸，这玉坠是飞到你家来的不成？不动刑具你那里肯招。"叫皂隶夹起来[14]，皂隶就把夹棍一丢，将蒋瑜鞋袜解去，一双雪白的嫩腿，放在两块檀木之中，用力一收，蒋瑜喊得一声，晕死去了。皂隶把他头发结开，过了一会，方才苏醒。知府问道："你招不招？"蒋瑜摇头道："并无奸情，叫小的把甚么招得？"知府又叫皂隶重敲，敲了一百，蒋瑜熬不过疼，只得喊道："小的愿招。"知府就叫了松，皂隶把夹棍一松，蒋瑜又死去一刻，才醒来道："他媳妇有心到小的是真，这玉坠是他丢过来，引诱小的。小的以礼法自守，并不曾敢去奸淫他。老爷不信，只审那妇人就是了。"知府道："叫何氏上来。"看官，但是官府审奸情，先要看妇人的容貌，若还容貌丑陋，他还半信半疑。若是遇着标致的，就道他有海淫之具，不审而自明了。彼时何氏跪在仪门外，被官府叫将上去，不上三丈路，走了一二刻时辰。一来脚小，二来胆怯。及至走到堂上，双膝跪下，好象没有骨头的一般，竟要随风吹倒，那一种软弱之态，先画出一幅美人图了。知府又叫抬起头来，只见他俊脸一抬，娇羞百出，远山如画，秋波欲流。一张似雪的面孔，映出一点似血的朱唇，红者愈红，白者愈白。知府看了先笑一笑，又大怒起来道："看你这个模样，就是个淫物了。你今日来听审，尚且脸上搽了粉，嘴上点了胭脂，在本府面前，扭扭捏捏，则平日之邪行可知，奸情一定是真的了。"看官，你道这是甚么原故？只因知府是个老实人，平日又有些惧内，不曾见过美色。只说天下的妇人，毕竟要搽了粉才白，点了胭脂才红，扭捏起来才有风致。不晓得何氏这种姿容态度，是天生成的，不但扭捏不来，亦且洗涤不去，他那里晓得。说完了又道："你好好把蒋瑜奸你的话，从直说来，省得我动刑具。"何氏哭起来道："小妇人与他并没有奸情，教我从那里说起。"知府叫拶起来，皂隶就吆喝一声，将他纤手扯出，可怜四个笋尖样的指头，套在笔管里面，抽将拢来，教他如何熬得，少不得娇啼婉转，有许多可怜的态度做出来。知府道："他方才说，玉坠是你丢去引诱他的，他到皈罪于你[15]，你怎么还替他隐瞒？"何氏对着蒋瑜道："皇天在上，我何曾丢玉坠与你？起先我在后面做房，你在后面读书引诱我。我搬到前面避你，你又跟到前面来。只为你跟来跟去，起了我公婆疑惑之心，所以陷我至此。我不埋怨你就够了，你到冤屈我起来。"说完放声大哭。知府肚里思量道，看他两边的话，渐渐有些合拢来了。这样一个标致后生，与这样一个娇艳的女子，隔着一层单壁，干柴烈火，岂不做出事来。如今只看他原夫生得何如，若是原夫之貌，好似蒋瑜，还要费一番推敲。倘若相貌庸劣，自然情弊显然了。就分付道："且把蒋瑜收监，明日带赵玉吾的儿子来，再审一审，就好定案。"只见蒋瑜送入监中，十分狼狈，禁子要钱，脚骨要医，又要送饭调理，囊中没有半文，教他把甚么使费？只得央人去问岳丈借贷。陆家一向原有悔亲之心，如今又见他弄出事来，一发是眼中之钉，鼻头之醋了，那里还有银子借他。就回复道："要借贷是没有，他若肯退亲，我情愿将财礼送还。"蒋瑜此时性命要紧，那里顾得体面，只得写了退婚文书，央人送去，方才换得些银子救命。

且说知府因接上司，一连忙了数日，不曾审得这起奸情。及至公务已完，才叫原差带到，各犯都不叫，先叫赵旭郎上来。旭郎走到丹墀[16]，知府把他仔细一看，是怎生一个模样？有《西江月》为证：

> 面似退光黑漆，发如鬈累金丝。鼻中有涕眼多脂，满脸密麻兼痣。 劣相般般俱备，谁知更有微疵：瞳人内有好花枝，睁着把官斜视。

知府看了这副嘴脸，心上已自了然。再问他几句话，一字也答应不来，又知道是个憨物，就道："不消说了，叫蒋瑜上来。"蒋瑜走到，膝头不曾着地，知府道："你如今招不招？"蒋瑜仍旧照前说去，只不改口。知府道："再夹起来。"看官，你道夹棍是件甚么东西，可以受两次的？熬得头一次不招，也就是个铁汉子了。临到第二番，莫说笞杖徒流的活罪宁可认了，不来换这个苦吃，就是砍头、刖足[17]、凌迟[18]、碎剐的极刑，也只得权且认了，抗过一时，这叫做在生一日，胜死千年。为民上的要晓得犯人口里的话，无心中试出来的才是真情；夹棍上逼出来的总非实据。从古来这两块无情之木，不知屈死了多少良民。做官的人少用他一次，积一次阴功，多用他一番，损一番阴德。不是甚么家常日用的家伙，离他不得的。蒋瑜的脚骨，前次夹扁了，此时还不曾复原，怎么再吃得这个苦起。就喊道:"老爷不消夹,小的招就是了。何氏与小的通奸是实,这玉坠是他送的表记,小的家贫留不住,拿出去卖,被人认出来的,所招的是实。"知府就丢签下来,打了二十。叫赵玉吾上去问道:"奸情审得是真了,那何氏你还要他做媳妇么?"赵玉吾道:"小的是有体面的人,怎好留失节之妇,情愿叫儿子离婚。"知府一面教画供,一面提起笔来判道:

审得蒋瑜、赵玉吾,比邻而居。赵玉吾之媳何氏,长夫数年,虽赋桃夭[19],未经合卺[20]。蒋瑜书室与何氏卧榻,止隔一墙,怨旷相挑,遂成苟合。何氏以玉坠为赠,蒋瑜贫而售之,为众所获,交相播传。赵玉吾耻蒙墙茨之声[21],遂有是控,据瑜口供,事事皆实。盗淫处女,拟辟何辞,因属和奸,姑从轻拟。何氏受玷之身,难与良人相匹,应遣大归。赵玉吾家范不严,薄杖示儆。

众人画供之后,各个讨保还家。

却说玉吾虽然赢了官司,心上到底气愤不过。听说蒋瑜之妻陆氏已经退婚,另行择配。心上想道,他奸我的媳妇,我如今偏要娶他的妻子,一来气死他,二来好在邻舍面前说嘴。虽然听见陆家女儿容貌不济,只因被那标致媳妇弄怕了,情愿娶个丑妇,做良家之宝。就连夜央人说亲,陆家贪他豪富,欣然许了。玉吾要气蒋瑜,分外张其声势,一边大吹大擂,娶亲进门;一边做戏排筵,酬谢邻里,欣欣烘烘,好不闹热。蒋瑜自从夹打回来,怨深刻骨,又听见妻子嫁了仇人,一发咬牙切齿。隔壁打鼓,他在那边捶胸;隔壁吹箫,他在那边叹气。欲待撞死,又因大冤未雪,死了也不瞑目,只得贪生忍耻,过了一月有余。

却说知府审了这桩怪事之后,不想衙里也弄出一桩怪事。只因他上任初,公子病故,媳妇一向寡居,甚有节操。知府有时与夫人同寝，有时在书房独宿。忽然一日，知府出门拜客，夫人到他书房闲玩。只见他床头边帐子外，有一件东西，塞在壁缝之中，取下来看，却是一只绣鞋。夫人仔细识认，竟像媳妇穿的一般，就藏在袖中，走到媳妇房里，将床底下的鞋子数一数，恰好有一只单头的，把袖中那一只，取出来一比，果然是一双。夫人平日原有醋癖，此时那里忍得住，少不得千淫妇，万娼妓，将媳妇骂起来。媳妇于心无愧，怎肯受这样郁气，就你一句，我一句，斗个不了。正斗在闹热头上，知府拜客回来，听见婆媳相争，走来劝解。夫人把他一顿老扒灰，老无耻，骂得口也不开，走到书房，问手下人道："为甚么原故？"手下人将床头边寻出东西，拿去合着油瓶盖的说话，细细说上。知府气得目定口呆，不知那里说起，正要走去与夫人分辩，忽然丫鬟来报道："大娘子吊死了。"知府急得手脚冰冷，去埋怨夫人，说他屈死人命。夫人不由分说。一把揪住，将面上胡须捽去一半。自古道："蛮妻、拗子，无法可治。"知府怕坏官箴，只得忍气吞声，把媳妇殡殓了。一来肚中气闷不过，无心做官，二来面上少了胡须，出堂不便，只得往上司告假一月，在书房静养。终日思量道，我做官的人，替百姓审明了多少无头公事，偏是我自家的事，再审不明。为甚么媳妇房里的鞋子会到我房里来？为甚么我房里的鞋子又会到壁缝里去？翻来复去想了一月，忽然大叫起来道："是了，是了。"就唤丫鬟，一面请夫人来，一面叫家人伺候。及至夫人请到，知府问前日的鞋子在那里寻出来的，夫人指了壁洞道："在这个所在，你藏也藏得好，我寻也寻得巧。"知府对家人道："你替我依这个壁洞，拆将进去。"家人拿了一把薄刀，将砖头撬去一块。回复道："里面是精空的。"知府道："正在空处可疑，替我再拆。"家人又拆去几块砖，只见有许多老鼠，跳将出来。知府道："是了，看里面有甚东西?"只见家人伸手进去，一连扯出许多许多物件来。布帛菽粟，无所不有。里面还有一张绵纸，展开一看，原来是前日查检不到、疑衙门人抽去的那张奸情状子。知府长叹一声道："这样冤屈的事，教人那里去伸?"夫人也豁然大悟道："这等看来，前日那只鞋子也是老鼠衔来的。只因前半只尖，后半只秃，他要扯去洞去，扯到半中间，高底碍住扯不进，所以留在洞口了。可惜屈死了媳妇一条性命!"说完，捶胸顿足，悔个不了。

　　知府睡到半夜，又忽然想起那桩奸情事来。踌躇道："官衙里有老鼠，百姓家里也有老鼠。焉知前日那个玉坠不与媳妇的鞋子一般，也是老鼠衔去的?"思量到此，等不到天明，就教人发梆。一连发了三梆，天也明了，走出堂去，叫前日的原差将赵玉吾、蒋瑜一干人犯带来复审。蒋瑜知道，又不知那头祸发，冷灰里爆出炒豆来，只得走来伺候。知府叫蒋瑜、赵玉吾上去，都一样问道："你们家里都养猫么?"两个都应道："不养。"知府又问道："你们家里的老鼠多么?"两人都应道："极多。"知府就分付一个差人，押了蒋瑜回去，"凡有鼠洞可拆进去，里面有甚么东西，都取来见我。"差人即将蒋瑜押去，不多时，取了一粪箕的零碎物件来。知府叫他两人细认，不是蒋家的，就是赵家的，内中有一个迦楠香的扇坠，咬去一小半，还剩一大半。赵玉吾道："这个香坠，就是与那个玉坠，一齐交与媳妇的。"知府道："是了，想是两个结在一处，老鼠拖到洞口，咬断了线掉下来的。"对蒋瑜道："这都是本府不明，教你屈受了许多刑罚，又累何氏冒了不洁之名，惭愧，惭愧。"就差人去唤何氏来，当堂分付赵玉吾道："他并不曾失节，你原领回去做媳妇。"赵玉吾磕头道："小的儿子已另娶了亲事，不能两全，情愿听他别嫁。"知府道："你娶甚么人家女儿，这等成亲得快?"蒋瑜哭诉道："老爷不问及此，童生也不敢伸冤，如今只得哀告了，他娶的媳妇，就是童生的妻子。"知府问甚么原故？蒋瑜把陆家爱富嫌贫，赵玉吾恃强夺取的话，一一诉上。知府大怒道："他倒不曾奸你媳妇，你的儿子倒奸了他的发妻，这等可恶。"就丢下签来，将赵玉吾重打四十，还要问他重罪。玉吾道："陆氏虽娶过门，还不曾与儿子并亲，送出来还他就是。"知府就差人立取陆氏到官，要思量断还蒋瑜。不想陆氏拘到，知府教他抬头一看，只见发黄脸黑，脚大身矬，与赵玉吾的儿子，却好是天生一对，地产一双。知府就对蒋瑜指着陆氏道："你看他这个模样，岂是你的好逑？"又指着何氏道："你看他这种姿容，岂是赵旭郎的伉俪？这等看来，分明是造物怜你们错配姻缘，特地着老鼠做个氤氲使者[22]，替你们改正过来的。本府就做了媒人，把何氏配你。"唤库吏取一百两银子，赐与何氏备妆奁。一面取红花，唤吹手，就教两人在丹墀下拜堂，迎了回去。后来蒋瑜、何氏夫妻恩爱异常。不多时，宗师科考，知府就将蒋瑜荐为案首，以儒士应试，乡、会联捷。后来由知县也升到四品黄堂，何氏受了五花封诰，俱享七十而终。

却说知府自从审屈了这桩词讼，反躬罪己，申文上司，自求罚俸。后来审事，再不敢轻用夹棍。起先做官，百姓不怕他不清，只怕他太执。后来一味虚衷，凡事以前车为戒，百姓家家庆祝，以为周召文再生。后来直做到侍郎才住。只因他生性极直，不会藏匿隐情，常对人说及此事。人都道，不信川老鼠这等利害，媳妇的鞋子，都会拖到公公房里来。后来就传为口号，至今叫四川人为川老鼠。又说传道，四川人娶媳妇，公公先要扒灰，如老鼠打洞一般，尤为可笑。四川也是道德之乡，何尝有此恶俗。我这回小说，一来劝做官的，非人命强盗，不可轻动夹足之刑，常把这桩奸情，做个殷鉴[23]；二来叫人不可象赵玉吾，轻嘴薄舌，谈人闺阃之事，后来终有报应；三来又为四川人暴白老鼠之名，一举而三善备焉，莫道野史无益于古。

（选自《无声戏》）

[注释]

[1] 弊窦——发生弊害的漏洞。

[2] 矢公——正直的人。矢，正直，端正。

[3] 虚里舍己——即虚己，虚心。

[4] 尸祝——立尸而祝祷之，表示崇敬。

[5] 造化——幸运，运气。

[6] 筅（xiǎn 显）——同"筅"。刷洗用的帚。

[7] 皈（guī 规）——此同"归"。

[8] 闺闼（kǔn 捆）——妇女的居室。也借指女子。

[9] 戕（qiāng 枪）命——残害性命。

[10] 觊（jì 记）——即"觊觎"，非分的希望。此指偷看。

[11] 匪朝伊夕——不是早晨就是晚上。伊，是。

[12] 潘安掷果——潘安，即，潘岳，晋人，字安仁，曾为河阳令。据说潘安容貌很美，每次出门时，妇人都争着将果子投满他的车厢。因此，人们以"潘安掷果"形容美男子为妇女所爱慕。

[13] 禽兽聚麀——指两代人之间的乱伦淫秽行为。麀（yōu 优），母鹿。禽兽不知人伦，故言。

[14] 皂隶——旧时衙门的差役。

[15] 皈罪——归罪。皈同"归"。

[16] 丹墀（chí 迟）——古代宫殿前的石阶。因漆成红色，故称丹墀。

[17] 刖（yuè 月）——古代砍去两脚的酷刑。

[18] 凌迟——即剐刑，将犯人零刀碎割至死。为古代最残酷的极刑。

[19] 桃夭——《诗经·周南》篇名。诗以桃花盛开为喻，赞美男女及时嫁娶。是一首祝贺新婚的诗。

[20] 合卺（jǐn 紧）——即成婚。卺是瓢，古时举行婚礼时，要将瓠分成两个瓢，新郎新娘各拿一个，用来饮交杯酒。

[21] 墙茨——指闺门淫乱之事。《墙有茨》是《诗经·鄘风》的篇名。诗中说："墙有茨，不可埽也……"意谓想扫除墙上的疾藜又担心坏墙毁家。

人们认为此诗是在讽刺卫惠公母宣姜淫乱。

[22] 氤氲（yīn yūn 因晕）使者——传说中的媒妁之神。

[23] 殷鉴——本指殷灭夏，殷的后代应以夏亡为鉴戒，后来泛指可作鉴戒的前事。

[鉴赏]

小说和戏剧，虽然是两类不同性质的文学作品，但是它们之间却有着相通之处。本篇小说的作者、清代著名的戏剧作家和戏剧理论家李渔，对此有着很深刻的认识。李渔将自己的第一部小说集取名为《无声戏》，他认为，小说就是无声的戏剧，而戏剧又是有声的小说。

《清官不受扒灰谤　义士难伸窃妇冤》选自李渔的小说集《无声戏》（后合入其小说集《连城璧》）。人们读起这篇小说，真如同在观赏一出生动感人的戏剧。鲜明突出的人物形象，曲折离奇的故事情节，深深地吸引和打动着读者，从而给人们以深刻的启示。

这篇小说讲述的是一个名为"钱太守"的清官知府错判了一桩假奸情案，后来又纠正过来的故事。

开缎铺的赵玉吾，平时轻嘴薄舌，爱说人闲话，不料自家存放在媳妇那里的玉扇坠，被大老鼠拖到隔壁读书人蒋瑜那里去了。蒋瑜拾得玉扇坠吊在扇子上，被邻居发现，告诉赵玉吾。赵玉吾坚信媳妇与蒋瑜有奸情告到官府。钱太守用重刑屈打成招，蒋瑜受了冤屈。不料，钱太守家的大老鼠有一天也将他寡居媳妇的绣鞋拖到了他的屋里，知府夫人大吵大闹，媳妇寻死上吊，钱太守忍气吞声。后来钱太守仔细考虑，查出是老鼠所为，这才发觉蒋瑜那桩奸情案是错判的，于是将其纠正过来。蒋瑜又因祸得福，娶美貌的何氏为妻，并经知府举荐应试中举，后来升为四品官。小说好似一出悲喜剧，让人噙着眼泪去笑，而在这泪水和笑声之中，又包含着很深的意义。

细读这篇作品，我们便会发现，作者写此小说的目是为了"劝世"。小说结尾写道："莫道野史无益于古"。小说在开头的引语之后也说："这首诗，是劝世上做清官的，也要虚里舍己，体贴民情……"

李渔生活在明末清初，他对当时社会的黑暗政治，有着较清醒的认识。作为一个社会责任感很强的文人，李渔试图通过自己的文学作品，为改变当时社会的不良风气起到一定的作用。

李渔在《闲情偶寄·凡例》中说："风俗之靡犹如人心之坏，正俗必先正心。然近日人情，喜读闲书，畏听庄论，有心劝世者，正告则不足，旁引曲譬则有余。"他的这篇《清官不受扒灰谤　义士难伸窃妇冤》，也正是针对当时"风俗之靡""人心之坏"的社会现实，通过广大读者喜闻乐见的讲故事的形式，起到"劝世"之功效的。

李渔在这篇小说中，一劝那些做清官的，断案也要注重调查研究，切不可草率行事。

小说的"入话"，引了一个聪明的知县巧断"巴斗"案的故事。这个故事，犹如戏剧中的序幕，为后面人物的登场，情节的展开，主题的表现，奠定了基础。作者在讲述了这则故事之后，告诫人们："做官的人，既要聪明，又要持重。……只有人命、奸情二事，一关生死，一关名节，须要静气虚心，详审复谳。就是审得九分九厘九毫是实，只有一毫可疑，也还要留些余地，切不可草草下笔，做个铁案如山，使人无可出入。"

"入话"之后，"正文"中的故事展开了。如同一出戏剧，人物纷纷登场，当主人公成都知府出现时，作者介绍他说："做官极其清正"，"不任耳目，不受嘱托"，"一概亲提"等等。看上去，他是当时社会上少有的"清官"。对于蒋瑜的这桩假奸情案，知府也是亲自审理的，他详细地询问了原告，又问了旁证，掌握了物证"玉扇坠"，从而相信蒋瑜犯有奸情是真的了。接着，知府又先后提审蒋瑜、赵家儿媳何氏，以及赵旭郎等人……表面看，知府办案是认真的，审问也是细致的，然而因其过于相信自己的判断而在提审被告时，动用了刑具，将案犯屈打成招，制造了冤假错案。

故事并没有就此结束，数日之后，由于大老鼠将儿媳妇的绣鞋拖到知府房中，引出了一场家庭纠纷。知府在处理此事中，发现是老鼠将物品拖至他处，于是联想到蒋瑜的案子可能是错判的。知府立刻重新审理此案，调查清楚之后，知府向蒋瑜承认了错误，并亲自做媒，让蒋瑜娶何氏为妻，还举荐他做了官。作品最后交待说："知府自从审屈了这桩词讼，反躬罪己，申文上司，自求罚俸""后来一味虚衷，凡事以前车为戒，百姓家家庆祝，以为周召文再生"。一出"无声的戏剧"结束了，主人公清官知府给人留下了深刻的印象。通过他的音容笑貌，以及对问题的思考和处理等等，作者为人们塑造了一个正面的封建官吏形象。作者对他基本是肯定的，虽然对他的错误和缺点也有批评，但仍将他写成了一个知错就改的清官。

杜濬在为《无声戏》写的序言中曾说：当今世界"迷而不知悟，江河日下而不可返"，读了李渔的小说"能使好善之心苏苏而动，恶恶之念油油而生"，"天下之人皆得见其书"，作者"维持世道之心，亦沛然遍于天下"。的确，李渔将改变"江河日下"的社会风气之希望，寄托在了那些公正廉明的清官身上，他的这篇小说，最主要的目的就是在于劝告世上做清官的人，为官要更加廉明清正，切不可草率行事。如此，世风方可正，世道方可兴。

李渔在这篇小说中的"劝谕"渗透于钱太守审案的全部过程中，其中对使用重刑的细节，写得比较具体。通过这些细节描写，劝告那些执法断案的官吏们，"不可轻动夹足之刑"。小说主人公成都知府钱太守是个清官，但作者介绍他审理案子时，"罪轻的，打一顿板子，逐出免供。罪重的，立刻毙诸杖下。"在审问蒋瑜这桩案子时，这位清官又多次动用重刑。皂隶"将鞋袜解去，一双雪白的嫩腿，放在两块檀木之中，用力一收，蒋瑜喊得一声，晕死去了。""知府又叫皂隶重敲，敲了一百，蒋瑜熬不过疼，只得喊道：'小的愿招。'"蒋瑜的招供并不能令知府满意，于是又再次用重刑。作者叙述到这里时，忍不住大声疾呼，发表议论："看官，你道夹棍是件甚么东西，可以受两次的，熬得头一次不招，也就是个铁汉子了。临到第二番，莫说笞杖徒流的活罪宁可认了，不来换这个苦吃，就是砍头、刖足、凌迟、碎剐的极刑，也只得权且认了……夹棍上逼出来的总非实据。从古来这两块无情之木，不知屈死了多少良民。做官的人少用他一次，积一次阴功，多用他一番，损一番阴德……"经过严刑逼供，蒋瑜屈打成招，清官就这样结了案。清官办案用刑尚如此凶残，那些贪官以及一般的官吏就更不在话下了。通过这些，读者可以了解到封建社会官场的腐败黑暗，而作者的用意在小说的最后也写明了："我这回小说，一来劝做官的，非人命强盗，不可轻动夹足之刑，常把这桩奸情，做个殷鉴。"作者的这种劝谕在当时说来，无疑是有积极作用的。

作者在这篇小说中，除了劝诫清官办案时要注重调查研究，不可草率行事，劝诫执法官不要轻易动用重刑之外，他还劝告人们，不可像赵玉吾一样轻嘴薄舌，做人要老实本分，世上的事情都有个"因果报应"。在李渔的笔下，开缎铺的赵玉吾，生性刻薄，极喜谈人闺阃之事，不是说张家扒灰，就是说李家偷汉，人人恨他。于是作者安排了玉扇坠事件就偏偏发生在他家。他打官司最初虽赢了，但当水落石出，真相大明后，他也因"恃强夺取"而被重打四十，自家的美貌儿媳妇也由知府做媒嫁给了蒋瑜。

蒋瑜是个老实的读书人，自己虽受冤屈，也不肯陷害别人。对这样的好人，作者安排他最后得到平反，娶了美貌的女子为妻，又受知府举荐，应试中举，升为四品官，享受荣华富贵，善人得到了"善报"。

知府钱太守，虽为清官，但用重刑逼供，制造了冤案。因此作者也给了他一个不小的惩罚——让他背了扒灰的黑锅，守寡的儿媳妇又含冤上吊。而他作为一个清官，勇于改正错误，所以作者最后仍安排他得到了善报——受到百姓拥戴，官升侍郎。

作品中这些人物富于戏剧性的结局，一方面激发起读者的阅读兴趣，另一方面，又形象地向人们宣传了"因果报应"的思想。在当时，拟话本小说的读者，多为一般市民阶级。明末清初，商品经济有了发展，市民阶级不断壮大，他们在社会活动中，渴望得到平等与公正，总希望善有善报，恶有恶报。李渔这篇小说中所讲的"因果报应"，也正好反映了广大市民的这种心态。再有，针对当时"风俗之靡""人心之坏"的社会现实，李渔从善恶角度来讲"因果报应"，也是在"劝世"，让人们读了作品之后，"好善心生，恶恶念起"，以求人人和睦，天下太平。

李渔对小说"劝世"作用的重视清晰地表现了他的小说观。他认为，小说不仅仅是娱乐和消遣的工具，作家不是为写小说而写小说。他在另一部小说集《十二楼》的序中曾说："与其以诗文造业，何如以稗史造福"，故他"终不敢以稗史为末技"。在其他小说中他还说："小说不是无用之书""我的这回小说，就是一本相书，看官看完了，大家都把镜子照一照""各洗尊眸，看演这出无声戏"等等。充分显示了他对小说社会作用的重视。

李渔才气横溢，堪称小说创作的行家里手，他的小说在当时就深负盛名，被誉为"清人第一"。当代小说研究家孙楷弟先生也曾说过："求短篇小说于清代，除笠翁外，亦更无人。"从《清官不受扒灰谤 义士难伸窃妇冤》这篇小说作品中，我们可以看出李渔小说创作的艺术特色。

首先，李渔的小说刻意求奇，追求情节曲折。他主张"脱窠臼"，非奇不传，反对拾人牙慧。《清官不受扒灰谤 义士难伸窃妇冤》的故事就是非常新奇的，奇到了常人难以想象的地步。蒋瑜因为大老鼠拖玉扇坠蒙受冤屈，清官钱太守又因大老鼠拖绣鞋引起扒灰的嫌疑，从而察觉了自己审判之误，为蒋瑜平了反。赵玉吾为了报复，存心娶了蒋瑜的貌丑的未婚妻为儿媳，而蒋瑜冤案大白之后，知府又亲自做媒，并取一百两银子当嫁奁，让蒋瑜娶了赵家美貌的儿媳为妻。奇闻巧事构成了小说故事的基础。另外，作品中的一些细节，也安排得比较奇巧。比如，蒋瑜与赵家媳妇何氏住室仅一壁之隔，为了避嫌，两人都先后搬到前面的房子去住，谁能料到，这一搬却又成了隔壁。如此等等，作者极营造曲折离奇之能事，以巧妙的情节，赢得读者的浓厚兴趣。

结构缜密，脉络清楚，注意细节描绘，是李渔小说创作的又一艺术特色。在这篇小说的"入话"中，先引一个清官巧妙断案的小故事，然后进入正文，详尽地叙述了这件离奇冤案。在叙述的过程中，每个人物的身分，背景都交代得非常清楚；事件的前因后果，情节的每一关键之处都说得明明白白，环环紧扣。虽然作品中人物关系极为微妙，矛盾错综复杂，情节起伏变化很大，但是作者抓住了故事的主线，注重细节描绘，前呼后应，因而使人们读起来感到事情的眉目非常清楚，毫无纷繁杂乱之感。李渔创作理论中的"立主脑""密针线""减头绪"等原则，在这篇小说中，都得到了体现。

再有，李渔可称为运用语言的大师，他的作品语言生动，涉笔成趣，常用的虽系俚俗之语，浅显通俗，但俗中有奇，意趣盎然，这篇小说的语言就是如此。比如，蒋瑜输了官司，赵家又要蒋瑜的未婚妻为儿媳，这时作者写道："玉吾要气蒋瑜，分外张其声势，一边大吹大擂，娶亲进门；一边做戏排筵，酬谢邻里，欣欣烘烘，好不闹热。蒋瑜自从夹打回来，怨深刻骨，又听见妻子嫁了仇人，一发咬牙切齿。隔壁打鼓，他在那边捶胸；隔壁吹箫，他在那边叹气……"寥寥数语，而且又都是日常生活中的本色语言，却生动而鲜明地再现了当时的场景，充分表达了不同人物的各自心态，人们读起来饶有趣味。再比如，写赵家为痴呆的儿子娶了聪明美丽的何氏时，说赵家"把媳妇顶在头上过日，任其所欲，求无不与"，为买媳妇欢心，赵玉吾将心爱的扇坠送给她，别人说这是"借死宝去代活宝"。这些通俗的民间语言，既厚朴温润，又新鲜生动。整个作品的语言，流畅简洁，充分显示了李渔在语言运用方面的深厚功力。

这篇白话短篇小说，从思想内容到艺术表现手法，都很有特色，它显示了戏剧家李渔在小说创作方面的成就，的确像一部"无声的戏剧"，给人留下了深刻的印象。当然，读罢这篇小说，也让人感到有不足之处。比如，作者过分追求情节的离奇，使人产生编造之感；结局交待蒋瑜官升四品与何氏尽享荣华，落入俗套，也使作品思想性有所削弱。但是，从总体上看，这篇作品可称为一篇成就很高的白话短篇小说。

（石体信）

朱履佛
去和尚偷开月下门
来御史自鞠井中案[1]

清·笔炼阁主人

冤狱多，血泪枯，兔爱偏教雉入罗。佛心将奈何。明因果，证弥陀，变相如来东土过。澄清苦海波。

《长相思》

自来出家与读书一般，若出家人犯了贪嗔痴淫杀盗，便算不得如来弟子，譬如读书人忘了孝弟忠信、礼义廉耻，也便算不得孔门弟子。每怪世上有等喜欢和尚的，不管好歹，逢僧便拜。人若说读书人不好，他便信了；若说出家人不好，他只不信。殊不知那骂和尚的骂他不守如来戒，这不是谤僧谤佛谤法，正是爱僧奉佛护法。如今待在下说几个挂名出家的和尚却是活强盗，再说两个发心皈佛的俗人倒是真和尚，还有个不剃发、不披缁[2]、守正持贞、除凶去暴、能明孔子教的宰官，就是能守如来戒的菩萨。这段因果，大众须仔细听者。

宋徽宗政和年间，浙江桐乡县一个书生，姓来名法，字本如，年方弱冠，父母双亡，未有妻室。他青年好学，家道虽贫，胸中却富，真个文通经史，武谙韬钤[3]，更兼丰姿潇洒，性地刚方。只是多才未遇，年过二十，尚未入泮，在城外一个乡村财主家处个训蒙之馆。那财主姓水名镒，有一女儿，小字观姑，年已十四，是正妻所出。正妻没了，有妾封氏月姨，生子年方六岁，延师就学，因请来生为西席。那月姨自来生到馆之日，窥见他是个美少年，便时常到书馆门首探觑。来生却端坐读书，目不邪视。月姨又常到他窗前采花，来生见了，忙立起身，背窗而立。月姨见他如此，故意使丫鬟、养娘们送茶送汤出来，与来生搭话。来生通红了脸，更不交谈。有诗为证：

闲窗独坐午吟余，有女来窥笑读书。

欲把琴心通一语，十年前已薄相如。

自此水家上下诸人，都说我家请的先生倒像一个处女。水员外爱他志诚，有心要把女儿招赘他，央媒与他就合，倒是来生推辞道："我虽读书，尚未有寸进。且待功名成就，然后议亲未迟。"自此把姻事停阁了。

一日，来生欲入城访友，暂时假馆。到得城中，盘桓了半日。及至出城，天色已晚。因贪近路，打从捷径行走。走不上二三里，到一个古庙门前，忽听得里面有妇人啼喊之声。来生疑忌，推门进去打一看，只见两个胖大和尚，拿住一个少年妇人，剥得赤条条的，按倒在地。来生吃了一惊，未及开言，一个和尚早跳起身，提着一根禅杖，对来生喝道："你来吃我一杖！"来生见不是头，转身往外便走，却被门槛一绊，几乎一跌，把脚上穿的红鞋绊落一只在庙门外。回头看时，和尚赶来将近，来生着了急，赤着一只秃袜子，望草地上乱窜。和尚大踏步从后追赶。来生只顾向深草中奔走，不堤防草里有一口没井栏的枯井，来生一个脚错，扑翻身跌落下去了。和尚赶到井边，往下望时，里面黑洞洞地，把禅杖下去搠，却搠不着底，不知这井有几多深。料想那人落了下去不能得出，徘徊了半晌，慢慢的拖着禅杖仍回庙里。只见庙里那妇人已被杀死在地，那同伙的僧人，已不知去向。这和尚惊疑了一回，拽开脚步，也逃奔别处去了。正是：

淫杀一时并行，秃驴非常狠毒。

菩萨为之低眉，金刚因而怒目。

看官听说：原来那妇人乃城中一个开白酒店仰阿闰的妻子周氏，因夫妻反目，闹了一场，别气要到娘家去。娘家住在乡村，故一径奔出城来，不想到那古庙前，遇着这两个游方和尚，见他孑身独行，辄起歹意，不由分说，拥入庙中，强要奸淫，却被来生撞破。一个和尚便去追赶来生，那个在庙里的和尚因妇人声唤不止，恐又有人来撞见，一时性起，把戒刀将妇人搠死，也不等伙伴回来，竟自逃去。

这边仰家几个邻舍见周氏去了，都来劝仰阿闰道："你家大嫂此时出城，怕走不到你丈母家里了。况少年妇女，如何放他独自行走？你还该同我们赶去劝他转来。"仰阿闰怒气未息，还不肯行动，被众人拉着，一齐赶出城，迤逦来至古庙前。忽见一只簇新的红鞋落在地上，众人拾起看了道："这所在那里来这东西，莫不里面有人么？"便大家走进庙来看。不看时犹可，看了都吓了一跳。只见地上一个妇人满身血污，赤条条的死在那里。仔细再看，不是别人，却就是仰阿闰的妻子周氏，项上现有刀搠伤痕，众人大惊。仰阿闰吓得目瞪口呆，做声不得。众人都猜想道："谋死他的一定就是那遗失红鞋的人，此人料去不远，我们分头赶去，但见有穿一只红鞋的便拿住他罢了。"于是一哄的赶出庙来。行不半里，只听得隐隐地有人在那里叫救人。众人随着声音寻将去，却是草地上枯井中有人在下面叫唤。众人惊怪，便都解下搭膊脚带之类，接长了，挂将下去。来生见有人救他，慌忙扯住索头，众人发声喊，一齐拽将起来。看时，正是一只脚穿红鞋的人。把拾来那一只与他脚上穿的比对，正是一样的。众人都道："天网恢恢，疏而不漏。你谋死了人，天教你落在这井里。"来生失惊道："我谋死了什么人？"众人道："你还赖哩！"便把来生拥到庙里，指着死妇人道："这不是你谋死的？"来生叫起屈来，将方才遇见和尚，被赶落井的事说了一遍。众人那里信他。正是：

> 黑井方出，红鞋冤证。
>
> 百口辩来，无人肯信。

众人当下唤出地方里长，把妇人尸首交付与看管，一面纽住来生去县里首告。县官闻是人命重情，随仰巡捕官出城查验尸首。次日早堂，带进一干人犯听审。原来那知县姓胡名浑，本是蔡京的门生，性最奉佛，极喜的是斋僧布施。当日审问这宗公事，先问了仰阿闰并众邻里口词，便喝骂来生："你如何干这歹事？"来生把实情控诉，知县道："你既撞见僧人，可晓得他是那寺里的和尚？"来生道："他想是远方行脚的，那里认得？"知县又问众人道："你等赶出城时，路上可曾见有两个行脚僧人？"众人都说没有。知县指着来生骂道："我晓得你这厮于旷野中过见妇人，起了不良之心，拉到庙里欲行奸骗，恨其不从，便行谋害。又怕被人撞破，心慌逃避，因此失履堕井。如今怎敢花言巧语，推在出家人身上？"来生大叫冤屈，知县道："这贼骨头，不打如何肯招！"喝教左右动刑。来生受刑不过，只得依着知县口语屈招了。知县立了文案，把来生问成死罪，下在狱中。一面着该地方殡殓妇人尸首，仰阿闰及众邻舍俱发放宁家。

此时哄动了城内城外之人，水员外闻了这个消息，想道："来先生是个志诚君子，岂肯作此歹事？其中必有冤枉。"因即亲到狱中探望。来生泣诉冤情，水员外再三宽慰。那来生本是一贫如洗，以馆为家的，虽有几个亲戚，平日也只淡淡来往，今见他犯了事，都道自作自受，竟没一个来看顾他。只有水员外信他是好人，替他叫屈，不时使人送饭，又替他上下使钱，因此来生在狱中不十分吃苦。正是：

> 仲尼知人，能识公冶。
>
> 虽在缧绁[4]，非其罪也。

光阴迅速，来生不觉在狱中坐过三年。那胡知县已任满去了，新知县尚未到任。此时正值江南方腊作乱，朝廷敕命张叔夜为大招讨，领着梁山泊新受招安的一班人马攻破方腊。那方腊弃了江南，领败残兵马望浙江一路而来。路经桐乡县，县中正当缺官，其署印衙官及书吏等都预先走了，节级、禁子亦都不见，狱门大开，狱中罪犯俱乘乱逃出，囹圄一空[5]，只有来生一个人坐在狱中不去。方腊兵马恐官军追袭，不敢停留，连夜往杭州去了。随后张招讨领兵追来，到县中暂驻，安辑人民，计点仓库、牢狱，查得狱中众犯俱已脱逃，只有一个坐着不去。张招讨奇异，唤至军中问道："狱囚俱乘乱走脱，你独不走，却是何意？"来生道："本身原系书生，冤陷法网，倘遇廉明上官，自有昭雪之日；今若乘乱而走，即乱民也，与寇无异。故宁死不去耳。"张招讨听罢，点头叹道："官吏人等，若能都似你这般奉公守法，临难不苟，天下安得乱哉。"因详问来生犯罪缘由，来生将上项事情并被刑屈招的事细细陈诉。张招讨遂取县中原卷仔细从头看了，便道："当时问官好没分晓，若果系他谋死妇人，何故反留红履自作证据？若没人赶他，何不拾履而去？若非被逐心慌，何故自落井中？且妇人既系刀伤，为何没有行凶器械？此事明有冤枉，但只恨没拿那两个和尚处。然以今日事情论之，这等临难不苟的人，前日决不做这歹事的。"便提起笔来，把原招尽行抹倒，替来生开释了前罪。来生再拜道："我来法如今方敢去矣。"张招讨道:"你且慢去。我想你是个不背朝廷的忠臣义士,况原系读书人,必然有些见识,我还要细细问你。"于是把些军机战略访问来生,那来生问一答十,应对如流。张招讨大喜,便道:"我军中正少个参谋,你可就在我军前效用。"当下即命来生脱去囚服,换了冠带,与之揖让而坐,细谈军事。

正议论间,军校禀称拿得贼军遗下的妇女几百口,听候发落。来生便禀张招讨道:"此皆民间妇女,为贼所掳。今宜拨给空房安顿,候其家属领去。"张招讨依言,就令来生去将众妇女点名造册,安置候领。来生奉令,于公所唤集这班妇女逐一报名查点。点过了一半,点到一个女子,只见那女子立住了,看着来生叫道:"这不是来先生么?"来生惊问:"你是谁家女子。缘何认得我?"那女子道:"我就是水员外之妾封氏月姨。"来生便问:"员外与家眷们如今都在那里?你缘何失陷在此?"月姨道:"员外闻贼兵将近,与妾领着子女要到落乡一个尼姑庵里去避难,不想半路里彼此相失,妾身不幸为贼所掳。今不知我员外与子女们俱无恙否?闻来先生一向为事在狱,却又几时做了官了?"来生将招讨释放,命作参谋之事说与知道。因问水员外所往尼庵在何处,叫甚庵名,月姨道:"叫做水月庵,离本家有五十里远近。"来生听了,随差手下军校把自己名帖去水月庵中请水员外来相会,并报与月姨消息。一面另拨房屋请月姨居住,候员外来领回。其余众妇女俱安置停妥,待其家属自来认领,不在话下。

且说水员外因不见了月姨,正在庵中烦恼,忽见来生遣人来请,又知月姨无恙,十分欢喜,随即到参谋营中来拜见。来生先谢了他一向看顾之德,并将自己遭际张招讨,开豁罪名,署为参谋,及查点妇女,得遇月姨的事细诉一遍,水员外再三称谢。叙话中间，又提起女儿姻事，来生道："感荷深恩，无以为报。今既蒙不弃，愿为半子。但目今兵事倥偬[6]，恐未暇及此。待我禀过主帅，然后奉覆。"当下水员外先领了月姨回去。次日，来生入见张招讨，把水员外向来情谊，并目下议婚之事从容禀告。张招讨道："此美事也，我当玉成。"便择吉日，将礼金二百两、彩币二十端与来生下聘，约于随征凯旋之日然后成亲，水员外大喜。正是：

> 此日争夸快婿，前日居然罪囚。
> 若非结交未遇，安能获配鸾俦。

且不说水员外联了这头姻事，十分欣悦。且说来生纳聘之后，即随张招讨领兵征进，劝张招讨申明禁约，不许兵丁骚扰民间。自此大兵所过，秋毫无犯，百姓欢声载道，连梁山泊投降这班好汉见他纪律严明，亦皆畏服。来生又密献奇计，教张招讨分兵设伏，活捉了贼首方腊，贼兵不日荡平，奏凯还朝。张招讨备奏参谋来法功绩，朝廷命下，升张招讨为枢密院正使，参谋来法赐进士第，擢为广东监察御史。当下来御史上表谢恩，即告假归娶，圣旨准了。来御史拜辞了张枢密，驰驿还乡，与水员外女儿观姑成婚。此时来御史已二十四岁，观姑已十七岁了。正是：

> 昔为西席，今作东床。三载囹圄，误陷鼠牙雀角；一年锋镝[7]，争看虎步龙骧。重耳配霸姬[8]，本是蒲城一罪犯；文王逑淑女[9]，曾从羑里作囚夫。眼前荣辱信无常，久后升沉自有定。

来御史成亲满月之后，即起马往广东赴任。那时广东龙门县有一桩极大冤枉的事情，亏得来御史赴任替他申冤理枉，因而又弄出一段奇闻快事，连来御史自己向日的冤枉也一齐都申理了。看官慢着，待我细细说来。

却说龙门县有个分守地方的参将，叫做高勋，与朝中太尉高俅通谱[10]，认了族侄，因恃着高太尉的势，令兵丁于民间广放私债，本轻利重，百姓若一时错见，借了他的，往往弄得家破人亡。本县有个开点心店的曾小三，为因母亲急病死了，无钱殡葬，没奈何，只得去高参将处借银十两应用。过了一年，被他利上起利，总筹起来，连本利该三十两。那高参将官任已满，行将起身，一应债银刻期清理，曾小三被高家兵丁催逼慌了，无计可施，想道："我为了母亲借的债，如今便卖男卖女去还他也是该的，只可惜我没有男女。"左思右想，想出一条万不得已之策，含着眼泪扯那兵丁到门首私语道："我本穷人，债银一时不能清还，家中又别无甚东西可以抵偿，只有一个妻子商氏，与你们领了去罢。"兵丁道："我们只要银子不要人，况一个妇人那里便值三十两银子？我今宽你两日，你快自己去卖了妻子将银子来还我们。"说毕去了。曾小三寻思道："我妻子容貌也只平常，怕卖不出三十两银子。除非卖到水贩去，可多得些价钱，却又心中不忍。"只得把衷情哭告妻子。那商氏听罢呆了半晌，放声大恸。曾小三寸心如割，也号啕大哭起来。

只这一哭，感动了隔壁一个菩萨心肠的人。那人姓施号惠卿，是做皮匠生理的。独自居住，不娶妻室。性最好善，平日积攒得二三十两银子，时值城外宝应寺募修大殿，有个募缘和尚结了草棚住在那条巷口募缘，施惠卿发心要把所积银两舍与本寺助修殿工。那日正请那化缘和尚在家吃斋，忽闻隔壁曾小三夫妻哭得凄惨，便走将过来问其缘故，晓得是如此这般，不觉恻然动念。回到家中，打发和尚吃斋去了，闭门自想道："比如我把银子去布施，何不把来替曾小三偿了债，保全了他夫妻两口，却不强似助修佛殿？"思忖已定，便来对曾小三道："你们且莫哭，我倒积得三十多两银子在那里，今不忍见你夫妻离散，把来替你完了债罢。"曾小三闻言，拭泪谢道："多承美意，但你又不是财主，也是手艺上积来的，如何为了我一旦费去？"施惠卿道："恻隐之心，人皆有之。我和你既做乡邻，目诸这样惨事，怎不动心？我今发心要如此，你休推却了。"曾小三还在踌躇，只见讨债的兵丁又嚷上门来，说道："我们老爷不肯宽限，立要今日清还。若不然，拿去衙中吊打。"施惠卿便出来**拱**手道："长官不须罗唣，银子我已替他借下，交还你去便了。"说罢，随即回家，取出银子，拿过来付与兵丁，兑明足纹三十两。兵丁见有了银子，也不管他是那里来的，收着去了。曾小三十分感激，望着施惠卿倒身下拜，施惠卿连忙扶起，曾小三称谢不尽。当晚无话。

　　过了一日，曾小三与妻子商议定了，治下一盃酒，约施惠卿叙饮。施惠卿如约而来，见他桌上摆着三副钟箸，施惠卿只道他还请甚客。少顷，只见曾小三领着妻子商氏出来见了施惠卿，一同坐着陪饮。施惠卿心上不安，吃了两三盃，就要起身。曾小三留住了，自己起身入内，再不出来，只有商氏呆瞪瞪的陪着施惠卿坐地，施惠卿一发不安，连问："你丈夫如何不出来吃酒？"商氏只顾低着头不做声。施惠卿高声向内叫道："小三官快出来，我要去也。"只见商氏噙着两眼泪对施惠卿道："我丈夫已从后门出去，不回家了。"施惠卿失惊道："却是为何？"商氏道："他说你是小经纪人，如何肯白白里费这些银两。我这身子左右亏你保全的，你现今未有妻室，合当把我送你为妻，他已写下亲笔执照在此。今日请你过来吃酒，便把我送与你，自削发披缁，往五台山出家去了。"说罢，两泪交流。施惠卿听了，勃然变色道："我本好意，如何倒这等猜我？难道我要谋他妻子不成！"说毕，推桌而起，往外就走。回到家中，想道："这曾小三好没来由，如何恁般举动？"又想道："他若果然出去了，不即回家，我住在隔壁也不稳便，不如搬了别处去罢。"算计已定，次日便出去看屋寻房，打点移居。这些众邻舍都道施惠卿一时假撇清，待移居之后少不得来娶这商氏去的。

　　过了两日，施惠卿已另租了房屋。一个早辰，搬了家伙，迁移去了。那一日，却再不见商氏开门出来。众邻舍疑忌，在门外叫唤，又不见答应，把门推时，却是虚掩上的，门转轴已掘坏在那里了。众人入内看时，只见商氏歪着身子死在床边，头颈伤痕是被人用手掐喉死的，一时哄动了地方，都猜道："施皮匠是那一日移居，这妇人恰好在隔夜身死，一定是皮匠谋杀无疑。"当下即具呈报县。那县官叫做沈伯明，正坐堂放告，闻说有杀人公事，便取呈词看了，又问了众人备细，随即出签提拿施惠卿。不一时施惠卿拿到，知县喝问情由，施惠卿道："小的替曾小三还了债，曾小三要把妻子商氏与小的，是小的不愿，故此迁居别处，以避嫌疑。却不知商氏如何身死？"知县喝骂道："你这厮既不要他妻子，怎肯替他还债？明明是假意推辞，暗行奸骗，奸骗不就，便行谋害。"施惠卿大喊冤屈，知县那里肯信，拷打一番，把他逼勒成招，下在牢里。正是：

　　　　为好反成仇，行仁反受屈。

　　　　天乎本无辜，冤哉不可说。

　　且说曾小三自那日别过妻子，出了后门，一径奔出城外，要取路到五台山去。是日行了二十多里路，天色已晚，且就一个村店中安歇。不想睡到半夜，忽然发起寒热来，到明日却起身不得，只得在店中卧病。这一病直病了半月有余，方才平愈。那一日正待起身，只见城里出来的人都纷纷的把施惠卿这桩事当做新闻传说。曾小三听了，暗吃一惊，想道："施惠卿不是杀人的人。况我要把妻子送他，已先对妻子再三说过，妻子已是肯从的了。如何今又被杀？此事必然冤枉。我须回去看他一看，不要屈坏了好人。"于是离了村店，依旧入城，不到家中，竟到狱门首，央求禁子把施惠卿带将出来。曾小三见他囚首囚服，遍身刑具，先自满眼流泪。施惠卿叹道："我的冤罪想是命该如此，不必说了。只是你何苦多此一番举动，致使令正无端被害。"曾小三道："这事倒是我累你的，我今来此，正要县里去与你辨冤。"施惠卿道："断案已定，知县相公怎肯认错？不如不要去辨罢。"曾小三道："既是县里不肯申理，现今新察院来老爷按临到此[11]，我就到他台下去告，务要明白这场冤事。"说罢，别了施惠卿，便央人写了状词，奔到马头上，等候来御史下马，拦街叫喊。

当下来御史收了状词，叫巡捕官把曾小三押着到了衙门。发放公事毕，带过曾小三，细问了始末根由。便差官到县，提施惠卿一宗卷案，并原呈众邻里赴院听审。次日，人犯提到，来御史当堂亲鞫，仔细推究了一回，忽然问道："那商氏丈夫去后可别有人到他家来么？"众邻里道："并没别人来。"来御史又道："他家平日可有什么亲友来往惯的么？"曾小三道："小的是穷人，虽有几个亲友，都疏远不来的。"来御史又叫施惠卿问道："你平日可与甚么人来往么？"施惠卿道："小的单身独居，并没有甚人来往。"来御史道："你只就还债吃酒迁居这几日，可曾与甚人来往？"施惠卿想了一想道："只还债这日，曾请一个化缘和尚到家吃过一顿斋。"来御史便问道："这是那寺里的和尚？"施惠卿道："他是城外宝应寺里出来募缘修殿的，就在小人住的那条巷口搭个草厂坐着募化。小的初意原要把这三十两银子舍与他去，所以请他吃斋。后因代曾小三还了债，便不曾舍。"来御史道："这和尚如今还在那里么？"众邻里道："他已去了。"来御史道："几时去的？"众邻里道："也就是施惠卿迁居这早去的。"来御史听了，沉吟半晌，乃对众人道："这宗案也急切难问，且待另日再审。"说罢，便令众人且退，施惠卿仍旧收监，曾小三随衙听候。自此来御史竟不提起这件事，冷阁了两个月。

忽一日，发银一百两，给与宝应寺饭僧。次日，便亲诣本寺行香。寺里住持闻御史亲临，聚集众僧出寺迎接。来御史下了轿，入寺拜了佛，在殿宇下看了一回，问道："这殿宇要修造成功，须得多少银子？"住持道："须得二三千金方可完工。"来御史道："若要工成，全赖募缘之力。"因问本寺出去募缘的和尚共有几个，住持道："共有十个分头在外募化。"来御史道："这十个和尚今日都在寺里么？"住持道："今日蒙老爷驾临设斋，都在寺里伺候。"来御史便分付左右，于斋僧常膳之外，另设十桌素筵，款待那十个募缘和尚。一面教住持逐名的唤过来，把缘簿呈看，"以便本院捐俸施舍。"住持领了钧旨，登时唤集那十个僧人，却唤来唤去，只有九个，中间不见了一个。来御史变色道："我好意请他吃斋，如何藏匿过了不肯相见？"喝教听差的员役同着住持去寻，"务要寻来见我！"住持心慌，同了公差各房寻觅，那里寻得见？

原来那和尚闻得御史发狠要寻他，越发躲得紧了。住持着了忙，遍处搜寻，直寻到一个旧香积厨下，只见那和尚做一堆儿的伏在破烟柜里，被住持与公差们扯将出来，押到来御史面前。来御史看时，见他满身满面都是灶煤，倒像个生铁铸的罗汉，便叫将水来替他洗净了，带在一边。蓦地里唤过曾小三并众邻舍到来，问他："前日在你那巷口结厂募缘的可是这个和尚？"众人都道："正是他。"来御史便指着那和尚喝道："你前日谋害了曾小三的妻子商氏，你今待走那里去？"那和尚还要抵赖，来御史喝教把一干人犯并众和尚都带到衙门里去细审。不一时，御史回衙，升堂坐定，带过那募缘和尚，用夹棍夹将起来。和尚熬痛不过，只得从实供招。供状写道：

犯僧去非，系宝应寺僧，于某月中在某巷口结厂募缘，探知本巷居民施惠卿代曾小三还债，小三愿将妻商氏送与惠卿，自己出外去讫。惠卿不愿娶商氏为妻，商氏单身独居，犯僧因起邪念，于某月某夜易服改妆，假扮施惠卿偷开商氏门户，希图奸骗。当被商氏认出叫喊，犯僧恐人知觉，一时用手掐喉，致商氏身死。所供是实。

来御史勒了去非口词[12]，把他重责三十，钉了长枷，发下死囚牢里。又唤住持喝骂道："你放徒弟在外募缘，却做这等不良的事。本当连坐，今姑饶恕，罚银三百两，给与施惠卿。"住持叩头甘服。来御史随即差人去狱中提出施惠卿，并传唤原问知县沈伯明到来。这知县惶恐谢罪，来御史喝道："你问成这般屈事，诬陷好人，做什么官？本当参处，今罚你出俸银五百两，给与施惠卿。"随唤施惠卿近前抚慰道："你是一位长者，应受旌奖。我今将银八百两与你，聊为旌善之礼。"施惠卿禀道："小人荷蒙老爷审豁[13]，几死复生，今情愿出家，不愿受赏。这八百两银子乞将一半修造本寺殿宇，一半给与曾小三，教他追荐亡妻，另娶妻室。"曾小三叩头道："小人久已发心要往五台山去为僧，不愿受银，这银一发将来舍与本寺修殿罢。"来御史听了，沉吟道："你两人既不愿领银，都愿出家，本院另自有处。"便叫本寺众僧一齐上来，分付道："你这班秃子，本非明心见性，发愿出家的。多半幼时为父母所误，既苦无业相授，又道命犯华盖，一时送去出了家。及至长大，嗜欲渐开，便干出歹事。又有一等半路出家的，或因穷饿所逼，或因身犯罪故，无可奈何，避入空门。及至吃了十方，衣丰食足，又兴邪念。这叫做'饥寒起道心，饱暖思淫欲。'本院如今许你们还俗，如有愿还俗者，给银伍两，仍归本籍，各为良民。"于是众僧中愿还俗者倒有大半。来御史一一给银发放去了。便令施惠卿、曾小三且在宝应寺暂住，分付道："我今欲于本寺广设斋坛，普斋往来云游僧众，启建七七四十九昼夜道场，追荐孤魂。待完满之日，就与你两人剃度。只是这道场需用多僧，本处僧少，且又不中用，当召集各处名僧以成此举。"分付毕，发放了一干人出去。次日，即发出榜文数十道，张挂各城门及村镇地方，并各处寺院门首。榜曰：

巡按广东监察御史来榜为延僧修法事：照得欲兴法会，宜待禅宗。果系真僧，必须苦行。本院择日于龙门县宝应寺开立丛林，广设斋坛，普斋十方僧众。随于本寺启建七七昼夜道场，超荐向来阵亡将士并各处受害孤魂。但本处副应僧人不堪主持法事，窃意云游行脚之中，必有圣僧在内，为此出榜招集，以成胜举。或锡飞而降[14]，或杯渡而临[15]，或从祇树园来[16]，或自舍卫国至[17]。指挥如意，伫看顽石点头；开设讲台，行见天花满目。务成无量功德，惟祈不惮津梁。须至榜者。

这榜一出，各处传说开去。这些游方僧人闻风而至，都陆续来到宝应寺里。来御史不时亲临寺中接见，逐一记名登册，备写乡贯，分送各僧房安歇。

忽一日，接到一个和尚。你道这和尚怎生模样？但见：

目露凶威，眉横杀气。雄纠纠学着降龙罗汉，恶狠狠假冒伏虎禅师。项下数珠疑是人骨锉就，手中禅杖料应生血裹成。不是五台山上鲁知深，却是瓦官寺里生铁佛。

这和尚不是别人，便是五年前追赶来御史入井的和尚。今日和尚便认不出来御史，那来御史却认得明白，便假意道："我昨夜梦见观音大士对我说，明日有恁般模样的一个和尚来，便是有德行的高僧。如今这位僧人正如梦中所言，一定是个好和尚。

可请到我衙门里去吃斋。"说罢，便令人引这和尚到衙门首。门役道："衙门里带不得禅杖进去。"教他把手中禅杖放了，然后引至后堂坐下。来御史随即打轿回衙，一进后堂，便喝左右："将这和尚绑缚定了！"和尚大叫："贫僧无罪！"来御史喝道："你还说无罪，你可记得五年前赶落井中的书生么？"那和尚把来御史仔细看了一看，做声不得。来御史道："你当时怎生便弄死了这妇人，好好供招，免动刑法。"和尚道："小僧法名道虚，当年曾同师兄道微行脚至桐乡县城外一个古庙前，偶见一少年妇人独自行走，一时起了邪念，逼他到庙里去强奸，不防老爷来撞见了，因此大胆把老爷赶落井中。及至回到庙里，妇人已死，师兄已不知去向。其寔赶老爷的是小僧，杀妇人的却不是小僧。"来御史道："如今这道微在那里？"道虚道："不知他在那里。"

来御史沉吟了一回，便取宝应寺所造应募僧人名册来查看，只见道微名字已于三日前先到了。来御史随即差人到寺里将道微拿到台下，喝道："你五年前在古庙中谋杀妇人的事发了。你师弟道虚已经招认，你如何说？"道微道："小僧并不曾与道虚作伴，他与小僧有隙，故扳害小僧。伏乞爷爷详察。"道虚一口咬定说："那妇人明明是你杀死，如何抵赖？"来御史喝教把道微夹起来，一连夹了两夹，只是不招。来御史仔细看那道微时，却记得不甚分明，盖因当日被赶之时，回头屡顾，所以道虚的面庞认得明白，那庙中和尚的面庞其实记不起来。当下来御史见道微不招，便把道虚也夹了两夹，要他招出真正同伴的僧人。道虚只是咬定道微，更不改口。来御史想了一想，便教将两个和尚分作两处收监，另日再审。

且说那道微到了监中，独自睡在一间狱房里，心中暗想道："道虚却被御史认得了，白赖不过。我幸而不曾被他认得，今只一味硬赖，还可挣扎得性命出去。"明日审时，拼再夹两夹，我只不招，少不得放我了。"算计已定。挨到三更时分，忽听得黑暗里隐隐有鬼哭之声，初时尚远，渐渐哭近将来。道微心惊，侧耳细听，只听得耳边低低叫道："道微你杀得我好苦，今番须还我命来。"那道微心虚害怕，不觉失声道："你是妇人冤魂么？我一时害了你，是我差了。你今休来讨命，待我挣扎得性命出去，多做些好事超度你罢。"言未已，只见火光明亮，两个穿青的公人走到面前，大喝道："好贼秃！你今番招认了么？我们不是鬼，是御史老爷差来的两个心腹公人，装作鬼声来试你的。你今真情已露，须赖不过了。"道微听罢，吓得目瞪口呆。正是：

> 暗室亏心，神目如电。
> 无人之处，真情自见。

当下两个公人便监押住了道微，等到天明，带进衙门，禀复御史。来御史笑道："我昨日夹你不招，你昨夜不夹自招了，如今更有何说？"道微料赖不过，只得从实供招。来御史取了口词，仍令收监。一面传谕宝应寺，即日启建道场。随后便亲赴寺中，先将施惠卿、曾小三剃度了，替他起了法名，一个叫做真通，一个叫做真徹，就请他两个为主行大和尚，令合寺僧众都拜了他。真空、真徹禀道："我二人只会念佛，不会诵经，如何做得主行和尚？"来御史道："你两个是真正有德行高僧，只消念佛便足超度孤魂了。"于是请二人登台高坐，朗声念佛，众僧却在台下宣念诸品经咒，奏乐应和。如此三昼夜，道场圆满。来御史分付设立下三个大龛子，狱中取出去非并道虚、道微三个和尚，就道场前打了一百，请入龛中，四面架起干柴，等候午时三刻举火。当时寺中挤得人山人海的看。到了午时，只见来御史袖中取出一幅纸儿，递与真通、真徹两个，叫他宣念。

真通、真徹也曾识得几个字，当下展开看时，却是一篇偈语，便同声宣念道："

> 你三人作事不可说，不可说。我今为你解冤结，解冤
> 结。焚却贪嗔根，烧断淫杀蘖。咄！从兹好去证无生，切
> 莫重来堕恶劫。

宣偈毕，来御史喝令把三个龛子一齐举火，不一时把三个和尚都荼毗了[18]。正是：

> 焚却坐禅身，烧杀活和尚。
> 一齐人涅槃，已了无常帐。

原来那来御史已预先着人于道场中另设下两个牌位，一书"受害周氏灵魂"，一书"受害商氏灵魂"，面前都有香烛斋供。烧过了和尚，便请真通、真徹到二妇人灵前奠酒化纸。来御史又在袖中取出一幅纸儿，付与二人宣诵道：

> 怜伊已作妇人身，何故又遭惨死劫。想因前蘖未消除，
> 故使今生受磨灭。冥冥幽魂甚日安，冤冤相报几时绝。我
> 今荐你去超生，好向西方拜真佛。

宣毕，焚化灵牌，功德满散。

次日，来御史召集各处游方僧人，谕令还俗。如有不愿还俗者，须赴有司领给度牒[19]。如无度牒，不许过州越县，违者查出，即以强盗论。发放已毕，众僧各各叩谢而去。

此时恰好前任桐乡知县胡浑为事降调广东龙门县县丞，原任广东参将高勋在高俅处用了关节，仍来复任，被来御史都唤到台下，喝问胡浑如何前年枉断井中之狱，胡浑吓得叩头请死，来御史喝骂了一番，罚他出银一千两，将二百两给与仰阿闰，其余为修葺寺院之用。又叫高勋过来，说他纵兵害民，重利放债，要特疏题参。高勋惶恐恳求，情愿也出银一千两修造佛殿。来御史道："你剋剥民脂民膏来施舍，纵造七级浮屠，不过是涂

膏衄血。今可将银一千两赈济穷民，再罚你一千两买米贮常平仓，以备救荒之用。"二人皆依命输纳。来御史又令知县沈伯明与胡浑、高勋三人同至宝应寺中拜见真通、真彻，择了吉日，送他上五台山，命合寺僧人用鼓乐前导，一个知县、一个县丞、一个参将步行奉送出城，又差书吏赍了盘费，直护送他到五台山上。正是：

> 欲求真和尚，只看好俗人。
>
> 两现比丘相，一现宰官身。

当时广东百姓无不称颂来御史神明，朝中张枢密闻他政声日盛，特疏荐扬，朝廷加升为殿中侍御史。来御史奉命还朝，广东士民卧辙攀辕，自不必说。来御史回到桐乡县，迎取夫人并水员外一家老小同至京中。朝廷恩典，父母妻子都有封赠。来御史又替水员外谋干了一个小前程，也有冠带荣身。后来又扶持他儿子读书入泮，以报他昔日知己之恩。正是：

> 有冤在世必明，有恩于我必报。
>
> 能智能勇能仁，全义全忠全孝。

看官听说：来御史剃度了两个和尚，是护法；烧杀了三个和尚，也是护法；又令无数和尚还了俗，一发是真正护法。他姓来，真正是再来人；他号叫本如，真正是能悟真如的人。彼世上佛佛连声，逢僧便拜，名为好佛，反不为佛所好。今大众读此回书，当一齐合掌同称"善哉"。

（选自《五色石》）

[注释]

[1] 鞫（jī 居）——审讯。

[2] 披缁——穿着和尚的袈裟。缁（zī 资），黑色。此指代和尚黑色的僧衣。

[3] 韬钤——用兵的谋略。钤（qián 前），印章，印记，此指古代兵书

《玉钤》。

[4] 缧绁（léi xiè 垒卸）——古代拘系犯人的绳索，此处引申为囚禁牢狱。

[5] 囹圄（líng yǔ 灵雨）——古代称监狱为囹圄。

[6] 倥偬（kǒng zǒng 孔总）——事情急迫紧张。

[7] 锋镝——乏指兵器。锋，刀锋。镝（dí 敌），箭头。

[8] 重耳配霸姬——晋公子重耳为避骊姬陷害而逃守蒲城，后又出亡各诸侯国。至齐，霸王齐桓公以宗女嫁他为妻，是为姜氏。

[9] 文王逑淑女——周文王因不满殷纣王设残酷的炮格之刑，被纣王囚于羑里城中，文王的下属求得美女、奇物、善马献给纣，纣才将文王释放。

[10] 通谱——有共同的家族谱系。

[11] 察院——监察御史的官署，御史出差在外，其衙署也称"察院"。

[12] 勒——书写，记录。

[13] 审豁——审理豁免。

[14] 锡飞——同"飞锡"，即僧人云游。又称"巡锡"。锡，即锡杖，佛教法器，杖形，与眉齐高，头上有锡环。

[15] 杯渡——亦作"杯度"。晋代僧人，姓名不详。学乘木杯渡水，故人称"杯渡和尚"，此借指乘舟而来。

[16] 祇树园——全称"祇树给孤独园"，简称"祇园"，印度佛教圣地之一。释迦牟尼于此居住说法二十五年。祇（zhī 知），敬。

[17] 舍卫国——古印度一王国名，以崇佛而闻名的波斯匿王曾居住于此，传说释迦牟尼成佛后也曾于此安居二十五个雨季。

[18] 荼毗（tú pí 图皮）——巴利文，意译为"焚烧""烧身"，佛教僧人死后将尸体火葬。这里是指烧死。

[19] 度牒（dié 碟）——由官府发放给出家僧人的证明文件。

[鉴赏]

这篇小说选自清代拟话本小说集《五色石》（全称为《笔炼阁编述五色石》），作者署名"笔炼阁主人"，真名不详。孙楷第等古典小说研究家认为笔炼阁主人即清代小说家徐述夔，也有人认为徐的生年在《五色石》面世之后，故笔炼阁主人当为清初另一小说家，借其书斋名而命笔。他的作品还有稍后面世的短篇小说集《八洞天》。《五色石》共八卷，每卷收一个短篇，每篇均有正副二题。正题均系三字，或题以作品主要人物，或出以主要事件，副题均为一副整齐的对句，提示出作品主要内容。据作者自序云：《五色石》系"以文代石"，"学女娲氏之补天而作"。他认为，女娲所补之天为"有形之天"，而他所欲补之天为"无形之天"，即"天道"。所以"五色石"中的八篇小说既对当时的社会弊端进行了揭露与抨击，又深寓警世劝谕之意。力图对当时的世势民风有所裨补。《朱履佛》为全书的第三篇，主要写一个廉正精明的御史身陷冤狱后又连破两起冤案的曲折故事。作者的本意在于揭露一些打着僧佛幌子的出家人亵渎佛门法规，破戒行淫、杀人枉法，又在一领袈裟的掩护下逍遥法外的罪恶行径和强盗本色，奉劝世人破除对僧佛的盲目崇信，摒弃"不管好歹，逢僧便拜"的陈风陋习；然而，如果将这些劝谕说教的文字暂置一边，客观地对这篇小说做一个全面的评价，我们便会发现它又委实堪称公案小说的一部力作。

小说写青年书生来法进城访友，路过一古刹见两个和尚正在奸污一妇女。来生被一和尚追赶落入枯井中。后死妇周氏家人、邻居闻声救出来生，却根据他掉在庙门旁的一只红鞋断定他是杀人凶手，被昏官胡浑屈打成招，问成死罪。后遇张叔夜招讨为其平反冤狱并聘为参谋，不久又擢升为广东监察御史。赴任后审理施惠卿杀害曾小三妻商氏冤案。经过认真提审人犯、仔细研究案情，提出质疑，找寻线索，初步推定宝应寺化缘和尚为嫌疑犯。后又经过周密策划，以亲谒宝应寺行香为由入寺查勘，终于捉获真凶去非和尚，替施惠卿辩了冤。继而，又以启建道场、超荐亡灵为由，张榜召集四方云游和尚，并记名登册，暗中观察，终于将五年前追赶自己落井的和尚道虚捕获归案，又通过道虚查明庙中杀害妇女的和尚道微，并用计使道微从实招供。来御史连破两件相隔五年的冤案，为屈成招者辩冤昭雪，也为自己受累的陈年无头案缉得了真凶。

作者共写了两个案件，一为奸杀周氏案，一为奸杀商氏案。但是，与一般明清拟话本小说不同的是，周氏案在结构上并非作为小说主体之外的附加部分，起着"入话""头回"的作用，它与小说的"正话"部分并非完全是两个互不相干的故事只起着衬托、映带"正话"的引子作用。我们可以看到这两个案子不但都与来法有关，均系来法所断，而且它们在案情上还有着互相勾联衔续的关系。由于商氏奸杀案的元凶是个和尚，而使来法联想到五年前的和尚奸杀周氏案尚为悬案，从而启发他利用商氏案大做文章，招徕天下游方僧人大行法事祭奠超度亡灵，以此诱捕缉拿奸杀周氏的真凶。而且此举果然奏效，连破两案，大获全胜。这样两个既有紧密联系又有相对独立性的案子，实际上是一主一副：商氏奸杀案为主案，周氏奸杀案为副案。这种主副案相辅相衬的格局不但增加了作品故事情节的复杂曲折性，周案衬托商案，商案引出并辅助了周案的定案，而且对于主人公来法形象的塑造起了异常重要的作用。

首先，主副两案的相辅相衬将来法这一形象的塑造放在了与桐乡县县官胡浑与龙门县县官沈伯明相对比的格局之中。胡浑是蔡京门生，性最信佛，所以在审案时预先就由强烈的感情色彩，而带上了明显的偏袒和尚的倾向性；所以不问青红皂白，而胡乱结案。实在正如他的名字一样"胡涂昏愦"。沈伯明更是以自己的小人之腹度施惠卿的君子之心，主观偏激到根本就不相信施惠卿替曾小三还债会不抱谋奸曾妻商氏之心，因此根本不许施氏分辩就加以严刑拷打，逼勒成招。故而作者以"审不明"的谐音为其命名。来法正是以与胡浑、沈伯明截然不同的判案态度与作风，公正严明地把他们一手造成的冤案探清勘明，做出明断公论，铁案如山，真凶伏法，屈者洗冤，苦主报仇。这样的对比，既对昏官进行了无情的揭露鞭笞，又对清官进行了热情的赞扬与歌颂，更主要的是，使来法的形象更加有血有肉、鲜明饱满了。

主副两案错落交叉的格局还为主人公的形象塑造提供了符合性格发展逻辑的基本依据。来法自己在周氏奸杀案中涉嫌杀人而被屈打成招，这使他对冤案所造成的严重后果——好人受冤枉身陷囹圄，案犯却未受到应有制裁而逍遥法外有了切身的体会，由此而对冤案、对昏官产生了刻骨的仇恨。这种切肤之痛使他终生不忘，以致后来他判明商氏奸杀案亦系冤案时，对制造这起冤案的知县沈伯明严加训斥，怒喝道："你问成这般屈事，诬陷好人，做什么官？"相反，对依理推断、公正执法、为他平抑冤狱的张叔夜他万分敬佩，所以后来在自己断案中时时奉为榜样，尊为楷模。来法在周案中陷入冤狱是由于县官胡浑判案时的主观武断，先入为主，不重调查研究，不重真凭实据，胡涂昏愦，草菅人命，视"法"如儿戏。深受其害的来法从中取得的反面教训颇多，使他在自己断案时能够引以为戒。诸如来法处理商案时从调查研究入手，坚持详审细问，从苦主曾小三到报案的众邻里，尤其是对"嫌疑犯"施惠卿都以客观的态度当堂亲鞫；在疑点已逐渐集中到宝应寺募缘和尚去非身上后，他仍没有草率结案，而是亲自深入宝应寺取得第一手材料，巧妙地用设斋款待募缘和尚的计谋当场戳穿了杀人犯的真面目，并将其拘捕归案……这样，作者就不但写出了来法作为一个公正执法的铁面御史的性格特征，而且，还在与胡浑、沈伯明对比反衬的格局中，写出了这些性格特征形成的依据和发展轨迹。此外，来法的足智多谋、善用策略，如巧设计谋使道虚和尚自投罗网、抓住道微和尚做贼心虚的心理特点使其不打自招等，如果不是放在主副两案错落交叉、对比反衬的格局中表现，也就只能如此这般罗列出人物的性格特点，而难于深入地剖示出人物性格发展的内在逻辑和轨迹了。由此我们可以看出，《朱履佛》作为一篇拟话本公案小说，已经不满足于单纯叙述一个破案故事，而开始重视在曲折情节的发展中刻画断案者的性格特征，开始注重"明公""快捕"一类神探人物形象的塑造了。

除了独出心裁的主副两案勾联交错的结构特征及其给人物形象塑造带来特殊影响外，《朱履佛》的另一突出特点是视角选取上打破叙述人的全知全能与巧妙的悬念设置。一般地说，拟话本公案小说都有一个大致相同的模式，即作者并不着意于案件未破之前混沌迷乱状态中悬念的制造，也不着意于断案者在一个个疑点面前层层剥笋式的破案过程，而是从全知视角出发对案犯作案的过程，进行明线叙述。案犯的每一行每一步，都逃不开叙述人的眼睛而被公开陈列出来。叙述人和读者对一切过程都明明白白，只有断案者一人被蒙在鼓里一无所知，然后再写他如何断案。破案的方法也常常假借一些托梦、显灵等天意昭示的神秘力量，这种古老的笔法并未考虑到读者阅读时参预意识的充分发挥对营构公案小说艺术魅力的重要作用，因而还缺乏现代侦破小说那种扣人心弦的神秘感、紧迫感与刺激感。《朱履佛》基本打破了这种古老的模式，在视角选取和悬念设置方面都向现代侦破小说跨进了不小的一步。

《朱履佛》在叙述视角的选取上首先把叙述者、断案者与读者三者统一了起来。作者让叙述者从全知的视角中走了出来，和断案者、读者一起走入盲区。整个案子在所有的人眼里都是一个谜团，谁也不比谁多了解些什么，只有幕后的作者掌握着解索破案的钥匙。所有的人都跟着断案者御史来法，一起勘察，一起思考，一起判断，在他的带领引导下一步步发掘着破案的蛛丝马迹。如他在接了曾小三妻商氏被杀案后，先是向苦主细问了始末根由，又提人犯等亲审，仔细推究后，忽然提出一个问题："那商氏丈夫去后，可别有人到他家来么？"众邻一致言无。来法接着又提出第二个问题："他家平日可有什么亲友来往惯的么？"曾小三又答"无"。来法第三次问"嫌疑犯"施惠卿："你平日可与甚么人来往么？"施又答"无"。可来法仍然不放弃这条思路，定是要打破砂锅问到底："你只就还债吃酒迁居这几日，可曾与甚人来往？"这关键的一问，终于从一团乱麻中找出了线头，为破案提供了重要线索，读者的怀疑也随着来御史的推论一下子集中到宝应寺募缘和尚去非的身上来了。这种逐步从盲区向明朗迈进的视角处理，把所有人，特别是读者的目光都吸引到断案者来御史的身上，使其成为了案件的主宰，小说的核心。从而，不但使作品的人物形象更加鲜明突出，而且，现代侦破小说的意味也更浓了。

与全知视角、明线叙述的转换紧密联系的是悬念的设置。作者在把叙述人、断案者与读者一起引入案件的盲区后，正是利用悬念的设置牵动着破案的线索，使它在读者眼中不是一条完全断掉的无头乱线，而是忽明忽暗、明灭可睹、引人解索、给人启迪的活的线索。例如小说写到张叔夜为来法开释了杀害周氏的罪愆后，将他释放出狱，然而奸杀周氏的真凶安在？此案的最终结果如何？是否就此成了无头死案？作者的叙述却就此打住，再不提起。这个问题就被搁置了起来，于是就造成了一个悬念，时时牵动着读者的心，吊着读者的胃口，这就大大加强了作品的吸引力。然而待到商案已破，来法对案犯及受牵连、有干系的人等都做出了处理，故事已有了结局，已到了该煞尾的时候，这个悬念仍然未得释解。正当读者的期望值被调得更高，焦灼地期待着作品能做出个明确交待时，一个新的悬念又如一座奇峰突起——来御史宣布要启建七七四十九昼夜道场，追荐孤魂；又不用宝应寺的和尚，而于各城门、村镇、寺院门首广张榜文，招集各处云游众僧。四方游僧闻风而至。来法此举的真实意图何在？与刚刚结案的商氏案又有什么关系？悬念套着悬念摸不着头绪，读者都焦急地拭目以待。直到最后，道虚自投罗网，道微中计不打自招，两个悬念才轰然冰释，一起解开。我们看到，悬念的设置不但增加了故事情节的曲折性，对读者形成了强大的吸引力，更主要的是巧妙地利用了读者急于了解后情的阅读心理，在关键之处故意制造情节断裂，给读者造成神秘感、紧迫感，使其欲罢不能，从而紧紧地扣住了读者的心弦，抓住了读者的注意力。这正是现代侦破小说能够征服读者的魅力所在。而《朱履佛》正是在上述结构安排、视角选取、悬念设置等方面较之一般拟话本公案小说高出一筹，从而使其在一定程度上具有了现代侦破小说的魅力。

《朱履佛》的创作主旨是通过御史来法廉明公正、执法断案的事迹歌颂他"有冤在世必明，有恩于我必报。能智能勇能仁，全义全忠全孝"的悟彻真如、奉佛护法精神，以劝谕警世。服务于这一宗旨，兼受时代局限，作品中难免存在一些消极因素，封建糟粕。如宣扬因果报应、男尊女卑，诬蔑农民起义等。这些都是我们阅读时应注意剔除批判的。

（吕智敏）

胭　脂

　　东昌卞氏[1]，业牛医者[2]，有女小字胭脂，才姿慧丽。父宝爱之[3]，欲占凤于清门[4]，而世族鄙其寒贱[5]，不屑缔盟[6]，以故及笄未字[7]。

　　对户龚姓之妻王氏[8]，佻脱善谑[9]，女闺中谈友也[10]。一日，送至门，见一少年过，白服裙帽[11]，丰采甚都[12]。女意似动，秋波萦转之[13]。少年俯其首，趋而去。去既远，女犹凝眺[14]。王窥其意，戏之曰："以娘子才貌，得配若人[15]，庶可无恨。"女晕红上颊，脉脉不作一语[16]。王问："识得此郎否？"答云："不识。"王曰："此南巷鄂秀才秋隼，故孝廉之子。妾向与同里[17]，故识之。世间男子，无其温婉。今衣素，以妻服未阕也[18]。娘子如有意，当寄语使委冰焉[19]。"女无言，王笑而去。数日无耗[20]，女疑王氏未暇即往，又疑宦裔不肯俯就[21]。悒悒徘徊[22]，萦念颇苦[23]；渐废饮食，寝疾惙顿[24]。王氏适来省视，研诘病因。女曰："自亦不知。但尔日别后[25]，即觉忽忽不快[26]，延命假息[27]，朝暮人也[28]。"王小语曰："我家男子，负贩未归，尚无人致声鄂郎。芳体违和[29]，莫非为此？"女赧颜良久[30]。王戏之曰："果为此者，病已至是，尚何顾忌？先令其夜来一聚，彼宁不肯？"女叹息曰："事至此，已不能羞。若渠不嫌寒贱[31]，即遣媒来，病当愈；若私约，则断断不可。"王颔之而去。

王幼时与邻生宿介通，既嫁，宿侦夫他出，辄寻旧好。是夜宿适来，因述女言为笑，戏嘱致意鄂生。宿久知女美，闻之窃喜，幸其机之可乘也。将与妇谋，又恐其妒，乃假无心之词[32]，问女家闺闼甚悉[33]。次夜，逾垣入[34]，直达女所，以指叩窗。女问："谁何？"答曰："鄂生。"女曰："妾所以念君者，为百年，不为一夕。郎果爱妾，但宜速倩冰人[35]，若言私合，不敢从命。"宿姑诺之，苦求一握纤腕为信[36]。女不忍过拒，力疾启扉[37]。宿遽入，即抱求欢。女无力撑拒，仆地上，气息不续。宿急曳之[38]女曰："何来恶少[39]，必非鄂郎；果是鄂郎，其人温驯[40]，知妾病由，当相怜恤，何遂狂暴如此[41]！若复尔尔[42]，便当鸣呼[43]，品行亏损，两无所益！"宿恐假迹败露，不敢复强，但请后会。女以亲迎为期。宿以为远，又请之。女厌纠缠，约待病愈。宿求信物，女不许。宿捉足解绣履而去[44]。女呼之返，曰："身已许君，复何吝惜？但恐'画虎成狗[45]'，致贻污谤[46]。今亵物已入君手[47]，料不可返。君如负心，但有一死！"宿既出，又投宿王所。既卧，心不忘履，阴揣衣袂[48]，竟已乌有。急起篝灯[49]，振衣冥索。诘王，不应，疑其藏匿。王又故笑以疑之。宿不能隐，实以情告。言已，遍烛门外，竟不可得。懊恨归寝。窃幸深夜无人，遗落当犹在途也。早起寻之，亦复杳然[50]。

先是，巷中有毛大者，游手无籍[51]。尝挑王氏不得，知宿与洽，思掩执以胁之[52]。是夜，过其门，推之未扃[53]，潜入。方至窗外，踏一物，软若絮帛，拾视，则巾裹女舄[54]。伏听之，闻宿自述甚悉，喜极，抽身而出。逾数夕，越墙入女家，门户不悉，误诣翁舍[55]。翁窥窗，见男子，察其音迹，知为女来者。大怒，操刀直出。毛大骇，返走。方欲攀垣，而卜追已近，急无所逃，反身夺刀。媪起大呼，毛不得脱，因而杀翁。女稍痊，闻喧始起。共烛之，翁脑裂不复能言，俄顷已绝[56]。于墙下得绣履，媪视之，胭脂物也。逼问女，女哭而实告之；但不忍贻累王氏，言鄂生之自至而已。天明，讼于邑[57]。邑宰拘鄂[58]。鄂为人谨讷[59]，年十九岁，见客羞涩如童子。被执，骇绝。上堂不知置词，惟有战栗。宰益信其情真，横加梏械[60]。生不堪痛楚[61]，遂诬服[62]。及解郡[63]，敲扑如邑。生冤气填塞，每欲与女面相质。及相遭[64]，女辄诟詈[65]，遂结舌不能自伸[66]。由是论死。往来覆讯[67]，经数官无异词。

后委济南府覆审。时吴公南岱守济南[68]，一见鄂生，疑其不类杀人者。阴使人从容私问之，俾得尽其词[69]。公以是益知鄂生冤。筹思数日[70]，始鞫之[71]。先问胭脂："订约后，有知者否？"答："无之。""遇鄂生时，别有人否？"亦答："无之。"乃唤生上，温语慰之。生自言："曾过其门，但见旧邻妇王氏与一少女出，某即趋避，过此并无一言。"吴公叱女曰："适言别无他人[72]，何以有邻妇也？"欲刑之。女惧曰："虽有王氏，与彼实无关涉。"公罢质[73]，命拘王氏。拘到，禁不与女通，立刻出审，便问王："杀人者谁？"王对："不知。"公诈之曰："胭脂供言，杀卜某汝悉知之，胡得隐匿？"妇呼曰："冤哉！淫婢自思男子，我虽有媒合之言，特戏之耳。彼自引奸夫入院，我何知焉！"公细诘之，始述其前后相戏之词。公呼女上，怒曰："汝言彼不知情，今何以自供撮合哉？"女流涕曰："自己不肖[74]，致父惨死，讼结不知何年；又累他人，诚不忍耳。"公问王氏："既戏后，曾语何人？"王供："无之。"公怒曰："夫妻在床，应无不言者，何得云无？"王供："丈夫久客未归。"公曰：

"虽然，凡戏人者，皆笑人之愚，以炫己之慧。更不向一人言，将谁欺？"命梏十指[75]。妇不得已，实供："曾与宿言。"公于是释鄂拘宿。宿至，自供："不知。"公曰："宿妓者必非良士！"严械之。宿自供："赚女是真。自失履后，未敢复往，杀人实不知情。"公怒曰："逾墙者何所不至！"又械之。宿不任凌藉[76]，遂亦诬承。招成报上，无不称吴公之神。铁案如山，宿遂延颈以待秋决矣[77]。

然宿虽放纵无行，实亦东国名士[78]。闻学使施公愚山贤能称最[79]，且又怜才恤士[80]，因以一词控其冤枉，语言怆恻[81]。公乃讨其招供，反复凝思之。拍案曰："此生冤也！"遂请于院、司[82]，移案再鞫问宿生："鞋遗何所？"供言："忘之。但叩妇门时，犹在袖中。"转诘王氏："宿介之外，奸夫有几？"供言："无有。"公曰："淫乱之人，岂得专私一个？"供言："身与宿介，稚齿交合[83]，故未能谢绝[84]；后非无见挑者，身实未敢相从。"因使指其人以实之。供云："同里毛大，屡挑而屡拒之矣。"公曰："何忽贞自如此？"命搒之。妇顿首出血，力辩无有，乃释之。又诘："汝夫远出，宁无托故而来者？"曰："有之，某甲、某乙，皆以借贷馈赠，曾一二次入小人家。"盖甲、乙皆巷中游荡子，有心于妇而未发者也。公悉籍其名，并拘之。既集，公赴城隍庙，使尽伏案前。便谓："曩梦神人相告[85]，杀人者不出汝等四五人中。今对神明，不得有妄言[86]。如肯自首，尚可原宥[87]；虚者，廉得无赦！[88]"同声言无杀人之事。公以三木置地[89]，将并加之；括发裸股[90]，齐鸣冤苦。公命释之，谓曰："既不自招，当使鬼神指之。"使人以毡褥悉障殿窗，令无少隙。祖诸囚背，驱入暗中，始授盆水，一一命自盥讫[91]；系诸壁下，戒令："面壁勿动。杀人者，当有神书其背。"少间，唤出验视，指毛曰："此真杀人贼也！"盖公先使人以灰涂壁，又以烟煤濯其手[92]。杀人者恐神来书，故匿背于壁而有灰色；临出，以手护背，而有烟色也。公固疑是毛，至此益信。施以毒刑，尽吐其实。

判曰："宿介：蹈盆成括杀身之道[93]，成登徒子好色之名[94]。只缘两小无猜[95]，遂野鸯如家鸡之恋[96]；为因一言有漏，致得陇兴望蜀之心[97]。将仲子而逾墙[98]，便如鸟堕；冒刘郎而入洞[99]，竟赚门开。感悦惊龙[100]，鼠有皮胡若此[101]？攀花折树，士无行其谓何[102]！幸而听病燕之娇啼[103]，犹为玉惜；怜弱柳之憔悴，未似莺狂。而释幺凤于罗中[104]，尚有文人之意；乃劫香盟于袜底[105]，宁非无赖之尤！蝴蝶过墙[106]，隔窗有耳；莲花卸瓣[107]，堕地无踪。假中之假以生，冤外之冤谁信？天降祸起，酷械至于垂亡；自作孽盈[108]，断头几于不续。彼逾墙钻隙[109]，固有玷夫儒冠[110]；而僵李代桃[111]，诚难消其冤气。是宜稍宽笞扑[112]，折其已受之刑；姑降青衣[113]，开彼自新之路。若毛大者，刁猾无籍，市井凶徒[114]。被邻女之投梭[115]，淫心不死；伺狂童之入巷[116]，贼智忽生。开户迎风[117]，喜得履张生之迹；求浆值酒[118]，妄思偷韩掾之香[119]。何意魄夺自天，魂摄于鬼。浪乘槎木[120]，直入广寒之宫[121]；径泛渔舟，错认桃源之路[122]。遂使情火息焰，欲海生波。刀横直前，投鼠无他顾之意[123]；寇穷安往，急兔起反噬之心[124]。穴壁入人家[125]，止期张有冠而李借[126]；夺兵遗绣履[127]，遂教鱼脱网而鸿罹[128]。风流道乃生此恶魔，温柔乡何有此鬼蜮哉[129]！即断首领，以快人心。胭脂：身犹未字，岁已及笄。以月殿之仙人，自应有郎似玉；原霓裳之旧队[130]，何愁贮屋无金[131]？而乃感关雎而念好逑[132]，竟绕春婆之梦[133]；怨摽梅而思吉士[134]，遂离倩女之魂[135]。为因一线缠萦，致使群魔交至。争妇女之颜色，恐失'胭脂[136]'；惹鸷鸟之纷飞，并托'秋隼[137]，莲钩摘去[138]，难保一瓣之香；铁限敲来[139]，几破连城之玉[140]。嵌红豆于骰子[141]，相思骨意作厉阶[142]；丧乔木于斧斤[143]，可憎才真成祸水[144]！葳蕤自守[145]，幸白璧之无瑕；缧绁苦争[146]，喜锦衾之可覆[147]。嘉其入门之拒，犹洁白之情人；遂其掷果之心[148]，亦风流之雅事。仰彼邑令[149]，作尔冰人。"案既结，遐迩传诵焉[150]。

自吴公鞫后，女始知鄂生冤。堂下相遇，脉然含涕，似有痛惜之词，而未可言也。生感其眷恋之情，爱慕殊切；而又念其出身微，且日登公堂，为千人所窥指，恐娶之为人姗笑[151]。日夜萦回，无以自主。判牒既下[152]，意始安帖。邑宰为之委禽[153]，送鼓吹焉[154]。

异史氏曰："甚哉！听讼之不可以不慎也[155]！纵能知李代为冤，谁复思桃僵亦屈？然事虽暗昧[156]，必有其间[157]，要非审思研察，不能得也。呜呼！人皆服哲人之折狱明[158]，而不知良工之用心苦矣。世之居民上者，棋局消日[159]，绸被放衙[160]，下情民艰，更不肯一劳方寸。至鼓动衙开，巍然高坐，彼哓哓者直以桎梏静之[161]，何怪覆盆之下多沉冤哉！[162]"

（选自《聊斋志异》）

[注释]

[1] 东昌——古代府名，治所在今山东省聊城。

[2] 业牛医——以医牛为职业。

[3] 宝爱——爱之如宝。

[4] 占凤——卜婚。《左传·庄公二十二年》载陈大夫懿仲想把女儿许配给陈敬仲，懿妻占卦，卦辞上有"凤凰于飞，和鸣锵锵"之语，认为吉利，就把女儿嫁给陈。后人便以许婚称为占凤。清门——寒素之家。此指普通的读书人家。

[5] 世族——世代作官的人家。鄙其寒贱——轻视他家贫寒低贱。

[6] 不屑缔盟——不愿意缔结婚约。

〔7〕及笄——古代女子年达十五岁，盘发插簪，表示成年；亦指女子已到可以出嫁的年龄。笄（jī鸡），发簪，古代用来插在挽起的头发上。字——旧时称女子许嫁为字。

〔8〕户——本指单扇的门，引申为门的通称。

〔9〕佻脱——轻佻。佻（tiǎo挑），轻薄苟且。善谑——爱开玩笑。谑（xuè血），戏谑，开玩笑。

〔10〕谈友——闲聊的朋友。

〔11〕裙——下裳，古代男女同用，今专指妇女的裙子。

〔12〕丰采甚都——风度，神采很潇洒、漂亮。丰采，同"风采"。都，美丽、漂亮。

〔13〕秋波——旧时比喻美女的眼睛，意思是像秋水一样清澈明亮。萦转——不停地转动。

〔14〕凝眺——凝神眺望。

〔15〕若人——那个人。

〔16〕脉脉——含情凝视的样子，有欲吐情思之意。

〔17〕向——从前，往昔。同里——同乡。

〔18〕妻服——妻死，丈夫穿素白衣裳为她服丧。未阕（què确）——尚未终止。阕，本义是指祭奠之事已毕而闭门；引申为止息、终了。

〔19〕寄语——传话。委冰——托人做媒。冰，即冰人。《晋书·索纨传》载："孝廉令狐策梦立冰上，与冰下人语。纨曰：'冰上为阳，冰下为阴，阴阳事也；士如归妻（娶妻），迨冰未泮（融化），婚姻事也。君在冰上，与冰下人语，为阳语阴，媒介事也。君当为人作媒，冰泮而婚成。'"旧时便以此典故称媒人为"冰人"。

〔20〕无耗——无音信。耗，音信，消息。

〔21〕宦裔——官宦人家的后代。裔（yì），后代。俯就——降格相就，低首屈就。

〔22〕悒悒——形容忧闷不乐，心情不舒畅的样子。

〔23〕萦念——思念，牵挂。

〔24〕寝疾惙顿——病卧在床，疲乏困顿。惙（chuò绰）顿，疲乏顿悴。

〔25〕尔日——那日。

［26］忽忽——心中空虚恍惚。

［27］延命假息——气息奄奄，苟延生命，形容生命垂危。

［28］朝暮人——朝不保夕的人，即早晚就要死的人。

［29］芳体违和——形容美女身体失于调和而不舒适。芳，芬芳，馨香，此处是对少女的敬称。违和，常用作称他人患病的婉词。

［30］赪颜——红着脸。赪（chēng 称），红色。

［31］渠——他。

［32］乃假无心之词——于是假借随便闲聊的话。

［33］闺闼——此指少女卧室之门。闺，特指女子的卧室。闼（tà 榻），门内。甚悉——极详尽。

［34］逾垣入——越过矮墙进入。逾（yú 于），越过，迈。垣（yuán 元），墙，矮墙。

［35］但宜速倩——只当速请。倩（qiàn 欠），请。

［36］为信——作为信证。表示诚意。

［37］力疾——竭力支撑着病体。启扉——开门。

［38］曳（yè 叶）——拉。

［39］恶少——品行恶劣的少年。

［40］温驯——温和善良。驯（xún 旬），善良。

［41］遂——竟。

［42］尔尔——如此，这样。

［43］呜呼——喊叫的意思。

［44］绣履——绣花鞋。去——离开。

［45］画虎成狗——是"画虎不成反类狗"的简化，这里是说将好事办坏了。典出《后汉书·马援传》，马援教训兄子严敦的书信中说："杜季良豪侠好义，忧人之忧，乐人之乐，清浊无所失，父丧致客，数郡毕至，吾爱之重之，不愿汝辈效也。……效季良不得，陷为天下轻薄子，所谓画虎不成反类狗者也。"

［46］致贻污谤——以致受到污辱和诽谤，贻害无穷。贻（yí 移），遗留。

［47］亵物——即贴身的衣物。此指绣花鞋。亵（xiè 谢），本指内衣。

［48］阴揣衣袂——暗中摸一下衣袖。揣（chuāi），音义同"搋"，藏的

意思。两手交叉笼在袖子里叫揣手，或搋手。袂（mèi妹），衣袖。

［49］篝灯——把灯烛放在笼中，避免风吹。这里指点着灯。篝（gōu沟），灯笼，这里作动词用。

［50］杳然——无影无踪。

［51］游手无籍——游荡没有固定住址与正当职业。籍，户籍，户口册。无籍，意即无业游民。

［52］掩执——乘人不备而捉拿。胁之——威胁她。

［53］未扃——未关锁。

［54］舄（xì细）——古代一种复底鞋，引申为鞋的通称。

［55］误诣翁舍——错误地闯到卞翁住处。

［56］俄顷——顷刻，一会儿。绝——断气，绝世，死亡之意。

［57］讼——打官司。邑——旧时县的别称。

［58］邑宰——旧时县令的别称。

［59］谨讷——慎重小心，不善言辞。

［60］梏械——指酷刑。梏（gù故），古代木制的手铐。械（xiè谢），指桎（zhì至）桔，即手铐、脚镣等刑具。

［61］痛楚——痛苦。楚，苦楚。

［62］诬服——屈打成招之意。诬，冤屈。服，认罪。

［63］解郡——押解送郡里。郡，古代行政区域的名称。

［64］相遭——相遇。

［65］诟詈——辱骂。詈（lì力），骂。

［66］结舌——不敢讲话。

［67］覆讯——复审。

［68］吴南岱——江苏武进人，进士。他在清朝顺治年间任济南知府。守——作太守，即作知府。

［69］俾得——使得。俾（bǐ比），使。

［70］筹思——谋划思虑。

［71］鞠（jū居）——审讯。

［72］适——刚才。

［73］罢质——停止质问。

胭 脂 ｜ 213

［74］不肖——不贤。品行不好。

　［75］梏十指——封建社会所使用的一种酷刑，用细木棍穿以绳子，套在受刑人手指上收紧。

　［76］不任凌藉——经不起刑法的折磨。

　［77］秋决——秋日处决。决，斩决，杀戮囚犯。

　［78］东国——指山东省。

　［79］施愚山——名闰章，别号愚山，安徽省宣城人，清代顺治时进士，诗人，著有《学余堂诗文集》，他在顺治十三年任山东提学金事，是当时有名的文人。

　［80］怜才恤士——爱护体恤有才能之士。

　［81］怆恻——凄怆悲痛。

　［82］院、司——即巡抚和臬（niè 聂）司（主管全省司法的负责官员）。

　［83］稚齿交合——年少结好。

　［84］谢绝——推辞、拒绝。

　［85］曩（nǎng 囊上声）——以往，从前。这里是"日前"或"前几日"之意。

　［86］妄言——虚伪不实之言，胡言乱语。

　［87］原宥——原谅、赦罪。宥（yòu 又），宽宥；赦罪。

　［88］廉得——查出来。廉，考察；查访。

　［89］三木——古时加在罪犯颈项和手足上的刑具（原指木制的枷、铐、镣等刑具，故称"三木"，这里泛指刑具）。

　［90］括发裸股——把头发束起来，把裤子拉下来，作好施刑的准备。裸，裸露。股，大腿。

　［91］盥（guàn 贯）——洗手。讫（qì 气）——完结，终了。

　［92］濯（zhuó 茁）——洗。

　［93］盆成括——《孟子·尽心下》说盆成括小有才能而不懂大道理，因而被杀。这里用来指责宿介有才无行重蹈盆成括之覆辙。

　［94］登徒子好色——战国时代，楚国宋玉著有《登徒子好色赋》，赋中讽刺了楚大夫登徒子的好色。这里挖苦宿介也是登徒子一类的好色之徒。

　［95］只缘——只因为。两小无猜——指少男少女相处融洽，天真无邪。

[96] 野鹜——野鸭子，比喻行不正当男女关系的女子。家鸡——比喻妻子。

[97] 得陇兴望蜀之心——《后汉书·岑彭传》记汉光武帝刘秀在大将岑彭攻下陇右之后，又要他进兵攻蜀，他在给岑彭的信中说："人苦不知足，既平陇，复望蜀。"后人便以"得陇望蜀"来比喻不知足的人。这里指斥宿介既与王氏私通，又想骗奸胭脂。

[98] 将仲子而逾墙——《诗经·郑风·将仲子》篇有："将仲子兮，无逾我墙"之语，是说仲子逾墙向女子求爱被女子拒绝。这里指宿介越墙之事。

[99] 冒刘郎而入洞——传说东汉时刘晨、阮肇进天台山采药，遇见两个仙女，迎接他们进入山洞，同居了半年始回。这里是指宿介冒充鄂郎骗得胭脂开门。

[100] 感帨惊尨——摇扯佩巾，惊动长毛狗。感，通"撼"，摇动，扯拽之意。帨（shuì 税）古代的佩巾。尨（máng 忙），长毛的狗。《诗经·召南·野有死麕》篇有："无感我帨兮，无使尨也吠"之语，意思是少女请求男子不要扯拽她的佩巾，以免惊动她家的长毛狗。这里比喻宿介对胭脂的狂暴。

[101] 鼠有皮——《诗经·鄘风·相鼠》篇有："相鼠有皮，人而无仪；人而无仪，不死何为？"讽刺不要脸皮的人还不如老鼠。这里用以指宿介。

[102] 谓何——奈何。

[103] 幸而——幸亏。意指宿介幸亏还有点文人的品格。病燕——与下句之"弱柳"都是形容胭脂的。

[104] 释幺凤于罗中——意思是说宿介把胭脂放开了。幺凤，是一种五色的小鸟。罗中，即罗网之中。

[105] 劫——强取，掠夺。香盟——指男女爱情的盟约。袜底——指绣鞋。

(106) 蝴蝶过墙——指宿介在王氏家中说的话被门外毛大听去了。

[107] 莲花卸瓣——指胭脂的绣花鞋丢失。

[108] 孽盈——罪恶满盈。

[109] 钻隙——钻空子。

[110] 玷（diàn 店）——玷污。儒冠——指读书人。

[111] 僵李代桃——《古乐府·鸡鸣篇》："桃生露井上，李树生桃旁；

虫来啮桃根，李树代桃僵。"这里比喻宿介代替毛大受罪。

[112] 笞扑——刑罚。笞（chī 吃），即笞刑，用竹板或荆条打人脊背或臀部、大腿的刑罚。扑，即扑罚，古时笞打犯人的刑杖。

[113] 青衣——秀才犯错误或成绩不好的，由穿蓝衫降级穿青衫，并不准应当年的"科考"。"科考"是乡试的预选，因而也就是停止一周参加乡试的资格。

[114] 市井凶徒——集市中的恶棍。市井，古代指做买卖的地方。

[115] 被邻女之投梭——《晋书·谢鲲传》载：邻家高氏女，有美色，谢鲲曾调戏人家，被邻女用机梭打掉两颗牙齿。这里指毛大挑逗王氏遭拒绝。

[116] 伺狂童之入巷——意指毛大趁宿介到王氏家的机会。伺，侦候，窥察。狂童，指宿介。巷，里巷，胡同。

[117] 开户迎风——元稹《莺莺传》：崔莺莺约张生相会的诗笺有："待月西厢下，迎风户半开"的句子。这里形容毛大暗喜自己像张生会莺莺一样，冒充鄂生去会胭脂。

[118] 求浆值酒——讨点水浆解渴，却得到碗酒喝。比喻所得过于所求。这里指毛大到王氏家偷听，意在捉奸威胁王氏，但却听到了胭脂的事。

[119] 偷韩掾之香——《世说新语·惑溺》载：韩掾是贾充的属官韩寿。贾充之女爱上韩寿，把贾充给她的外国贡香偷赠给韩。后人用韩寿偷香故事比喻诱奸妇女。这里借指毛大企图诱奸胭脂。掾（yuàn 院），古代属官的通称。

[120] 浪乘槎木——乘水中浮木浪游。张华《博物志》引神话传说，大海同天河相同，每年八月，海上居民乘浮木而去，二十多天后便隐隐约约看见天上的宫殿。浪，浪游。槎（chá 查），用竹木编成的筏。

[121] 广寒宫——传说中的月宫，这里指胭脂的住处。

[122] "径泛渔舟"句——借用陶渊明《桃花源记》中渔人泛舟误入桃花源的故事，比喻毛大认错胭脂的房门，闯到卞翁窗外。

[123] 投鼠无他顾之意——是说卞翁追杀毛大无所顾忌。《汉书·贾谊传》有："欲投鼠而忌器"之句，是说要用东西投掷老鼠，又恐怕砸碎了老鼠附近的器具。比喻有所顾忌，做事不敢放手。这里化用其意。

[124] 反噬之心——反咬之心。噬（shì 示），咬，吞。

[125] 穴壁——穿过墙壁。穴，洞穴，引申为穿洞，这里指逾墙。

［126］张有冠而李借——即"张冠李戴"之成语。明代田艺蘅《留青日札》卷二十二《张公帽赋》:"俗谚云:'张公帽掇在李公头上。'有人作赋云:'物各有主,貌贵相宜;窃张公之帽也,假李老而戴之'。"比喻弄错了对象或事实。这里指毛大企图冒充鄂生,诱奸胭脂。

［127］夺兵——指毛大夺过卞翁的刀。

［128］鱼脱网而鸿罹——见《诗经·邶风·新台》篇:"鱼网之设,鸿则离之",意思是设网捕鱼,鸿雁却遭了殃。这里比喻毛大漏网,鄂生遭殃。

［129］鬼蜮——《诗经·小雅·何人斯》:"为鬼为蜮,则不可得。"后人以"鬼蜮"比喻用心险恶,暗中伤人的坏人。

［130］原霓裳之旧队——意思是说胭脂本来是能歌善舞美女队伍中的人。霓裳,即《霓裳羽衣舞》,唐代宫廷乐舞。

［131］贮屋无金——化用"金屋藏娇"典故。《汉武故事》载:"汉武帝幼时对其姑母长公主说:"若得阿娇(长公主之女)作妇,当作金屋贮之也。"贮(zhù住),藏。这里是说胭脂长得那么美丽,还愁没有富贵人家娶她吗?

［132］感关雎而念好逑——《诗经·周南·关雎》:"关关雎鸠,在河之洲;窈窕淑女,君子好逑。"关关,是雎鸠鸟雌雄相呼的声音。好逑,好配偶。这里用来指胭脂受《关雎》一诗的感发而思念鄂生。

(133) 春婆之梦——宋代诗人苏东坡在海南岛时,一个七十岁老太婆对他说:"你从前的富贵,只是一场春梦!"当时人便呼这个老妪为春梦婆。这里借用春梦婆的字面,说胭脂相思入梦。

［134］怨摽梅而思吉士——《诗经·召南·摽有梅》:"摽有梅,其实七兮,求我庶士,迨其吉兮。"诗以梅子快要落光,比喻女子婚姻不能及时。摽(biào表去声),落。这里指胭脂怨成年未婚,因而思慕青年男子。吉士,美男子。

［135］遂离倩女之魂——用唐陈玄祐《离魂记》中张倩娘因思念表哥王宙病在闺中,灵魂与表哥结合的爱情故事,比喻胭脂因思念鄂生而生病。

［136］胭脂——古诗中有"失我胭脂山,使我妇女无颜色"的句子。这里代指宿介、毛大共争的胭脂。

(137) 并托"秋隼"——指宿介与毛大共同冒充鄂生。秋隼(sǔn损),一种凶猛的鸷鸟。这里语意双关。

[138] 莲钩摘去——指宿介脱去胭脂的绣鞋。

[139] 铁限——铁门槛。

[140] 连城玉——即连城璧，价值连城的玉。这里指胭脂的身价高贵。

(141) 红豆——又名相思子，古人常用以象征爱情和相思。骰（tóu投）——即"投子""色子"，旧时赌具的一种。

[142] 相思骨意——红豆代表相思，嵌在骰子上，令人感发男女入骨相思之意。唐温庭筠《杨柳枝》词："玲珑骰子安红豆，入骨相思知也无"。厉阶——祸端，祸患的来由。这里指胭脂因思慕鄂生而招来祸患。

[143] 丧乔木于斧斤——指卞翁被砍至死。乔木，古代尊父为乔，儿子似梓。因称父子为"乔梓"。这里以乔木代卞翁。斧斤，砍木的工具，斧子。这里指刀。

[144] 可憎才——可恨的人。这里是爱极之反语，犹如"可恶的冤家"，"讨厌鬼"。是对胭脂的别称。

[145] 葳蕤（wēi ruí 威锐阳声）——草名，即玉竹。形象似有威盛之神气，这里比喻胭脂能严正自守，不为所犯。

[146] 缧绁苦争——指胭脂被拘审时能据理力争。缧绁（léi xiè 雷谢），拘系犯人的绳索，引申为囚禁。

[147] 锦衾可覆——即"锦被遮盖"，是宋元以来的俗语，表示过去一切不光彩的事，都可以加以遮盖，只因为有了美好的结局。

[148] 掷果之心——《晋书·潘岳传》说潘岳年少貌美，出洛阳城，妇女们都向他投掷果品，后人便以掷果表示妇女对男子的爱慕。这里指胭脂爱慕鄂生之心意。

[149] 仰——旧时公文中上级责令下级的用语。

[150] 遐迩——远近。

[151] 姗笑——讥笑。讪笑。

[152] 判牒——判文。牒（dié 蝶），公文。

[153] 委禽——下聘礼。委，致送。禽，指雁，古代订婚用的礼物。

[154] 鼓吹——指迎亲的乐队。

[155] 听讼——听取诉讼。审案。

[156] 暗昧——昏暗不明。

［157］其间——间隙，漏洞。

［158］折狱——断案。

［159］棋局消日——唐李远有："长日惟消一局棋"诗句。

［160］绸被放衙——宋文彦博诗："黄绸被里晓眠熟，探出头来道放衙。"这里借用二诗句形容地方官只知高眠和消遣，不顾百姓的艰辛痛苦。

［161］嗃嗃（xiāo 消）——因恐惧而发的叫声。这里指陈述冤屈的老百姓。直以桎梏静之——径直用刑法封住犯人的嘴。

［162］覆盆——覆置的盆。《汉书·司马迁传》："戴覆盆何以望天。"比喻社会黑暗或沉冤莫白。沉冤——旧指难以辩白或久未伸雪的冤屈。

［译文］

东昌府有位姓卞的，以医牛为职业，他有一女小名叫胭脂，长得十分聪慧美丽。父亲视为掌上明珠，想要把她许配给读书人家，但书香世家轻视他们出身贫贱，不肯缔结婚约，所以已到了出嫁年龄还未许嫁。

对门有个姓龚的，其妻王氏，举止轻薄不端重，又爱开玩笑，是胭脂闺房中闲聊的朋友。有一天，胭脂送王氏至门口，见一少年经过，穿戴着素白衣帽，风度翩翩，十分潇洒漂亮。胭脂动了春心，频频向他传送秋波。那少年很腼腆，迅速低下头离去。已经走远了，少女仍然伫立凝视。王氏试探其心意，开玩笑地说："以姑娘的才貌，能许配那个少年，也就终身无憾了。"少女羞得满脸红晕，脉脉含情不吭一声。王氏问："你认识这个少年郎吗？"少女回答："不认识。"王氏说："这个人是南巷鄂秀才名叫秋隼，他父亲是个举人。妾曾与他同里，所以认识他。世上男子，没有像他那样温顺和婉的。如今穿素，因为他正在为去世的妻子服丧尚未满期。姑娘如有意，我定当传话让他托人做媒。"少女未言语，王氏也笑着离去。数日无音信，少女疑惑王氏无暇前去；又怀疑是男方出身官宦，不肯低就，因此愁闷不安，辗转反侧，苦思不已。渐渐地饮食不进，病倒在床，困顿乏力。王氏恰好来看望她，追究她的病因。少女说："自己也不知道，但从那天分别之后，就觉得心中空虚恍惚，郁郁不乐，已是气息奄奄，苟延生命，早晚要死的人了。"王氏小声说:"我家男人,贩卖货物未归,还无人给鄂郎送信。你芳体欠安,莫非为此事吗?"少女脸红了很久。王氏耍笑她说:"果然是为此事。你病已到了这等地步,还有什么顾忌?先叫他夜里来此一聚,他岂肯不答应?"少女叹息说:"事已至此,已不能害羞了。如果他不嫌弃我贫寒,就立即请媒人来,我的病就会痊愈;如私下幽会,那断断不可。"王氏点头而去。

王氏年轻时与邻居小生宿介私通,出嫁后,宿介探得她丈夫外出时,便来寻求旧欢。这一夜宿介正好又来,王氏以胭脂房中所言为笑料,并随意戏谑宿介让他去与鄂生转致少女爱慕之意。宿介早就知道胭脂貌美,听到这一消息心中暗喜,庆幸自己有机可乘了。想要和王氏合谋,又恐怕她妒忌,于是佯装无意闲聊天,将少女闺门中事了解甚详。第二夜,他跳墙入院,直达少女住处,以手指扣窗。少女问:"谁啊?"回答说:"鄂生。"少女说:"妾所以思慕君,为求百年谐好,不为一夕之欢。郎君果真爱妾,只应速托媒人;如说私下交合,不能从命。"宿介无奈姑且允诺她,但苦苦哀求握一下少女的细腕,以表诚信。少女不忍过分拒绝,勉强支持病体为他开门。宿介急入室内,立即抱住少女求欢。少女无力抵抗,仆倒地上,气息已不接。宿介赶紧拉起她。少女说:"哪里来的恶少,一定不是鄂郎;如果真是鄂郎,其人性格温婉,知妾为他生病,必会怜爱,如何能这般无礼狂暴!你若再强求于我,我就要喊叫啦,坏了名声,对你我都无益处!"宿介恐假面目暴露,不敢再强迫,但请求再次幽会。少女以迎亲之日为期。宿介认为时间太久,又一再求准。少女厌恶他的纠缠,只得约他等待病愈之后。宿介索求信物,少女不允许。宿介无赖地抓住少女的脚,强脱下绣鞋扬长而去。少女呼喊他回来,并说:"妾身已许君,还有什么舍不得的?只恐把好事作坏了,'画虎不成反类狗',以致受到污辱与诽谤。如今绣花鞋这种物件都到了你手里,估计我也追不回来了。君今后如负心,我只有一死!"宿介出了门又投宿王氏家里,已经睡下,心中不忘胭脂的绣花鞋,暗中摸一下衣袖,竟已没有了。急忙起身点上灯，抖擞衣服，暗中寻找。向王氏诘问，王氏不语，宿介怀疑她藏起来了。王氏又故意黠笑以增加他的疑心。宿介见瞒不过王氏，便以实情相告。言毕，二人掌灯在门外找了一遍，竟无踪迹。懊恨地回到房中就寝。私下庆幸深夜无人，绣花鞋可能还在回来的路上。清晨起来去寻，也还是没有影儿。

早先，巷中有个名叫毛大的人，游手好闲，无固定职业。曾经挑逗王氏不成，他知宿介与王氏相好，想乘他们不防而进袭捉奸来恐胁王氏屈服。这一夜，过王氏之门，见门未关，便偷偷溜进。正走到窗外，脚踏一物，软呼呼如棉絮，拾起来一看，原来是手巾包着一只女鞋。趴在窗台上偷听，宿介正向王氏述说事情的详细经过，毛大欣喜若狂，抽身而出。过了几夜，他跳墙进入胭脂家，由于门户不熟悉，误入了胭脂父亲的屋舍。卞老暗窥窗外，见一男人，观察他的声音形迹，知是为其女胭脂而来的。于是大怒，操起一把刀便径直冲出门外。毛大万分惊恐，掉头就跑。正要攀登矮墙，卞老已追到跟前，毛大急得无处逃身，反过来夺刀。此时卞母起来大喊，毛大不得脱逃，于是就杀了卞老。胭脂此时病况稍好，听到喧哗声才起来，点着灯与其母共照，发现其父已脑浆迸裂不能讲话，不大工夫便气绝了。胭脂的母亲在墙下拾得了绣鞋，看到是胭脂的东西，便逼问女儿。少女哭诉了实情，但不忍心牵累王氏，说是鄂生自己来的。天明，到县衙告状。县官拘押了鄂生。鄂生为人谨厚不善讲话，年方十九岁，见人还羞怯如儿童。被捉拿时，吓得晕死过去。上到公堂不知申辩说理，只有发抖。县官更加信其杀人是真，横加酷刑拷打。鄂生不堪痛苦，遂屈打成招。押送到郡里，又和在县衙一样挨了一顿痛打。鄂生冤气满胸，一再要求与少女公堂对质。等到相见，少女大加责骂，鄂生张口结舌不能申辩。从此便定为死罪。以后又反复审讯，经过几度官审都没有推倒原判。

后来上司委派济南府复审此案。当时吴南岱正任济南知府，他一见鄂生，就怀疑他不像杀人罪犯。暗中派人从容地秘密审问他，使得他尽诉实情。吴公从此更肯定鄂生是冤枉的。筹谋数日，才开始升堂审问。首先审讯胭脂："订约之后，有谁知道这件事吗？"回答："没有。"又问："第一次遇见鄂生时，有别人在场吗？"也答："没有。"于是乃唤出鄂生，并用温和语言抚慰他。鄂生招认说："曾经路过她家门，只见旧日邻居妇女王氏与一少女出来，我立即退避，经过时并未和她说一句话。"吴公怒责胭脂："刚才说别无他人，为什么出来一个邻妇？"便下令动刑。胭脂害怕了，便招供："虽然有王氏在场，但与她实无关连。"吴公停止审问，下令拘捕王氏。拘到之后，禁止她与胭脂串供，立刻出审，便问王氏："杀人的是谁？"王答："不知道。"吴公诈探她说："胭脂招供，杀卞老的事你都知晓，为何隐瞒不招？"王氏大喊："冤枉啊！淫女自思男子，我虽有作媒之话，只不过是开玩笑。她自引奸夫入院，我怎么会知道？"吴公详细追问她，她才将与胭脂前前后后玩笑之语述说一遍。吴公传胭脂上堂，怒问："你说王氏不知内情，如今她为何自己供认为你二人撮合哪？"少女痛哭流涕地说："我自己行为不端，造成父亲惨死，官司不知何年结案，再牵连他人，实在不忍心啊！"吴公又审问王氏："开玩笑之后，曾告诉过什么人？"王氏供说："没有。"吴公怒问："夫妻在床，应无所不谈，怎么说没有？"王氏说："丈夫长期在外经商未归。"吴公说："即使如此，凡是要笑别人的人，都是笑话别人愚蠢，而炫耀自己的机灵。你能不对一个人说？你欺骗谁啊？"于是下令夹紧她的十指。王氏不得已，据实招供说："曾与宿介说过。"吴公于是放了鄂生，拘捕了宿介。宿介到堂，自供："不了解此事。"吴公说："嫖妓的人一定不是好人！"便对其严刑拷打。宿介只得自供："欺骗少女是真。但自从丢了绣花鞋之后，未敢再去，杀人之事实在不知。"吴公大怒说："跳墙不轨的人，什么坏事不干！"又拷打他。宿介经不住刑法的折磨，于是也屈打成招。招文报上，无不称赞吴公圣明。铁案如山，宿介便只能伸长脖颈听候秋天处决了。

然而宿介虽是品行放纵不端之人，但也确实是一位山东地区的名士。他听说学使大人施愚山，是当时最贤能的官员，而且又爱才悯士。于是写一份控词，诉说自己的冤枉，语言悽怆悲痛。施公乃索取他的供词，反复地凝神思量案情。忽然一声拍案，说；"此人冤枉！"于是向巡抚和臬司司法官请求，转回此案再审。施公问宿生："绣花鞋丢在何处？"宿生供说："忘了。但叩打王妇之门时，还在袖中。"转又责问王氏："宿介之外，还有几个奸夫？"王供："没有了。"施公说："淫乱不轨之人，岂能与一人私通？"王供说："我与宿介，幼小交好，所以未能拒绝；以后并不是没发现挑逗的人，我实在未敢相从。"因令其指出挑逗之人来证实。王氏供称："同里毛大，屡次挑逗我而屡次相拒不从他。"施公怀疑说："为何忽然如此讲贞操爱清白了？"下令用棍子打她。王氏叩头叩出鲜血，力辩没有第二个奸夫，这才放手。又追问她："你丈夫出远门，难道就没有人借此机会而来过？"王氏说："有的，某甲、某乙，都来借钱或赠送物品，曾经有一两次来小人家里。"某甲、某乙，都是同巷中游荡浪子，有心勾搭王氏而未敢动手。施公都登记入册，并拘留起来。待案犯全部聚齐，施公便将他们押解到城隍庙，令他们都趴在香案前，便说："日前我梦见神仙相告，杀人犯不出你们这四五人当中。今天你们对着神仙，不许胡说。如肯自首招认，尚可原谅宽容；弄虚作假的，查出决不饶恕！"几个人同声说没有杀人之事。施公把枷、铐、镣等刑具放在地上，将要一并上刑；于是将几人的头发束起来，裤子拉下来，作好施刑的准备。这几个人齐喊冤枉。施公命令放开他们，并说："既然不自己招供，就请鬼神把杀人犯指出来吧！于是让人用毡褥将殿宇的窗户都遮严实，不许留丁点缝隙。把诸人的后背袒露出来，驱赶他们进入暗殿中。然后给一盆水，命他们一个个洗完手，将他们栓结在墙壁下面，规定："面对墙壁不准动。杀人犯，会有神仙写在他背上。"不一会，召唤出来查看验证，然后指着毛大说："这个人是真的杀人罪犯。"原来施公先派人用灰涂抹在墙上，又用煤烟水洗他们的手。杀人犯惟恐神仙来写，所以把背紧靠在墙壁上，所以背有灰色；临出门，又用手护背，所以背上便有黑烟色。施公本来就怀疑是毛大杀人，到此更加坚信。立即施以重刑，毛大完全招认了实情。

施公的判词如下："宿介：重蹈盆成括遭杀身之覆辙，获得个登徒子好色之名。只因青梅竹马，两小无猜，就和王氏搞不正当男女关系，拿野鸭子当家鸡去爱恋。只因王氏一句戏言，便产生得陇望蜀之心，对胭脂起了非分之念，学那古代诗歌中仲子逾墙求爱的方式，落得个飞鸟堕地。冒充鄂郎而入少女闺室，骗得少女开门。对胭脂动手动脚，欲施狂暴，遭到严词拒绝，不顾羞耻，鼠辈不如。寻花问柳，读书人品行不端又奈何！幸而还能听进胭脂带病之女的哭诉，产生怜惜；同情少女病弱憔悴的身躯，未施狂暴。终于放开了胭脂，但尚有文人的风流雅意，乃强脱少女绣鞋作为信物，这难道不是无赖之徒！回到王氏家中在床上密语，不知蝴蝶飞过墙，隔墙又有耳，谈话全被毛大听到了；抢来的绣花鞋又丢得无影无踪。假中之假的怪事才发生，冤外之冤的奇案谁信？祸从天降，经酷刑差点丧命；自傲的罪孽已经满盈，铁证如山，死罪几乎不可免了。那种跳墙钻空子的丑行，本来就玷污了读书界的声誉；但是让他去代替毛大伏法，又实在难平他的冤气。因此宜当对他稍加宽容，减轻刑罚，以抵他已受过之苦。姑且将他降为。青衣"，并不准应当年的'科考'，给他一条自新之路。像毛大这个人，是刁猾没有户籍的市井暴徒。调戏邻妇王氏被拒绝，淫乱之心不死；趁宿介到王氏家的机会，在门外偷听，忽然产生邪恶念头。幻想胭脂像古代崔莺莺期待张生那样，将门户半开，自己冒充鄂郎，喜步张生之后尘；真是'求浆值酒'，本是想抓宿介和王氏的奸情，却偷听到胭脂的私事，于是妄想诱奸胭脂。不知他哪儿来的天大的胆子，就像被鬼收了魂儿似的，忘乎所以地游荡，竟直闯胭脂家中，又不熟悉胭脂闺房，误撞到卞老的窗外，就像渔人泛舟误入桃花源一样。于是淫心色欲顿然被吓跑了。那卞老横刀直追，杀奸贼无所顾忌。毛大如穷寇无处可逃，又如狂奔的兔子起了反咬一口的黑心。跳墙闯入人家，只妄想'张冠李戴'冒充鄂生，诱奸胭脂；美梦成空后，就夺过卞老的刀，丢了少女的绣鞋，自己虽然脱了法网，鄂生却遭了殃。风流之徒里竟产生了这样的恶魔，温柔儒雅群中怎么会有这种鬼蜮！立即判处毛大死刑，以快人心。胭脂：本人尚未出嫁，但已到青春年华。生得如月宫中的天仙，自当有英俊书生相配，本来就是美女队中的姣佼者，还愁没有富贵人家娶她吗？而从《关雎》诗中受到感发而想寻求鄂生这样的配偶，竟作起相思之梦；埋怨自己成年未婚，心中思慕鄂生那样的美少年，以至患起相思病。为了鄂生一人困绕身心，结果遭致群魔同时袭来。他们互争少女的美色，惟恐失掉胭脂；招惹宿介毛大等狂徒，纷纷冒充鄂生。绣鞋被宿介抢去，便难保自身安宁；毛大冒充鄂生来破门而入，胭脂差点失去少女清白。由于她爱慕鄂生情深，刻骨相思竟招来祸患。令卞老被刀砍而丧命，这个可恨又可爱的胭脂真成了祸水。由于尚能严正自守，不为强暴所犯，幸免被玷污洁白之躯。虽然被拘下狱受审，但能力争胜诉，结局很好，不光彩的事，也可以被遮盖住了。赞许她能拒绝狂徒入门，还保持了少女的情操；可以顺从她爱慕鄂生的心愿，这也是一桩风流韵事。责成县令，作胭脂的媒人。"此案判结之后，远近无不传诵。

自从吴公审断后，胭脂才知道鄂生是冤枉的。堂下二人相遇，她面带羞色，眼中含着泪水，好像有无数痛心悔恨的话，可又未说出来。鄂生感激她眷恋之情，对她也产生深切的爱慕之心，然而又想她出身低微，且又日登公堂，抛头露面，被众人暗中指点，恐娶了她让大家讥笑。此事日夜萦怀，无法解脱。判文已下，心神才熨帖。县令为他送礼定亲，并派鼓乐去迎亲。

异史氏评论说："审案很难啊！听取诉讼，不可不慎重啊！即使能审知鄂生被人冒充是冤枉的，谁又想到宿介也是冤枉的？然而事情虽然复杂不清楚，必有空隙漏洞，要不去认真细思推究核查是不能得到正确答案的。唉！人们都敬服有智慧的人会断案，殊不知优秀技艺家的作品都是苦心经营的。世上高居于百姓头上的官吏们，只知终日消遣，终宵高眠，下面民情艰难，他们不管不问。到了击鼓升堂，他们高高在上，对那些陈述冤枉的老百姓，话未说完，就动用刑罚封住他们的嘴。难怪覆盆之冤特别多啊！

[鉴赏]

这篇小说的故事来源，作者在篇末交待得很清楚，那位审思研察，明断公案的青天大老爷施愚山，是作者少年时期的老师。在作者的眼中，他是："奖进士子，拳拳如恐不尽，小有冤抑，必委曲呵护之"，"爱才如命，尤非后世学使虚应故事者所及"。（篇末这段文字因与故事无关删除）但作者写《胭脂》这篇小说，其创作意图与艺术效果，决非局限在对老师、名士、学使、哲人——施愚山个人的颂扬上。作者靠着自己丰富的生活素材积累和深厚的艺术功底，仅用二三千字的短小篇幅，就反映了社会的重大主题，表现了独特的艺术魅力，使之达到我国文言短篇小说的顶峰，垂范于后世文坛。

古语说，覆盆之下多沉冤。司法衙门，是一个国家和社会的窗口；是一个政权清廉或腐败的映照；是"居民上者"的父母官对百姓压迫或体恤的验证。作者在小说结尾，用自己的刀笔，直刺封建社会的痼疾、症结。封建社会没有科学的、独立的司法机构，有权势的官吏就是法律。像胭脂"讼于邑"，邑宰不经过调查、慎思，不需索取凭证实据，就可随便拘捕鄂生，又见鄂生"上堂不知置词，惟有战栗"便主观武断地判定他是杀人凶手。接着便用酷刑，屈打成招。这种不会察颜观色，又不揆情度理，更不懂审思研察，只能草菅人命的昏愦县官，胡乱断案，在封建社会里是极普遍的现象。邑宰如此，郡守仍"敲扑如邑"，鄂生虽"冤气填塞"，也未逃脱"论死"的命运。"往来覆讯，经数官无异词。"这十个字，揭露了封建司法的黑暗与腐败以及几千年官治、人治，代替法治的宿疾。因此，中国人民生活在"覆盆之下"的数千年里，便经常幻想"清官"的出现。而济南府太守吴南岱，不能说他是贪官，也难说他是昏官，因为他比邑宰、郡守那些官略胜一筹，前边那些官都是醉生梦死，唯刑是逞，无怜恤之心，无察情之识。吴公经过细审，私问，温语相慰，乘隙诈供，终于揪出一个宿介，放了无辜的鄂生，使案情有了重要进展。但从本质上，他也未跳出官治的主观主义，以酷刑屈打成招的老路。"宿妓者必非良士"的结论是正确的，然宿妓者未必都是杀人凶犯。司法官不能把道德败坏与刑事犯罪混为一谈。吴公在尚无确据的情况下便定宿介死罪，"招成报上，无不称吴公之神。"谁知，在吴公之流庆功领赏之际，多少"覆盆沉冤"之案，永无昭雪之日！至于作者着重歌颂的施愚山，他确实进行了大量的调查研究，"审思研察"，慎而又慎，层层布置妙网，费尽许多心血，终于使案情真相大白。但是，这只是封建司法诉讼中凤毛麟角极为罕见的案例。施愚山断案的动机，又不是要解救广大百姓的沉冤，他只从"以一词控其冤枉，语言怆恻"的名士投诉中受到感动，因他有"怜才恤士之德"，是一位"爱才如命"的学使大人。如果宿介不是名士才子，他也就一命呜呼了！再以施愚山断案之方法分析，也是唯心主义的一套。"杀人者，当有神书其背"的诈验，并不是真凭实据，最后仍然以毒刑，令毛大"尽吐其实"，还是无旁证。这一招并不是万灵之药，如果毛大更奸诈，狡猾，不背于壁，不以手护背；而某甲、某乙胆小恰去背壁、护背，施公不同样会制造覆盆之冤吗？总之，在万恶的封建社会，由于制度是黑暗的，百姓永无出头之日。所以作者在小说结束后，直接站出来亮出自己批判的矛头："世之居民上者，棋局消日，绸被放衙，下情民艰，更不肯一劳方寸。至鼓动衙开，巍然高坐，彼哓哓者直以桎梏静之，何怪覆盆之下多沉冤哉！""覆盆之下"暗无天日，是对黑暗的封建社会极形象的讽喻，极深刻的概括，极尖锐的批判。

小说还触及到了妇女问题。妇女婚姻、爱情是否自由，妇女人身安全是否有保障，这也是衡量一个国家、社会是否文明、进步，政权是否稳固、安定的重要标准。封建社会，妇女根本谈不上婚姻自主，要听"父母之命，媒妁之言"。而长得有几分姿色的良家少女，还要受到官府纨袴子弟以及市井地痞恶棍们的侮辱与蹂躏。《胭脂》这篇小说，作者通过一桩公案，也揭示出妇女悲剧命运这一重大主题。胭脂,"才姿慧丽","及笄未字",本有资格选择如意郎君,正如判辞所讲:"以月殿之仙人,自应有郎似玉"。但就因"世族鄙其寒贱,不屑缔盟,以故及笄未字。"万恶的门阀制度,等级观念,使她不得"占凤于清门"。她又不愿坐等"金屋藏娇"的富贵人家来迎娶,因为那既是渺茫无望的,又不一定是中意的情郎。正巧此时鄂生过其家门,那气质,那风度,那仪表,那容貌,无不令她倾心,动情,但苦于无人牵线,只得求闺中谈友王氏为之撮合。谁知少女一片纯情痴意,却被这个"佻脱善谑"的荡妇当作儿戏,并未寄语鄂生。"数日无耗",胭脂便疑虑重重,忧郁悲伤,遂"渐废饮食,寝疾惄顿",生命垂危,患了严重的相思病。这一切,都表明:封建社会,妇女追求自由、幸福的婚姻,步履多么艰辛!然而,祸不单行,这"相思骨意作厉阶"。胭脂的痴情已到了"延命假息"的地步,而荡妇王氏却与奸夫在床上随意泄漏了少女这一隐密:"因述女言为笑,戏嘱致意鄂生。"以少女的痴情,信任,当作笑料炫耀,致使好色文人、"市井凶徒"等"群魔交至",使"气息不续""无力撑拒"的病女,险遭强暴蹂躏,老父也无辜惨死。若没有施愚山明断这一偶然的意外,胭脂的命运是不可想象的。作者虽幻想"有情人终成眷属",以鼓乐吹笙,洞房花烛作结,但群魔欺凌弱女的血腥场景,却深深印在读者的脑海里。这篇短短的文言小说,暴露了封建社会的野蛮、落后,带给妇女,特别是痴情少女的灾难。所谓"红颜多薄命"与"覆盆之下多沉冤"都是旧社会的毒瘤。迄今为止,余孽犹存。

《聊斋志异》在艺术上的主要特色是运用现实主义与浪漫主义相结合的创作方法,通过谈鬼说狐,写仙描神,百幻并作,无奇不有,来展示出一个个神奇瑰丽的迷人境界,正像鲁迅所说的"用传奇法,而以志怪"(见《中国小说史略》)。但《胭脂》这篇小说中,并没有神奇鬼怪色彩,它是一桩活生生的人世间的公案。作者主要运用现实主义手法,吸收"史家列传体"与"传奇法"的艺术经验,以女主人公胭脂的命运为中心,讲述了一个完整的、动人心魄、扣人心弦的故事。

这篇小说，十分注意故事情节的曲折有致，引人入胜。写一桩人命案件从酿因到破获的过程，人物不多，也没有什么神奇色彩，但整个故事情节的发展，波澜起伏，高潮迭起，冤外有冤，错中有错，极富戏剧性。小说紧紧吸引住读者，使读者随着情节的推进，情绪忽张忽弛，忽喜忽忧。它与其他成功的古典小说一样，都注意到了故事的趣味性，可读性。另外这篇小说，虽然情节曲折多变，但它叙次周密、脉络贯通，因此显得结构十分谨严。从酿祸的过程看，第一部分，作者重点写胭脂的"闺中谈友"——荡妇王氏。这是酿因。少女对少男一见倾心，委托熟悉的朋友牵红线，这本是正常之事。但胭脂由于择友不当，交了一个"佻脱善谑"的王氏，她只把痴心女之隐密私情，当作插科打诨的笑料，当面戏耍一阵便扬长而去。这种三姑六婆式的人物一登场，读者便为胭脂的命运担心了，因为与这种人交往，不受其习染，必受其祸。第二部分重点写宿介，当读到"是夜宿适来，因述女言为笑，戏嘱致意鄂生。宿久知女美，闻之窃喜，幸其机之可乘也。"这时便知胭脂要遇到麻烦了，这种如'登徒子'式的无行文人，见到美女就如馋猫发现荤腥，势必猛缠不放。果然宿介"逾垣入，直达女所"，"即抱求欢。女无力撑拒，仆地上，气息不续。"情节骤然紧张，胭脂受辱而无疑。但继写胭脂"葳蕤自守"，侃侃正论，击退了无赖色鬼。然绣鞋落入狂徒手中，遗患难测。一波未平，再伏风波。胭脂如何应付宿介的日后的纠缠呢？读者悬心吊胆。第三部分由王、宿通奸又引出一个"市井凶徒"毛大。情节陡转。当毛大偷听到宿介的"自述甚悉"之后"喜极，抽身而出"，读者便为胭脂捏一把冷汗。而当毛大"越墙入女家，门户不悉，误诣翁舍"，读者顿感大事不妙。下面情节自然逼出人命官司，胭脂美梦不成竟酿惨祸。作者描绘这桩人命公案的起因、发展、乃至酿成，既曲折有趣，又符合社会常情；结构井然有序，又避免了平铺直叙。

再从审案、破案的过程看，忽明忽暗，忽张忽弛，一波三折，一唱三叹，真是山穷水尽疑无路，柳暗花明又一村。第一部分，写邑宰、郡守、"数官"皆昏愦愚昧的糊涂官，定鄂生死罪已无可挽回。"往来覆讯，经数官无异词。"这桩公案，看来是沉冤难伸了。不料第二部分出现一位青天大老爷吴南岱，他在审案态度、计策、经验以及推进案情上，都比前面那些地方官略胜一等。当情节演进到"公于是释鄂拘宿"时，不禁令人拍手称快，为无辜的软弱书生鄂隼庆幸。然接着这位济南巡抚大人运用主观错误的逻辑，又定了"攀花折树"的无行士人宿介的死罪。他痛骂"宿妓者必非良士！""逾墙者何所不至！"感情可佳，爱憎分明；但感情不能代替证据，酷刑逼供难免屈招。吴公断案如神，"铁案如山，宿遂延颈以待秋决矣"，读者暗中不禁对宿介这个"可憎才"骂一声：孽由自作，这回死定了，谁都爱莫能助了。故事情节至此似乎可以划一句号了，宿介自己钻进"覆盆之下"，读者的心情不像鄂生"论死"时那样激荡难平。官司由"讼于邑"到"济南府复案"已周转到省级，但宿介不甘心当屈死鬼，这小小民案，朝廷也不屑提审。那么，故事怎样了结呢？作者从记忆中挖掘出一位学使大人施愚山，让宿介"以一词控其冤枉"，于是感动了这位爱才如命又喜附庸风雅的学官。施公虽不是掌管刑狱的官吏，但名士遭冤，向他投诉，也是顺理成章之事。从"公乃讨其招供，反复凝思之。拍案曰：'此生冤也！'"案情立刻有了转机，宿介乃绝处逢生。拍案这一细节，是施公慎思的结果，十分生动。审问干脆利落，单刀直入，从淫妇王氏身上追逼出真正的凶手毛大，用"神书其背"的妙计，令毛大"尽吐其实。"看似神奇，实际上是施公"审思研察"，谨慎断案的结果。作者构思巧妙，想象丰富，才使全篇情节曲折有致，耐人回味。这种特点不仅体现在全篇结构的铺排上，就在每一小段也有波澜起伏。如文末记吴公断案之后，胭脂是"腼然含涕，似有痛惜之词，而未可言也"，她对这桩姻缘不抱幻想了。而鄂生是"爱慕殊切"而又怕"为千人所窥指"与"为人姗笑……无以自主"，又一曲折。"判牒既下，意始安帖"，又一转折。直到"邑宰为之委禽，送鼓吹焉"，才圆满结尾。作者编制故事情节的经验，是值得今日作家认真学习借鉴的。

小说中的语言典范，富有个性。作者在创造性地运用我国古代名著中文学语言的基础上，同时又适量地提炼和融汇进了当时的方言俗语，从而形成了一种既典雅工丽而又生动活泼的语言风格。无论刻画人物，叙写故事，都绘声绘色，多彩多姿，曲尽形态，词汇异常丰富。有时还在单行奇句中，间用骈词俪语，句法富于变化。人物语言雅中有俗，俗中见雅，雅俗结合，更生动活泼，谐谑有趣。《胭脂》中，人物不多，但由于运用了富有个性的语言，故人物都栩栩如生，具有鲜明的性格特征。如牛医之女胭脂，纯属小家碧玉，思想、言行都有别于大家闺秀。她思想较活脱开朗，敢于追求幸福婚姻。"见一少年过，白服裙帽，丰采甚都，女意似动，秋波萦转"，几句叙述语言，少女形神跃然纸上。"数日无耗"她就"渐废饮食，寝疾惙顿"，八个大字，就勾画出痴情女儿的特征。她不同于一般女子怀春，而是态度十分严肃认真。她主张与理想的郎君正大光明地结合，反对私约偷情。胭脂力拒宿介的语言写得最精彩："妾所以念君者，为百年，不为一夕"，侃侃正论，可爱可敬。当宿介"即抱求欢"时，她说："何来恶少，必非鄂郎；果是鄂郎，其人温驯，知妾病由，当相怜恤，何遽狂暴如此！若复尔尔，便当鸣呼，品行亏损，两无所益！"十一句中，语气转折六七层，既义正词严，光明磊落；又对所思君子，充分信任；既符合少女气息不续的口气；又体现少女慧心妙舌之灵性。作者对胭脂的语言，着重在文雅、大方上泼墨，给人感觉其言可听，其心可怜，其志可嘉，其形可爱。对荡妇王氏的语言运用上也颇为精彩。一开场，便用"佻脱善谑"四字概括王氏的性格，准确、贴切。读者立刻意识到这不是什么好评语，此人必是惹是生非，惹火烧身之人。又如在公堂上大呼大叫："冤哉！淫婢自思男子，我虽有媒合之言，特戏之耳。彼自引奸夫入院，我何知焉！"其形、其神、其声、其色，真是写得淋漓尽致，这形象，这声音，这粗俗之语，决不会出于胭脂身上。作者的生花妙笔，不仅体现在人物语言中，在叙事故事中，也显示出独特的语言风格。如那篇脍炙人口的判词，运用大量典故，大量骈词俪语，将宿介、毛大、胭脂三人的问题、性质、处理，写得一清二楚，将施公对三人的不同态度、感情，写得极有分寸，令人心服。又把一个进士出身的学使，著名文人的语言风格，附庸风雅的名士风度渗透在字里行间。典雅工丽为主旋律的同时又显得幽默诙谐，饶有韵味。难怪《聊斋志异》一书成为后世学子攻读的范本。

（徐育民）

折　狱

清·长白浩歌子

某进士，少登黄甲[1]，年只十八龄，榜下即授某县令。虽圣朝有心吁俊[2]，实重任不易仔肩[3]。封君某[4]，心窃忧之，偕以之任，簿书案牍，靡不身亲。宰唯升座签行而已。暇更与之讲求吏治，指陈弊端。封君固浙中宿儒，兼工刀笔[5]，言之皆中肯綮[6]。宰本素慧，亦积渐能通，莅任周岁，政声大著。自中丞以下[7]，举不敢以年少轻之。

一日，因公出郭，适遇某大户之丧，执绋者约数百人[8]，幡幢鼓乐，仪采甚都。旧例，吉凶大故，虽上宪[9]，亦辟其途[10]。宰因止于道周，以俟其进。一时，灵辆既过，其后有孝舆，娇泣嘤嘤，固即未亡人也[11]。忽值暴风，素帷高揭，妇之衣尽露于外，则斩衰之下[12]，别有红裳，且色甚新艳。宰瞥见之，心颇疑讶，因命役咨访，哭于舆者何人，犹不意为其室也。反报则某监生新逝[13]，别无眷属，舆中人实惟其妻。宰乃大疑，知必有异，呼群役使沮其行，且命停榇于某寺，以候检验，究亦不言其故。乃亡者之戚族，半系巨绅，其次亦无白衣者，闻之愕然，乃面宰哀恳至再。终不听，惟正色曰："诸公与化者[14]，似非路人，讵忍其死不以命？如不从予相，予宁挂冠归，誓不再莅是邑！"众不得已，姑听之，且私议曰："俟无实迹，再当反唇，看此乳臭官，以何面目相见！"

宰既力止其丧，遣归告父。封君侧首沉思曰："汝能体察，吾心甚快。但系巨家，非齐民，不得玩视。倘验而无伤，便难收拾。必须先探本源，得有确证，然后一发破的。欲明此事，非予亲行不可。"宰时已有成见，窃谓不然，且不欲劳父，踞止之。封君笑曰："予虽未登仕版[15]，而为民跋履，亦犹为国驰驱，非一家之私也。汝何阻为？"于是易装谓卜人，秘密出署。濒行授宰以策，且戒曰："事涉闺阃，勿以一衣之微，而召祸也。"宰始悟，一一敬从。翌日，遂托疾，不出视事。诸绅闻而大粲，谓宰以儿戏阻丧，既而知悔，因埋首衙斋，不改孺子之故智，乃故具公牍，促其出验。宰竟置若罔闻。越数日，又迭催之，更冥然漠然。有棺不得葬，有穴不得掩，众皆含愤不平。即署中吏役，及里巷之人，莫不咎宰。事闻太守，不忍严檄，姑先驰书切责，欲其谢过于众绅。宰不引咎，惟禀复云云，"以为人命至重，缓葬无妨，愿假旬日限，疾愈，即出相验。如不得其致死之由，情甘伏此淹留之罪。"语直而壮，太守亦解其意，而究以为忧。

乃封君周行数日，绝无人讼某死之冤，心亦忐忑。一夕，孤踪郊外，无所栖身，因借种田之处小憩。旋有人来，叱问之。封君起与为礼，伪称异乡失足，货卜糊口，路暗不能前进者。其人信之，慨然留宿。庐甚隘，不足以容二人。其人由田主雇倩，为之守望者，亦不敢寐，相与絮谈，以消长夜。封君故有心，咨询不欲或遗，微以言挑之曰："今岁田禾如此，脱遇贤长官，百姓可以无忧。"其人忽叹曰："君勿言此，使我心戚。敝邑数年来，颇遭悍吏之虐；今邑侯年虽甚少，独能体恤小民。昨入城市，闻将不能久任。后有来者，恐未易克继美政也。"封君闻之心喜，又故诘之。答曰："聆君土音，似与邑侯相近，无敢泄。"封君佯答曰："一贵一贱，何论乡情？予谒之且若登天，言亦何从泄乎？"其人乃曰："我辈皆在草野，言固无碍。某太学者，予之佃主也，甚强壮。闻其猝死，心颇疑之。及往职丧事，询其死由，家人皆莫知。惟一小童深知之，私以告予。则太学之妻，夙与其内兄有染，内兄适断弦，思毙其夫，因以嫁之。好事且将成，不意为邑侯所疑，留尸候验，又不即发。族中觊其巨赀，将群起与邑侯为难。事果上闻，欲不免官得乎？"封君闻至此，不胜私幸，又故为咨嗟曰："是真黎庶无福！但邑侯此举，究亦不免孟浪。"其人大言曰："君误矣！以予论之，当断而疑，邑侯实属畏葸[16]。若破棺出尸，独探隐处，则秦镜立照矣[17]。"封君益固诘之。其人耳语数四，封君亦鼓掌而笑，遂不再询。将晨作别即行，其人又叮嘱勿言。封君唯唯，径返内署。时宰以父冒星霜，又未决公务，寝食俱废。封君一见即笑曰："痴儿，欲作大好官，何太瘦生也[18]！"因备告之。

宰得父指，次日，即出堂。延至旁午，始简精细仵人，随往检验，且嘱曰："予云视，汝即视之，慎毋有误。"仵人领诺。既至，诸绅咸在，且不以笑面相迎。宰微哂曰："予为公家泄愤而反仇予，岂金赀不即瓜分耶？"语中隐微，众皆色变。宰坐后，始命启椁。尸已臭腐，不可近。其族多有泣下者，则其怨宰可知。宰亦弗恤，惟听仵人如法细检。迨至下部，宰遽指曰："视之！"仵人会意，应手而出，则银针五寸，血迹犹殷，隐伏于厥具之内。众乃大哗，靡不匍伏称谢。至亲又号呼诉冤。宰笑曰："诸公何前倨而后卑[19]？幸无悬悬，凶人予已得之矣。"因问某亦来否？同声以对，果在众中，则其内兄也。视其色如死灰，众始悟。宰命役拘执，即起出寺，且命瘗尸候详。回署，亟标一火票[20]，往逮此童与亡者之妻。薄暮咸集，宰乃当庭研讯。先以严刑拟童，童惧，罄吐其实。

盖童故某之腹心，荐于亡者，以遂其私，妇因与之同谋者也。某日，亡者饮于某家，大醉而返，童扶掖入室。妇即命童，缚以革带，然后自捋其浑，遽以针刺其具，深入无遗。亡者醉不能支，大吼而卒。童与妇始缓其缚，扶置榻上，以暴疾赴于人[21]，人固未及料焉。

童既凿凿供招，某与妇，遂皆伏罪。宰大笑，命褫妇之麻衣，红裳宛在，诸绅时萃讼庭，罔不发指。宰又诘妇，则自其夫化后，深虑不祥，时时密着此裳于内，亦不自解何心，岂非天哉？宰更大怒，立命笞之，而后同械于狱，具谳上详[22]。大吏皆喜[23]，将飞章荐扬。宰叹曰："辛苦一官，使老父心力俱瘁，殊不成人子。"即日，以养告归，奉父旋里。

今其人犹在故乡，年仅廿五六，而据事论断，老吏弗如。他年重履琴堂[24]，又乌可限量耶？

随园老人曰：老成持重，年少聪察，乔梓均可以传[25]。

（选自《萤窗异草》）

[注释]

[1] 黄甲——古时科举考试，考中甲科进士的人，名单全用黄纸书写，故称。

[2] 吁俊——古时把朝廷求贤称作"吁俊"，如《书经》"立政篇"有"吁俊尊上帝"。

[3] 仔肩——所担负的责任及任务。

[4] 封君——封建社会里因儿孙得功名或显贵而受封典的人叫封君。这里指县令的父亲。

[5] 刀笔——书写用的工具。古时候用笔在竹简上写字，写错了则用刀刮去，因此"刀"和"笔"连用。引申为文案、断讼等意。

[6] 肯綮——筋骨结合的地方。《庄子·养生主》有："枝经肯綮之未尝"。后来人们用"肯綮"来比喻事理要害和最重要的地方。

[7] 中丞——官名。汉代始设中丞，为御史大夫的属官。到了明代设都察院，其中副都御史职和御史中丞大致相同。清朝时把右副都御史作为巡抚的兼衔，所以用作对巡抚的称呼。清代的巡抚是掌握一省军、政、刑、大权的行政长官。

　　[8] 执绋——送葬时帮助牵引灵柩。绋（fú 服），引柩用的绳索。

　　[9] 上宪——封建时代下级官吏称上司为上宪。

　　[10] 辟——通"避"字，读作 bì"。

　　[11] 未亡人——旧时称寡妇之词。此处指死者的亲属。

　　[12] 斩衰——用最粗的麻布做成的丧服、不缝边，使断处外露，以表示不修饰。这是旧时五种丧服中最重的一种，子孙为父祖、妻子为丈夫都要服斩衰。衰（cuī 催）通"缞"。

　　[13] 监生——明清时代在国子监肄业的统称监生。

　　[14] 化者——即死者。

　　[15] 仕版——指官吏的名册。

　　[16] 畏葸（xǐ 洗）——害怕，胆怯。

　　[17] 秦镜——传说秦始皇有一面镜子，能照见人的五脏六腑，知道人心的邪正。见《西京杂记》卷三。后来人们用以称颂官吏精明，善断狱讼。如，"秦镜高悬"。

　　[18] 太瘦生——即太瘦，指很瘦弱。生，语助词，是唐代人的习用语。

　　[19] 前倨而后卑——先前傲慢而后来谦恭。《史记·苏秦传》："苏秦笑谓其嫂曰：'何前倨而后恭？'"《战国策·秦策》写作"前倨而后卑"。

　　[20] 火票——即火签。旧时官府交给差役拘捕犯人的凭证。

　　[21] 赴——讣告，报丧。

　　[22] 谳（yàn 厌）——审判定案。

　　[23] 大吏——大臣，大官。

　　[24] 琴堂——古时对县官衙门的称谓。《吕氏春秋·察贤》："宓子贱治单父，弹鸣琴，身不下堂而单父治。"后因称县官的衙门为琴堂。

　　[25] 乔梓——两种树的名称。《尚书大传·周传·梓材》中用生长高大的乔比喻父道，而以生长俯曲的梓比喻子道。后人因此把父子称作"乔梓"。

[译文]

　　有一位进士，很年轻就荣登皇榜。考中甲科进士时，年龄只有十八岁。皇榜一公布，马上就被授职，当了某县的县官。虽然朝廷广求贤才，但是要担负此重任并不容易。其父心里很替他担忧，便同他一起赴任，文书档案无不亲自为他整理。县官只是坐在大堂上签押而已。闲暇时（父亲）更是和他研讨官吏治事的得失，指出其中的弊病。其父本来是浙中地区的博学之士，而且还精通文案、断讼之事，说的话都能切中要害。县官本来就很聪慧，加上日积月累，对吏治诸方面已很通晓。到任一年就政绩显著，名声大噪。从巡抚以下的官员，没有人敢因其年少而轻视他的。

有一天，县官因公事出城，恰巧碰上某一大户人家办丧事，帮助牵引灵柩的大约有几百人，灵幡晃动，鼓乐齐鸣，仪式非常大。按照旧时惯例，遇到吉凶嫁丧这样的事情，即使是大官，也要在路边暂避。县官因此在路旁站下，等送葬的队伍过去。一会儿，灵车刚过，跟在后边有一顶服丧人乘的轿子，里边有一女人轻声哭泣，那一定是死者的妻子。忽然一阵暴风，把轿子上的白帷幔高高掀起，那位妇人里面的衣服也都露了出来。在她丧服里边，还穿着红色的衣裳，而且色彩非常鲜艳。县官看到这红衣裳，心里十分惊疑。因此命令差役前去询问在轿子里哭的是什么人。县令开始还认为不是死者的妻子。差役回来报告说，有一位监生刚刚去世，家里没有别的亲属，轿中那人确实是他的妻子。县官心中大生怀疑，知道这里定有问题，忙让差役们阻止送葬队伍往前走，并令把棺材停放在某一寺院里，等候检验，问也不告诉什么原因。那死者同族中的人，多半是势力很大的绅士，听了这个消息都很吃惊，多次去向县官恳求放行。县官最后还是不依，他严肃地对他们说："你们与死者，大概都不是陌生人，怎么忍心他死于非命？如果不服从我的安排，我宁肯辞官还乡，从此决不再到这个县来！"众人没有办法，只好勉强照他说的办，但私下里议论说："等他查不出什么可疑之处，我们再来指责他，看看这个乳臭未干的小县官，还有什么脸见我们！"

县官坚决阻止了发丧，急快回去把事情报告给父亲。其父沉思再三，说："你能对事情进行观察，我心里非常高兴。但这是有权势的大户人家，不是一般百姓，不能不加注意。假如检验的结果死者身上没有创伤，这事情就难办了。必须首先探察事情的根源，得到确实的证据，然后一举破案。要搞清楚这件事，非得我亲自去一趟不可。"县官心里这时已经有了主意，心里认为不一定如父亲说的这样，而且不想有劳父亲，便连忙跪下劝阻他不要去。其父笑着说："我虽然不是朝廷命官，但为民奔走，也就是为国家效力，这不是为一家的私事。你为什么要阻止我呢？"于是改装成算卦占卜人的样子，秘密出了衙署。临走时传授给县官计策，并且告诫他说："这件事牵涉女子，不要因为一件衣服这样的小事而招惹祸患。"县官这才领悟，对父亲的话一一服从照办。第二天，县官就托称有病，不出来办公。众绅士听了不觉大笑，说县官把阻止发丧当儿戏玩，已经知道做错，因此躲在衙门里，耍孩子的小聪明。于是就呈具公文，催促他出来验尸。县官竟然置之不理。过了几天，绅士们又多次来催，县官更是不声不响。有棺材不能下葬，有墓穴不能掩埋，许多人都愤愤不平。从衙门里的小吏差役，到街坊四邻，没有人不怪罪县官的。事情被告到太守那里，太守不忍心严厉地惩罚他，先写了封信作了认真批评，要他向各位绅士谢罪。县官并不认错，只回了封信说："人命关天，缓葬几天也没有关系，希望给我几天时间，等病好了，就马上出去验尸。如果查不到他死亡的原因，心甘情愿领受停棺的罪责。"话说得很硬。太守也了解他的心意，但终究为他担心。

县官的父亲在外边查访了几天，没有一个人说那监生是含冤而死，心里也有些不安起来。一天傍晚，他孤身来到郊外，没有找到住宿的地方，因此暂借农夫在野外看田的小棚休息。不一会有一个人进来了，大声地斥责他。县官的父亲起身行礼，谎称自己在别处栽了跟头，只能以占卜为生，因天黑不能再往前走了。那人相信了他的话，慷慨地留他住下。棚子非常窄，容不下两个人。那人是田主雇来为他看庄稼的，也不敢睡觉，二人互相聊起天来，以此来消磨夜里漫长的时间。

县官的父亲本来有心询问一些事情，就轻轻挑起话头："今年庄稼长得这样，能遇上贤明长官的话，老百姓的生活就不用担心了。"那人忽然叹息说："你不要说这事，让我悲伤。本县多年来，遭受凶悍官吏的暴虐；现在本县县官虽然年纪很轻，却能体察百姓的疾苦。昨天我到县城去，听说他的任期不长了。再来的县官，恐怕未必能像他那样继续体恤老百姓，施行仁政。"县官的父亲听了心里很高兴，又继续问他，那人回答说："听你的口音，和我们县太爷的口音相似，千万不要泄露给他。"封君假装说："我们一个富贵，一个贫贱，哪里谈得上乡情？我见他像登天一样难，上哪去泄露呢？"那人说："我们都是贫民百姓，说了也没关系。有个监生，是我的佃主，身体非常强壮。听说他突然死了，我心里对这事很怀疑。我去帮助办丧事，问他死的原因，他家里的人都不知道。只有一个小孩知道底细，悄悄告诉我：那监生的妻子，很早就和他的表兄私通，其表兄刚死了妻子，因此便想害死自己的丈夫然后嫁给表兄。他们的美事就要成功了，想不到被县令怀疑，留下尸体等候查验。同族中的人希图他那万贯家产，便一起出来同县令作对。这事如果被上边知道，能不被罢官吗？"封君听到这里，心里暗自庆幸，又故意叹息说："这真是老百姓无福气！但县令的这一作法，确实有些轻率。"那人听了大声说："你错了！我认为，该断定而不断定，县令实属胆怯。如果开棺验尸，只查他的阴部，那么案子一下就破了。"封君进一步问他，那人向封君耳语了一阵子，封君也拍着巴掌笑起来，这才停止了询问。到早晨临分别时，那人又叮嘱不要对别人说。封君答应着，直接返回到衙署。当时县令因父亲在外奔波劳苦，自己又未能断决此案，因此吃不好睡不着。封君一看到他就笑着说："傻小子，想当一个好官，怎么能不瘦呢！"于是把自己查访的事详细告诉他。

县令得到父亲的指示，第二天就出堂办公。到了近中午的时候，才挑选精明的验尸吏役，跟随前去检验尸体，并叮嘱说："我说检验哪里，你们就检验哪里，小心不要有误。"验尸的吏役点头答应。到了那里，众绅士都在，而且都不用笑脸迎县令。县令微笑道："我替你们大家发泄怨气，你们却反过来仇视我，难道是因为他的财产不能马上瓜分吗？"话中的含义，使众人的脸都变了色。县令坐下后，便命人开启棺材。尸体已经腐烂发臭，让人不能靠近。死者族中很多人都落泪了，他们对县令的怨恨可想而知了。县令也不管这些，只注意验尸吏役仔细验尸。快检查到下部时，县令急忙指着那地方说："查一下阴部！"验尸人领会其意，伸手一探，就从里边取出一根五寸长的银针，血迹斑斑，隐伏于阳具内。众人大叫起来，无不跪倒称谢。死者的至亲又哭喊着诉冤。县令笑着说："各位因何先前傲慢而后又谦恭起来？这案子幸亏没有成为悬案，凶手我已经查得了。"于是问某人来了没有？众人同声回答"有"，那人果然在人群中，就是死者的表兄。看他的脸色就像死灰一样，众人这才醒悟。县令命差役把他抓起来，随即起身走出寺院，并命令收殓好尸体等候审理结果。回到衙署，立即发下逮捕犯人的凭证，前去捉拿那童子和死者的妻子。到傍晚时，全部捉拿归案，县令于是就开庭审讯。先用严刑拷问童子，童子胆怯，全部如实招供。

那童子本来是表兄的心腹，被推荐给死者，用以了解他的底细，死者之妻与表兄是同谋。有一天，死者在那表兄家里喝酒，大醉而归，童子把他扶进屋。妇人让童子用皮带把他捆上，然后亲自脱下他的裤子，马上用针刺他的阴部，整根针全部刺了进去。死者因醉酒不能反抗，大叫而后身亡。童子和妇人这才给他松了绑，把他放到床上，用暴病作原因向人们报丧，谁也没有料到其中有鬼。

童子已经从实招供，那表兄和死者之妻，于是也都认罪。县官大笑，命人脱下妇人的麻布丧服，里面的红衣服依然还在，众绅士当时都聚集在公堂，无不愤怒到了极点。县令又审问那妇人，妇人说，从他丈夫死后，就感到不祥，时时把这红衣裳穿在里边，自己也不懂为什么这样做，这难道不是天意吗？县令大怒，立即下令鞭打她，然后戴上枷锁关进狱中，定案上报。上司们都很高兴，准备上书荐举他。

县令叹息道："做官太辛苦，还使得老父亲心力交瘁，我太没有尽到儿子的孝心了。"当天，便以奉养老父为由辞了官，陪伴父亲回到了故乡。

现在那位县宰还闲居家乡，年纪虽只有二十五六岁，而对事情的判断，即使是有经验的老吏也不如他。以后他若重登县衙，其前途定是不可限量的。

随园老人说：父亲老练稳重，儿子年轻而善于体察事物，他们父子（的声名事迹）都可以流传后世。

[鉴赏]

《折狱》选自清朝中叶题署为长白浩歌子的文言短篇小说集《萤窗异草》。《萤窗异草》在很大程度上模仿《聊斋志异》，多数篇章以狐鬼仙妖为其主人公，描写青年男女的爱情生活。而《折狱》则写的是审案断狱故事，从题材上划分，当属公案小说一类。这类小说在该集中所占比例极小，但写得却比较成功，《折狱》就是其中最成功的一篇。

《折狱》又名《开棺验尸》，写的是某县令父子联手破案的故事，成功地塑造了年轻县令观察敏锐，不畏权贵，坚决执法，为民除害，及其父亲足智多谋又不辞劳苦的感人形象。

小说在塑造年轻县令方面，着重刻画他的年轻聪慧，善断不疑，知难而进，不畏权贵，誓破疑案的思想性格特征。首先，在小说一开始，作者就着重介绍了主人公的一般情况；十八岁便考中甲科进士，并且在"榜下即授某县令"，突出了他的年轻有为，才智过人。上任一年，在其父亲的协助下，便已政声大著。同时，也暗示了主人公阅历尚浅，不够老练成熟的特点，为本故事案由的发现及审断进行了铺垫。

小说通过案子的偶然发现，来表现年轻县令过人的观察事物的能力和判断力。这是一次普通的送葬，一般说来不会引起别人特别的注意，更不会去想死者是否死的冤枉。因为县令是外出偶遇，根本没有任何人鸣冤叫屈。但一阵大风掀开了灵柩后边轿子的帷幔，也掀开了轿里妇女的孝衣。县令正是看到了她孝衣下穿的红衣裳，立即就发现了问题。虽然十分富有戏剧性，但按古代丧礼的规矩，服重孝的人里边也不许穿艳装。问题的关键在于，坐在这轿中的人是谁？如果是死者的妻子，肯定里面有文章。因此，县令并没有冒然行事，而是立即命差役查访，在得知此人确系死者之妻时，他才下达命令，停棺候检。表现了他不仅善于发现问题，而且处理事情干脆果断，认准了就干。然而在没有一点证据，甚至也没有人为死者鸣冤的情况下，仅凭人家穿了一件红衣裳，就阻止送葬不能不说有点冒失。而这又恰恰是一个涉世不深的年轻官吏的作法，也十分符合生活的真实。停葬验尸成为小说矛盾展开的焦点所在。在封建社会中，丧葬是一件相当重大的事情，尤其作者反复渲染送葬亲属中"半系巨绅"，更显示出事情的严重性——弄不好不仅会身败名裂，甚至有性命之忧。

小说作者正是把主人公放在这矛盾的焦点上，去表现他的性格特征，避免了程式化和脸谱化。作为一个初出茅庐的县令，作者并没有把他写成"青天"，也没有写他如何胸有成竹。在案子尚没有头绪，又面对各种压力的情况下，主人公也表现出青年人的急躁情绪。如死者的亲属再三恳求他同意下葬，他竟生气地说："诸公与化者，似非路人，讵忍其死不以命？如不从予相，予宁挂冠归，誓不再莅是邑。"既表现了父母官的责任感，但也表现了他一定程度上的稚气，使人物形象一下子活了起来。他下令停棺候检之后，"遣归告父"，似乎也可以看出他内心的不安。在其父的指点下，他这才感到事关重大。于是接受了父亲的劝告，收敛了锋芒，以有病为借口，在父亲未查出原由之前，不出来办公。这些描写都从某种程度上刻画出这个年轻县令的个性特征。同时作者也注意表现主人公的逐渐趋于成熟。如，当太守听了巨绅们报告后，向他施加压力，要他向绅士们谢罪时，他不但没有认错服输，还委婉地向太守提出："以为人命至重，缓葬无妨，愿假旬日限，疾愈，即出相验，如不得其致死之由，情甘伏此淹留之罪。"面对来自太守的压力，他一反前边欲"挂冠而归"的急躁，晓明大义，同时也玩了个小心计，即推说病好后出去验棺，隐去了尚未找到根据，无从下手的事实。这可以说是一种策略，反映了主人公的成熟，也表现了人物思想性格的发展。在性格发展中塑造人物形象，这在短篇文言小说中是有所突破的，因此是值得称道的。作者还写出作为朝廷命官，他也决不敷衍塞责，他明确表示，如果查不出证据，自己宁愿负一切责任。这同前边与巨绅们打交道时相比，可谓柔中带刚，坚定而富有韧性。然而，他也不是没有内心矛盾的，作者没有具体写他如何辗转反侧，而是只用了"时宰以父冒星霜，又未决公务，寝食俱废"一句，把他所经历的内心活动，全部点染了出来。使人们仿佛看到他是怎样地度日如年，内心是多么焦虑难耐，作者正是这样通过一唱三叹地叙写，而使人物形象丰满起来。

尤其在县令得到了父亲的报告，对案情有了全面了解之后，作者对他胸有成竹后的判案情况进行了细致的刻画，着力突出了他的三次笑：第一次是出堂验尸，书中写道："宰微哂曰：'予为公家泄愤而反仇予，岂金资不即瓜分耶？'"这是微笑，也包含对这些只知瓜分死者财产，不问死者死因的伪君子们的讥笑。第二次作者用的是"笑"。在发现死者确系被害后，绅士们大哗，无不伏身感谢时，作者写道："宰笑曰：'诸公何前倨而后卑？幸无悬悬，凶人予已得之矣。'"这是取得初步胜利后的笑。第三次作者用的是"大笑"。当罪犯全部伏法之后，书中写道："宰大笑，命褫妇之麻衣，红裳宛在，诸绅时萃讼庭，罔不发指。"这次可以说是开怀大笑，是维护了法律尊严之后的骄傲。三次笑的描写，由微笑、笑、到大笑，层层递进，案情也逐次揭开，使人物的形象在事件的发展中渐渐明晰并挺然站立了起来。

作品中另一主人公是县令的父亲。作者着重刻画了他的老成持重，足智多谋。与县令相反相成，互相映衬。这一点在他与"看青"佃户的交谈中，表现得最为突出。开始时，他故意挑起话头，引出佃户对县令的看法。接着一步步套出了监生死亡的原因。这实在是一个意外的收获。于是"封君闻至此，不胜私幸，又故为咨嗟曰：'是真黎庶无福！但邑侯此举，究亦不免孟浪。'"首先他已知佃户对县令有好感，而且其去留对老百姓的生活影响很大，因此故意批评县令，用激将法激出了杀死监生的具体证据。但他并未就此罢休，还"益固诘之"。当他得到了所有的应该掌握的情况后，为了不引起对方怀疑，"封君亦鼓掌而笑，遂不再询。"从步步引诱，到遂不再问，表现了一个老练世故的老吏形象。

在成功地描绘出两个敢于执法的官吏形象的同时，作者也刻画了那些巨绅们的丑态。死者虽系其族中弟兄，但因别无至亲，因此他们根本不去思考何以族弟身体强壮而暴亡，只欲赶快办完丧事，令其寡妇改嫁，也好尽快瓜分其财产。因为县令的行动妨碍了他们私欲的尽快实现，因此先是"面宰哀恳至再"，接着又"具公牍，促其出验。"又"迭催之"，然后又告到太守。其按捺不住的贪欲跃然纸上。同时作者又侧面利用佃户的嘴，对他们进行了批评："族中觊其巨资，将群起与邑侯为难。"贪欲不仅使人忘记了亲情，而这班豪绅势族又给断案带来了极大的障碍。作者也正是通过对他们的描写，反衬出县令坚韧不拔、执法如山的清官形象。

《折狱》在故事的框架上，明显地受着前代公案小说的影响，但案情的关键又与以往公案小说的"贯顶"恰恰相反。尤其在小说的结尾处，作者没有进一步去写县令父子如何因破此奇案而受到上司的嘉奖，或者是否又有新的升迁机会，同很多小说作品的结尾不同的是，县宰竟辞官同父亲一起回乡，打破了俗套，令人耳目一新。

（王　若）

图书在版编目（CIP）数据

十大公案小说／吕智敏主编．—北京：中国和平出版社，2014.9
（名家赏析历代短篇小说系列）
ISBN 978 - 7 - 5137 - 0842 - 5

Ⅰ.①十…　Ⅱ.①吕…　Ⅲ.①侠义小说 - 小说集 - 中国
Ⅳ.①I24

中国版本图书馆 CIP 数据核字（2014）第 200413 号

十大公案小说

吕智敏　主编

出　版　人：肖　斌
责任编辑：刘浩冰
装帧设计：周　晓
责任印制：石亚茹

出版发行：中国和平出版社
发　行　部：010 - 82093806
网　　　址：www.hpbook.com
经　　　销：新华书店
印　　　刷：北京中印联印务有限公司
社　　　址：北京市海淀区花园路甲 13 号院 7 号楼 10 层（100088）

开　　　本：660 毫米 ×940 毫米　1/16
印　　　张：16.25
字　　　数：250 千字
版　　　次：2014 年 12 月北京第 1 版　2014 年 12 月北京第 1 次印刷

ISBN 978 - 7 - 5137 - 0842 - 5　　　　　　　　　　定价：32.80 元

十大言情小说

十大世情小说

十大公案小说

十大传奇小说

十大侠义小说

十大神魔小说

十大史传小说

十大倡优小说

十大幽默小说

十大讽刺小说

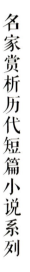
名家赏析历代短篇小说系列

历代的藏书家、版本学家、小说史家告诉我们，中国古代小说是一座无比丰富、辉煌、瑰丽的艺术宝库，那是我们民族文化遗产中最优秀、最珍贵的部分之一。

　　在古代小说发展的漫长历史中，短篇小说，无论是文言短篇小说还是白话短篇小说，都曾经为我国民族传统小说艺术积累了丰富宝贵的经验。从上述情况出发，我们决定编写这套《名家赏析历代短篇小说系列》，其目的即在于为一般读者提供一个古代短篇小说史上具有代表性的优秀作品选本。

—— 吕智敏

ISBN 978-7-5137-0842-5

9 787513 708425 >

定价：32.80 元